THE QUEEN OF CRIME
繁體中文版
20週年
紀念珍藏

三幕悲劇

著——阿嘉莎・克莉絲蒂

譯——丁廷森

Three Act Tragedy

通俗是一種功力

吳念真（導演、作家）

通俗是一種功力。絕對自覺的通俗更是一種絕對的功力。

這樣的話從我這種俗氣的人的嘴巴說出來，大概很多人要笑破褲底了。不過，笑完之後請容我稍稍申訴。這申訴說得或許會比較長一點，以及，通俗一點。

小時候身材很爛，各種遊戲競爭完全任人宰割，唯一隱遁逃避的方法是躲起來看書或聽大人瞎掰。那年頭窮鄉僻壤的小孩能看的書不多，小學二年級時最喜歡的是超大本的《文壇》，老師借的。看著看著，某天老師發現我的造句竟出現：「捧著：朝陽捧著一臉笑顏為群山剪綵」這樣亂七八糟的文字，就拒絕再讓我看那些超齡的東西了。

老師的書不給看，我開始抓大人的書看。一種是厚得跟磚塊一樣的日文書，對我來說那完全是天書，但插圖好看，經常有限制級的素描。另一種書是比較薄的，通常藏得很嚴密，只是裡面有太多專有名詞、重複的單字和毫無限制的標點，比如「啊啊啊」、「……！！！」

老讓我百思不解。有一天，充滿求知欲地詢問大人竟然換來一巴掌後，那種閱讀的機會和樂趣也隨著消失了。

所幸這些閱讀的失落感，很快從大人的龍門陣中重新得到養分。講到這裡，我似乎先得跟一個村中長輩游條春先生致敬，並願他在天之靈安息。

我所成長的礦區，幾乎全是為著黃金而從四面八方擁至的冒險型人物，每人幾乎都有一段異於常人的傳奇故事。這些故事當事人說來未必精采，但一透過游條春先生的嘴巴重現，有時連當事人都聽得忘我，甚至涕泗縱橫，彷彿聽的是別人的故事。

條春伯沒當過日本兵，可是他可以綜合一堆台籍日本兵的遭遇，一如連續劇般從入伍、受訓、逃亡荒島，面對同鄉同袍的死亡，並取下他們的骨骸寄望帶回故鄉，乃至骨骸過多搞不清哪是誰的等等，讓聽的人完全隨他的敘述或悲或笑，彷彿跟他一起打了一場太平洋戰爭。此外他也可以把新聞事件說得讓一個三、四年級的小孩，到現在仍記得當時腦中被觸動的畫面。例如當年瑠公圳分屍案的凶手做案之後帶著小孩到安東街吃麵（這讓我一直以為台北的安東街是條專門賣麵的街道），還有甘迺迪總統被暗殺、賈桂琳抱住她先生、安全人員跳上飛快的車子保護賈桂琳……當然，這記憶全來自條春伯的嘴巴而不是報紙。我的記憶全是畫面，有畫面，是因為條春伯說得精采，說得有如親臨他至死都還搞不清地理位置的達拉斯命案現場。

於是這小孩長大後無條件地相信：通俗是一種功力，絕對自覺的通俗更是一種絕對的功力。透過那樣自覺的通俗傳播，即使連大字都不識一個的人，都能得到和高階閱讀者一樣的感動、快樂、共鳴，和所謂的知識、文化自然順暢的接軌。也許就是因為這些活生生的例子，俗氣的自己始終相信：講理念容易講故事難，講人人皆懂、皆能入迷的故事更難，而能隨時把這樣的故事講個不停的人，絕對值得立碑立傳。

條春伯嚴格地說是有自覺的轉述者，至於創作者，我的心目中有兩個。一個是日本導演山田洋次，一個是推理小說家阿嘉莎．克莉絲蒂。

山田洋次創造了寅次郎這個集合所有男人優點跟缺點的角色，在以《男人真命苦》為名的系列下，總共完成百部左右的電影。它們的敘述風格、開頭、結尾的方法不變，唯一改變的是故事，是時代，是遍歷日本小鄉小鎮的場景。數十年來，看《男人真命苦》幾已成為日本人每年的一種儀式，一如新春的神社參拜。

數十年前訪問過山田導演，他說，當他發現電影已然有它被期待的性格時，電影已經不是導演自己的。他說：當所有人都感動於美人魚的歌聲時，你願意為了讓她擁有跟你一樣的腳，而讓她失去人間少有的嗓音嗎？

人間少有的嗓音與動人的歌聲，都來自山田導演絕對自覺的通俗創造。

再如阿嘉莎．克莉絲蒂，如果我們光拿出她說過的故事和聽過她故事的人口數字，就足以嚇死你。五十多年的寫作生涯，她總共寫出六十六本長篇推理小說，外加一百多篇短篇小說和劇本。其中有二十六本推理小說被改編，拍了四十多部電影和電視劇集。作品被翻譯成一百零三種文字的版本，銷量超過二十億本。

夠了。你還想知道什麼？知道二十億本的意義是什麼嗎？二十億本的意義是全世界平均三個人就有一個人讀過她的書，聽過她說的故事。

說來巧合，她和山田洋次一樣，創造出個性鮮明的固定主角（當然，前前後後她弄出來好幾個），然後由他（或是她）帶引我們走進一個犯罪現場，追尋真正的罪犯。

故事就這樣？沒錯，應該說這是通常的架構。那你要我看什麼？不急，真的不急，克莉絲蒂會慢慢冒出一堆足夠讓你疑惑、驚嚇、意外，甚至滿足你的想像力、考驗你的耐心和智商的事件來。

推理小說不都是這樣嗎？你說得沒錯，大部分是這樣，不一樣的是……對了，她像條春伯，像山田洋次，她真會說，而且她用文字說。

文字的敘述可以讓全世界幾代的人「聽」得過癮、「聽」個不停，除了聖經，也許就是克莉絲蒂。她不是神，但她真的夠神。

數十年前，台灣剛剛出現她的推理系列中譯本，那時是我結婚前，常有同齡的文藝青年來我租住的地方借宿，瞄到我在看克莉絲蒂，表情詭異地說：「啊？你在看三毛促銷的這個喔？」

我只記得他抓了一本進廁所，清晨四點多，他敲開我的房門說：「幹，我實在很討厭那個白羅……再拿一本來看看，我跟你說真的，要不是你的書，我真的很想把那個矮儸壓到馬桶吃屎！」

我知道他毀了，愛吃又假客氣，撐著尊嚴騙自己。克莉絲蒂再度優雅地撕破一個高貴的知識份子的假面具，她的手法簡單，那手法叫通俗，絕對自覺的通俗，無以倫比、無法招架的功力。

昔日的文藝青年如今跟我一樣，已然老去，但不時還會看到他寫一些充滿理念和使命感極重的文章，在報紙和雜誌上出現。我知道他要說什麼，只是常常疑惑他想跟誰說；同樣，我記得他說過什麼，但轉眼間忘記他說了什麼。但請原諒我，幾十年前那個晚上，他在我家看完的那兩本克莉絲蒂的小說內容，我可還記得清清楚楚。

也許有一天再遇到他的時候，我會問他之後是否還看過克莉絲蒂其他的書，如果沒有，我會跟他說，想讀要趁早，因為你會老、會來不及。至於白羅那個矮儸，大概永遠不會消失。哦，對了，還有一個叫瑪波，你說不定會來不及認識……

老派偵探之必要

冬陽（推理評論人，台灣推理作家協會理事長）

「讀者非常喜歡白羅這個人物，表示『那個開朗的小個子，過氣的比利時名偵探』。顯然白羅是這本小說受歡迎的一個原因，雖然白羅可能不贊同用『過氣』二字來形容他。」知名編輯兼作家經紀人約翰．柯倫（John Curran）在《阿嘉莎．克莉絲蒂的秘密筆記》一書如是說，文中提到的「這本小說」，正是克莉絲蒂初試啼聲、名偵探赫丘勒．白羅優雅登場的《史岱爾莊謀殺案》，一部於一個世紀前出版的偵探推理作品。

百年光陰的淬鍊顯然證明了白羅絕無過氣的疲態，連帶讓我聯想起電影《金牌特務》（*Kingsman*）上映後，大眾熱議西裝如何能帥氣俊挺歷久不衰——或許可以從這個切入角度，在這裡跟老書迷、新讀友探究這個蛋頭翹鬍子偵探（我沒有影射哪款洋芋片食品喔）的魅力所在。

且讓我們話說從頭。

「我敢打賭你寫不出好的推理小說。」一九一六年，阿嘉莎．米勒（克莉絲蒂婚前的舊姓）在媽媽的打字機上敲擊，打算回應姊姊梅姬這挑釁的話語。她努力嘗試，但故事寫得不好，於是改從身旁熟悉的事物著手——比方說毒藥。阿嘉莎在藥房工作過，曾在某個夜裡驚醒，匆匆回到調劑室重新配置，因為她不記得有沒有漏做一個重要步驟，否則病患就要去見閻王了——噢，這似乎是個謀殺好點子。

阿嘉莎還記得姨婆對她的叮嚀：要注意他人覬覦她珍藏的首飾，時時留意是不是有人偷偷拉長了耳朵聽她們的竊竊私語。小阿嘉莎不但執行得徹底，還把這個習慣寫進小說裡。同時她還注意到，因為世界大戰爆發，家鄉托基湧入許多比利時難民，不如讓一個逃難到英國的比利時退休警官擔任偵探？一定很有趣！

啊，偵探小說顧名思義，只要塑造出一個教人印象深刻的偵探，大概就成功一半。這個人物必須要有特色、有個性，甚至是怪癖，而且聰明又自負。好幾個名字浮現在她腦海裡：莫里斯．盧布朗（Maurice Leblanc）筆下的怪盜紳士亞森．羅蘋、卡斯頓．勒胡（Gaston Leroux）創造的新聞記者胡爾達必，當然還有那最最知名的夏洛克．福爾摩斯——連帶創造一個華生型的助手好了。該怎麼安排呢……

於是，一位偵探的樣貌漸漸成形：五呎四吋的小個兒，蛋型臉上蓄著保養得宜、梳理有型的鬍子，衣著一塵不染，漆皮鞋擦得錚亮。他有嚴重的潔癖，說話不時夾雜法語，喜歡成雙成對的東西，喜歡方的不喜歡圓的（雞蛋為什麼不是方的呢？），口頭禪是「動動灰色的腦細胞」。阿嘉莎心想，他應該要有個像福爾摩斯一樣響亮的名字，取名「赫丘勒斯」怎麼樣？希臘神話中的大力士。姓氏叫白羅，不過搭赫丘勒斯這個名字好像不配……改一下，赫丘勒．白羅好像不錯？就這麼定了吧！

白羅很聰明，懂得觀察入微沒錯，但這並不表示他就得是台獨尊腦袋、缺乏情感的冰冷思考機器，尤其要在人物關係錯綜複雜的莊園宅邸查案追凶，交際手腕得高明些才行。他不是在謀殺發生、屍體出現後才開始像頭獵犬四處嗅聞，而是憑藉旺盛的好奇心與強烈的同理心接觸各種人事物，進而探入被害者、犯罪者、各個看似無辜但多少都和事件沾上邊的關係者的心靈深處，佐以現今稱作鑑識、法醫等等科學鐵證（哎，證據人人知道，可是要怎麼跟真相合理地連結到一塊，這就是名偵探的功力啦），讓原本叫人束手無策的事件得以畫下完美句點。也因此，白羅偶爾能預測進而制止罪案的發生，甚至對殘酷但值得憐憫的罪行網開一面，這樣才合乎人性不是嗎？

婚後以阿嘉莎．克莉絲蒂為名，推出《史岱爾莊謀殺案》後深獲好評，相隔六年的《羅傑艾克洛命案》更是引發街談巷議，而克莉絲蒂全球暢銷前十大作品中，還包括《東方快車謀殺案》、《尼羅河謀殺案》、《ABC謀殺案》、《藍色列車之謎》、《底牌》、《五隻小豬之歌》，合計八部皆由白羅擔綱演出。讀者不只喜愛這個聰明角色，還臣服於平實流暢的文筆及相對顯得衝突的複雜劇情，冷酷的謀殺動機隱藏在細膩的人際關係裡，穿透看似單純、帶點童話氣息的表象後，端賴名偵探明察秋毫、撥亂反正。尤其讓一個比利時人在英國土地上辦案，是克莉絲蒂的小心思，因為「英國人總是不信任外國人，也不相信睿智」（語出英國偵探俱樂部主席馬丁．愛德華茲〔Martin Edwards〕），讀者同凶手一樣輕忽不設防，卻也得到了參與鬥智競賽的意外驚奇和美好滿足。

這樣的閱讀感受，我稱之為「老派偵探之必要」，因為它純粹簡約，經得起反覆咀嚼，猶如前述的西裝革履，在潮流更迭的時間長河裡維持恆久的優雅風範——呼應吳念真先生寫在「策畫者的話」中的一段文字，那不是惺惺作態的高傲睥睨，而是「絕對自覺的通俗，無以倫比、無法招架的功力」所致。

不信？往下讀去就知道。而且我敢打賭，你有很高的比例會將整個白羅系列嗑完，然後是瑪波小姐系列以及其他系列，當然也不可能錯過像名列暢銷首位的《一個都不留》這類獨立之作……

註　克莉絲蒂推理全集一至三十八冊為「神探白羅系列」，三十九至五十二冊為「神探瑪波系列」，五十三至八十冊包含鬼豔先生、湯米與陶品絲、雷斯上校、巴鬥主任等名探故事。

獻詞

阿嘉莎・克莉絲蒂是世界讀者最眾，也最廣受喜愛的女作家。
身為克莉絲蒂的孫兒，我相信奶奶會非常樂見這次出版，
因為她極以自己作品中的趣味與娛樂為豪。
歡迎所有喜歡本系列的台灣新讀者參與這場饗宴！

——馬修・培察（Mathew Prichard）

第一幕

疑案

Three Act Tragedy

01／鴉巢屋

沙特衛先生坐在鴉巢屋的露台上，看著屋主查爾斯．卡萊特爵士從海邊爬上小路。

鴉巢屋是一幢漂亮的現代平房，木質結構不到一半，沒有三角牆，沒有三流建築師愛不釋手的累贅設計。這幢簡潔而堅固的白色建築物，看起來比實際體積小。這房子得名於它的位置，居高臨下，可俯瞰整個魯茅斯海港。露台由結實的圍欄保護著，從露台一角望去，有一堵懸崖峭壁直落海底。鴉巢屋離城裡有一英里路程，這條路從內地過來，之後在海岸高處迂迴盤旋。如果徒步跋涉，七分鐘就可走完查爾斯爵士此刻正在攀登的陡峭漁夫小徑。

查爾斯爵士是個體格健壯、皮膚黝黑的中年男子。他穿著一條灰色的法蘭絨舊褲，上身套著白色毛衣。他走起路來有點兒左右搖擺，常常把雙手半插在口袋裡。每次他一出現，十個人中便有九個會說：「真像個退役的海軍軍官。絕對錯不了。」只有目光敏銳的最後那一位，會稍有保留，對某種模糊的假想心存質疑。旋及，一個畫面便會陡然在他們心中浮起：

一個舞台上船的甲板，懸掛著厚實豪華的帷幕，將船的一部分遮蓋。有一個人站在甲板上，那就是查爾斯．卡萊特。代表陽光的燈照射在他的身上，他雙手半握，步履輕盈，說話時聲音爽朗宏亮，帶有英國水兵和紳士的腔調。

「不，先生，」查爾斯．卡萊特說道，「恐怕我不能回答你的問題。」沉重的帷幕唰的一聲落了下來，燈光突然向上直射，管弦樂隊奏起了最新式的切分音曲調。已到後台的女孩們頭上紮著大蝴蝶結，她們說著：「有巧克力嗎？有檸檬嗎？」《大海的呼喚》第一幕就這樣結束。

查爾斯．卡萊特在劇中扮演副艦長范史東。

沙特衛先生微笑著，從他所站的有利位置向下俯視。

沙特衛先生是一個乾瘦的小個子男人，就像個小瓦罐。他是位美術和戲劇的贊助人，脾氣固執但好相處，挺愛充紳士派頭。凡是重要一點的私人宴會和社交場合，總會有他的身影；「還有沙特衛先生」這一段字，總是名列在來賓名單的末尾。他還是一個智慧過人、看待人和事物目光銳利的觀察家。

只見他自言自語道：「完全想不到。是呀，真的完全想不到。」

露台上響起了腳步聲，沙特衛先生轉過頭去。是那位灰白頭髮的大個子。他拉了一張椅子坐下。他歲值中年，嚴肅又慈祥的臉清楚地表明他的職業，他就是哈利大街的醫生巴塞羅繆．史全奇爵士。他是個著名的精神病專家，最近在英國女王誕辰時榮獲爵士頭銜。

他把椅子拉到沙特衛先生旁邊說：「你想不到什麼啊？說出來聽聽。」

沙特衛報之一笑，一心注視著正從下面的小徑往上爬的那個人。

「想不到查爾斯爵士竟能耐得住這種──呃，放逐生涯。」

「哎呀，我也沒有想到！」醫生把頭朝後一仰，大笑起來。「我從小就認識查爾斯。我們一起進牛津大學。他從來不改本色──在私下的生活中，他是一個比在舞台上還要出色的演員！查爾斯總是在演戲，而且已到不能自拔的程度，這是他的第二天性。他不是走出一間屋子，而是在『退場』。他辦事常常遵循著已經擬定的計畫，還有，他喜歡變換角色，這誰也沒有他在行。兩年前，他從戲劇界退休，說是希望過一種簡樸的鄉間生活，遠離塵囂，沉溺於往昔對大海的夢幻。於是他來到這兒，修建了這幢房子，亦即他理想中的鄉間小屋──浴室就有三間，還有一大堆時髦的裝潢！沙特衛，我和你一樣，認為他的這種生活持續不了多久。畢竟查爾斯是個凡人，他需要觀眾。兩三個退職船長，一票女人，再加上一個牧師，那可玩不出什麼好戲來。我想，這位『對大海懷有深情的簡樸紳士』，頂多在這兒待上六個月，隨後，他就會開始厭惡這個角色。我看，下一個角色會是一個厭世的蒙地卡羅旅人，或是一位蘇格蘭高地的地主。總之，他是一名演技高超的演員。」

醫生停了下來。他的話猶如一篇冗長的演講，說話時眼睛充滿激情和喜悅，並望著從下面小徑上來的那位主角，只是那位仁兄對此絲毫未察覺。再過幾分鐘，他就要到他們身邊。

巴塞羅繆爵士繼續說：「不管怎麼說，我們似乎錯了。簡樸生活自有它的魅力。」

「一個戲劇化的人，有時會讓人家誤解。」沙特衛先生指出，「人們很難相信他的所作所為出自真心。」

醫生點了點頭。

「是的。」他若有所思地說，「完全正確。」

當查爾斯．卡萊特爬上露台前的階梯時，人們發出一陣歡呼聲。

「『米拉貝爾』超乎想像的好。」他說，「沙特衛先生，你也應該來試一試。」

沙特衛搖搖頭。每每乘船渡過英吉利海峽時，他的胃總不聽使喚，讓他吃了不少苦頭。今天早晨，他從臥房的窗口遠望米拉貝爾號輪船，看到它航行時刮起了一陣大風，沙特衛先生不禁打心底感謝著上帝。

查爾斯爵士走到客廳的窗口，要僕人給他送杯酒來。

「你應當加入我們的行列，托利。」他對老朋友巴塞羅繆爵士說，「難道你準備消磨半輩子，淨坐在哈利大街告訴你的病人說，生活在大海波濤之上對他們的身體會有多好？」

「當醫生的最大好處是，」巴塞羅繆爵士說，「他不必遵循自己的忠告。」

查爾斯爵士大笑起來。他仍然在不知不覺地扮演某種角色——一個屹立在船頭、海風撲面的海軍軍官。他是個儀表堂堂、體格勻稱健美的男子，一張瘦削的臉，兩鬢的幾根灰髮使他更加與眾不同。一看就會知道他是個紳士，其次你會猜他是演員。

「你是一個人去的嗎？」醫生問道。

「不。」查爾斯爵士轉身，從一個衣著整潔的接待女僕的托盤裡，拿了一杯酒。「我有個幫手。具體地說，是蛋蛋小姐。」

他的聲音裡隱約流露著不自在。這使得沙特衛先生猛然抬起頭來。

「是蛋蛋．莉頓．戈爾小姐嗎？她對航行略知一二，是吧？」

查爾斯爵士懊悔地苦笑了起來。

「她讓我感到自己是個徹底的大笨蛋。但是我有進步了——多虧有了她。」

沙特衛思緒萬端。「真讓人納悶……也許，戈爾小姐就是使他不知疲倦的因素……那個年齡啊，危險的年齡。女孩子在那種年紀……」

查爾斯爵士繼續說：「世上無論什麼都比不上大海，比不上陽光、風和海洋，還有一間可以像家一樣居住的簡樸茅舍。」

他滿懷喜悅地看著身後那幢白屋。裡面有三間浴室，所有的臥房都有冷、熱水供應，有最新式的中央暖氣系統，有最時髦的電器，有一群接待女僕、打掃的傭人、司機和廚娘。查爾斯爵士對簡樸生活的解釋，似乎言過其實了。

這時，一個其醜無比的高個兒女人從房裡出來，走到他們身邊。

「早安，查爾斯爵士。」她又朝另外兩位輕輕點頭。「早安。這是晚餐的菜單，不知道你們是不是想換換口味。」

查爾斯爵士接過菜單咕噥說：「我來瞧瞧……甜瓜、俄式菜湯、新鮮鯖魚、松雞、幸運蛋奶酥、黛安娜乳酪麵包……夠了，這很好，米蕾小姐。客人們會搭四點半的火車到達。」

「我已讓霍蓋特安排了。對了，查爾斯爵士，如果可以，今晚我最好一起用餐。」

查爾斯爵士顯得有點驚訝，但還是客氣地說：「我很樂意，米蕾小姐。但是，呃……」

米蕾小姐平靜地搶先解釋道：「查爾斯爵士，如果我不跟你們一起吃飯，餐桌上就正好是十三個人。這兒有很多人都很迷信[1]。」

她說話的語氣讓人覺得，若要她一輩子的每個晚上都與十二個人共餐，她也無所懼。她繼續說：「一切已安排妥當。我要霍蓋特駕車去接瑪麗夫人和巴賓頓一家。沒問題吧？」

「當然，我才要交代你這件事呢。」

米蕾小姐退了出去，她那張凸眉凹眼的臉上，帶著一絲得意的微笑。

查爾斯爵士恭敬地說：「她是個了不起的女人。我常常擔心她會把我給慣壞了。」

「是個高效率的模範。」史全奇說。

「她跟了我六年。」查爾斯爵士說，「她原是我在倫敦的祕書。到了這兒，她則成了一位頂瓜瓜的管家，像時鐘走針一樣有效率地管理這地方。現在，她就要離開了。」

「為什麼？」

1 西方人較忌諱「十三」這個數目，認為不吉利。

「她說，」查爾斯爵士含糊地摸摸鼻子。「她說她有個病弱的母親。我不相信，她那樣的女人根本不會有什麼母親。她可以像發電機一樣自動產生能量。不，一定有別的原因。」

「絕對有可能。」巴塞羅繆爵士說，「人們一直在議論她。」

「議論她？」那演員睜大眼睛說，「議論什麼？」

「親愛的查爾斯，你知道『議論』指的是什麼。」

「你的意思是說她……跟我？我跟那種長相的女人？她年齡也不小了吧？」

「她也許還不到五十歲。」

「我想她有五十歲了。」查爾斯爵士思忖道，「老實說，托利，你注意過她的臉嗎？同樣是一雙眼睛、一個鼻子和一張嘴巴，可是這不是一張臉，不是一張女性的臉。就算是街坊裡最愛造謠生事的老貓，也絕不會將風流韻事與這樣一張臉聯繫在一起。」

「你太小看我們這位英國老處女了。」

查爾斯爵士搖了搖頭。

「我才不相信哩。米蕾小姐身上蘊藏著某種威嚴，就算她是個老處女也不能否認這點。她是貞潔和尊嚴的化身，是個絕頂能幹的女人。我選擇祕書向來都是很挑剔的。」

「聰明的人。」

查爾斯爵士沉思了一會兒。巴塞羅繆爵士改變話題問道：「今天下午來了什麼客人？」

「第一位，安琪。」

「是安琪拉・薩克利夫嗎？太好了。」

沙特衛先生饒有興趣地側過身去。他極想知道這次宴會的成員。安琪拉・薩克利夫是個著名女演員，不年輕了，但仍然受觀眾喜愛。人們讚揚她的聰慧和魅力，甚至，還稱她為愛倫・泰瑞的接班人。

「還有戴克斯一家。」

沙特衛又一次點了點頭。戴克斯太太是安博森有限公司的設計師。那是個生意興隆的時裝公司，你常可在演出節目表上看到「布蘭克小姐的首演服裝是由安博森公司所承製」這類說明。她的丈夫是戴克斯船長，用他自己的賽馬行話來說，他是一匹黑馬。他花了大把時間在賽馬場上。這幾年來，他一頭栽進大英野外障礙賽馬會。他曾經惹過一些麻煩，但儘管謠言四起，誰也不清楚內情，沒有人問過他——公開問過他，但是，總之一提到佛萊迪・戴克斯，人們就會揚起眉頭。

「還有安東尼・亞斯特，那個劇作家。」

「沒錯。」沙特衛先生說，「她寫過《單行道》。我看了兩遍。劇本很具震撼力。」

他頗得意地展現自己知道安東尼・亞斯特是個女人。

「就是呀。」查爾斯爵士說，「我忘了她的真名。大概姓威爾斯吧。我只見過她一面。我請她來，好讓安琪拉高興高興。大概就是這些人了——我是指這次的晚宴。」

「本地人有邀請嗎？」醫生問道。

「哦，對，本地人！有啊，巴賓頓夫婦。他是個牧師，一位好人，不太像個牧師。他的妻子是個不錯的女人，常教導我一些園藝知識。還有瑪麗夫人和蛋蛋要來。哦，還有一位叫曼德斯的小夥子，是個記者還是什麼的，這年輕人長得滿帥的。這就是宴會的全班人馬。」

沙特衛是個辦事井井有條的人。他正在數人數。

「薩克利夫小姐，一個；戴克斯夫婦，三個；安東尼．亞斯特，四個；瑪麗夫人和她女兒，六個；牧師和他的妻子，八個；那年輕人，九個；加上我們幾個，共十二個人。查爾斯爵士，不是你就是米蕾小姐數錯了。」

「米蕾小姐不可能弄錯。」查爾斯爵士肯定地說，「那個女人永遠都不會出差錯的。讓我來算一算……是的，你是對的，我漏了一位客人，剛好一下子想不起他來了。」他噗嗤一聲笑了起來。「這位先生似乎不是很受歡迎，他是我所見過最自負的人，鬼靈精一個。」

沙特衛眨了眨眼睛。他一直秉持一個觀點：演員是世界上最最虛榮的人，他認為查爾斯爵士也不例外。所以這種五十步笑百步的情形使他感到好笑。

「誰是這個自以為是的人？」他問道。

「是個古怪的矮冬瓜。」查爾斯爵士說，「但也是個大大有名的矮冬瓜。你們可能聽說過他：赫丘勒．白羅，一個比利時人。」

「是那位偵探吧？」沙特衛說，「我見過他，是個了不起的人物。」

「他的確是號人物。」查爾斯爵士說。

「我還沒見過他。」巴塞羅繆爵士說，「不過經常聽到他的傳聞。不久前他退休了，是吧？也許我聽到的多是謠傳。嗨，查爾斯，我希望這個週末我們這兒不會發生什麼案件。」

「怎麼會呢？就因為有位偵探要來？托利，你可別胡說。」

「嗯，只是這正好符合我的觀點。」

「你的觀點是什麼，醫生？」沙特衛問道。

「案件找人，不是人找案件。為什麼有的人生活精采刺激，而有的人卻平淡無奇？這是因為環境的不同嗎？完全不是。有人可以遊遍天涯海角而平安無事，可是在他到達某地的前一週，當地才發生過大屠殺；而或許在他離開後的第二天，又突然爆發地震，或是他差一點要去乘坐的小船會遭到船難。可是，另外一個住巴爾罕的男人，每天都在城裡進進出出，卻不幸大難臨頭，他可能被捲進勒索、桃色糾紛或飛車黨搶劫的事端之中。還有一些人，即使乘坐設施完備的湖上小船，還是難逃翻船的厄運。同樣的道理，像赫丘勒．白羅那樣的人，他不必去尋找犯罪案件，案件就會自己找上門來。」

「照你這麼說，」沙特衛說道，「米蕾小姐最好是來參加我們的宴會，這麼一來，就不會變成十三個人同桌吃飯。」

「好吧。」查爾斯爵士灑脫地說，「托利，如果你熱中於此，你就儘管去設想你的凶殺案吧。反正我只下一個結論：我自己不會成為那具屍體。」

三個人都笑了起來，邁步走進屋裡。

02 飯前意外

沙特衛生活中的主要興趣是人。總括言之，他對女人比對男人更感興趣。以一個男人而言，沙特衛對女人知之頗深。在他的性格裡有一種女性氣質，這使他能夠更深入地觀察女性的內心世界。他身邊的女人都十分信賴他，但也不是很看重他。對此，他有時會感到不是滋味。他總覺得自己好像只是在小包廂裡看戲，而不是在劇中親自扮演一個角色。然而，旁觀者的角色實際上最適合他不過了。

這天晚上，他坐在一間面對露台的大房間裡——一家現代裝潢公司精巧地將它裝飾成宛若船上特等艙的氣派——他最感興趣的是辛西亞．戴克斯頭上那染髮劑的顏色。那是一種全新的顏色，他猜想那必定是直接從巴黎進口的，那銅綠色能製造一種俏皮討喜的效果。要描述戴克斯太太的相貌簡直不可能。她是個高個子女人，絕對符合當下時興的形象。她的脖子和手臂有著夏天鄉間女人們那種黝黑的膚色，誰也不知道這是天然生成，還是人工所造。她的銅綠色頭髮梳理成優雅而新穎的樣式，只有倫敦第一流的理髮師才有這種技藝。她的眉毛向上彎曲，睫毛畫黑，臉部經過精心修飾，原來平平的嘴形變得輪廓鮮明，彎曲可人。這一切都映襯著她身上那件美妙絕倫、高雅脫俗的深藍色晚裝。那衣服剪裁得簡單大方（儘管與這種場合格格不入），布料質地也非同一般，色澤淡雅，卻有暗光閃爍。

「靈巧的女人。」沙特衛說著，眼睛凝視著她，流露出讚賞的神情。「真想知道她的真實樣貌。」

他指的是心裡的想法，而不是外貌。

她談話時總拖長聲調，這種語氣時下最為流行。

「我親愛的，這是不可能的。我的意思是，有些事好像可能又好像不可能。這件事可不是如此，這事滲透得很。」

這是目前的一個新詞。什麼事都「滲透得很」。

查爾斯爵士興致勃勃地搖著雞尾酒，一邊與安琪拉．薩克利夫交談。她是高個的灰髮女人，有一張頑皮的嘴和一雙漂亮的眼睛。

戴克斯對著巴塞羅繆．史全奇說：「人人都知道老拉迪斯伯恩出了什麼錯。整個賽馬場都清楚。」

他說話時把嗓門提高，聲音短促。他是個小個頭男人，皮膚發紅，有褐斑，嘴上留一小撮短鬚，還有一雙不安分的眼睛。

沙特衛旁邊坐著威爾斯小姐。她的劇本《單行道》被譽為近年倫敦戲劇界最詼諧機智、最震撼人心的劇目之一。威爾斯小姐身材修長瘦削，下巴後縮，頭髮蓬鬆凌亂。她臉上架著夾鼻眼鏡，身穿極其柔軟的雪紡綢洋裝，嗓門很高，卻缺乏抑揚頓挫。

「我去了法國南方。」她說，「但是說真的，我不太喜歡那兒。這麼說似乎很不友善。當然啦，你知道，這對我的寫作很有好處——去看看正在流行的事物。」

沙特衛心想：「真是個可憐的人！事業的成功使她不得不遠離她精神的歸宿——伯恩茅斯的寓所。那才是她喜歡居住的地方。」對於作品和作者之間的明顯反差，他很感驚奇。安東尼・亞斯特在劇本裡體現了一種「當代男性」的風格，但你在威爾斯小姐的身上能感覺到它絲毫的展現嗎？他注意到夾鼻眼鏡後面的那雙淡藍色眼睛異常機敏聰慧，而此時，這雙眼睛也以一種明察秋毫的目光投向他，使他有點心神不安。威爾斯小姐像是在用心觀察他。

查爾斯爵士正在倒雞尾酒。

「讓我幫您弄一杯吧。」沙特衛突然縱身而起。

威爾斯小姐咯咯咯地笑了。

「我倒樂意為你調製一杯。」她說。

門開了，達珮宣布瑪麗・莉頓・戈爾夫人、巴賓頓夫婦和莉頓・戈爾小姐到達。

沙特衛給威爾斯小姐送去一杯雞尾酒。然後悄悄溜到瑪麗・莉頓・戈爾夫人身邊。正如前面所述，他對名銜有特殊的興趣。

然而，撇開他喜愛趨附名流的習性不談，他倒是真心喜歡某位高尚的女士。不消說，那就是瑪麗夫人。

她只是個寡婦，丈夫拋下她離世而去時，留下了一個三歲小女孩。此後，她來到魯茅斯，住進一幢小平房，一個忠實的女僕一直陪伴著她。她是個高䠷清瘦的女人，看上去比她五十五歲的年紀還要老。她談吐溫柔，略帶羞怯，十分溺愛女兒，常為她擔憂害怕。

不知為什麼，人們通常把赫米歐妮．莉頓．戈爾叫做「蛋蛋」。她與母親幾乎沒有相似之處。她屬於比較熱情開朗的類型。在沙特衛先生看來，她並不漂亮，但毫無疑問有一種魅力。他想，這種魅力在於她那朝氣蓬勃的活力。她比屋子裡所有的人都要活潑得多。她有一頭黑髮，灰色眼睛，中等身材。也許是她那鬈曲齊頸的短髮、灰色眼珠直勾勾看人的目光、曲線柔美的臉頰和具有感染力的笑聲，令她全身散發著一種奔放不羈的青春活力。

她站著與剛剛到達的奧利佛．曼德斯說話。

「真難想像你為什麼會覺得航海很無聊。你以前很喜歡航海啊。」

「蛋蛋，我親愛的，人是會長大的！」他慢吞吞地說著，並揚起眉頭。

這是個挺帥的年輕人，大約有二十五歲。在他俊俏的臉上，有點世故的表情，還有某種……是一種異國的味道吧？某種非英國的氣質。

還有一個人在看著奧利佛．曼德斯。是位小個子的男人，蛋形頭，留著很特殊的鬍鬚。

沙特衛喚起自己對赫丘勒．白羅先生的記憶。這位矮個子男人總是笑容可掬。沙特衛懷疑他總刻意誇大他的異國氣質。他那雙炯炯有神的眼睛似乎要說：「你們把我當成滑稽戲裡的小丑嗎？以為我會為你們演齣喜劇嗎？那好，就讓你們如願以償！」

但是，赫丘勒．白羅的眼睛此刻已不再閃閃發光。他顯得有些不快和憂傷。

魯茅斯的教區牧師史蒂芬．巴賓頓走過來與瑪麗夫人和沙特衛談話。他已六十開外，一雙仁慈的眼睛暗淡無光。言談舉止已缺乏銳氣和自信。他對沙特衛先生說：「能與查爾斯爵士為伍，我們實在很幸運。他非常仁慈、慷慨，真是個好鄰居。相信瑪麗夫人也有同感。」

瑪麗夫人微笑道：「我非常喜歡他。他的成功沒有寵壞了他。」她笑得更開心了。「他在很多方面還像個孩子。」

這時女僕端著一盤雞尾酒走了過來。沙特衛想道，女人的母性多麼的永無止境啊！由於他屬於維多利亞時代的人，對這種性格很是讚賞。

「喝杯雞尾酒吧，媽媽們。」蛋蛋小姐舉著酒杯對她們揮一揮手說，「只限一杯。」

「謝謝你，親愛的。」瑪麗夫人溫柔地說。

「我想，」巴賓頓先生說，「我妻子應該會允許我喝一杯。」

接著他發出慈祥牧師特有的笑聲。

沙特衛從遠處凝望著巴賓頓太太，她正和查爾斯爵士認真地談著種花施肥的事。

「她的眼力很好。」他想。

巴賓頓太太是個高大的女人。她穿著隨性，精力充沛，不拘小節。正如查爾斯．卡萊特曾經說過的，她是個好女人。

「告訴我，」瑪麗夫人將身子朝前傾了傾說，「那位年輕女子是誰？我們進來的時候，你在跟她說話；就是穿綠衣服那一位。」

「她是個劇作家，安東尼．亞斯特。」

「什麼？就是那個看上去像是患了貧血症的小姐嗎？哦！」她控制住自己。「我太沒眼光了。這可真是令人吃驚。她的樣子不像──我是說，她看上去倒像一個笨手笨腳的托兒所保母。」

她對威爾斯小姐這種恰如其分的描述，使得沙特衛笑了起來。此刻巴賓頓先生那雙溫和的近視眼在屋裡四處探望。他啜了一口雞尾酒，在嘴裡品嘗著酒的滋味。沙特衛饒富興味地想著，巴賓頓一定不常喝雞尾酒，在他看來，也許喝雞尾酒是一種時髦玩意兒……他看來不喜歡喝。巴賓頓先生勉強又喝了一口，臉上的肌肉開始有點扭曲了。他說：「是那邊那位女士嗎？哦，我的天……」

他伸手放在喉嚨上。

蛋蛋小姐的聲音響了起來。「奧利佛，你這個狡猾的夏洛克[2]……」

2　夏洛克（Shylock），莎士比亞（William Shakespeare）劇作《威尼斯商人》（*The Merchant of Venice*）中狡獪吝嗇的猶太人。

沙特衛想道：「當然，正是如此，他可不是什麼異鄉人，而是個猶太人！」

他們是很相配的一對，兩人都這麼年輕漂亮……當然也容易吵嘴——總之，是很健康的象徵。

旁邊的聲響突然打斷他的思緒。巴賓頓先生剛從座位上站起來，正在前後搖晃。他的面部出現了痙攣。

蛋蛋小姐清脆的尖叫驚動了全屋子的人。在這之前，瑪麗夫人已經站起身來，焦急地伸出了手。

「哎呀！」蛋蛋叫道，「巴賓頓先生不好了。」

巴塞羅繆．史全奇爵士連忙跑過來，一把扶住這突然發病的人，並將他攙扶到客廳一側的長沙發上。其他人也圍了上來，緊張地幫著醫生。然而，一切都無濟於事……

兩分鐘之後，史全奇醫生站直身子，搖了搖頭。他知道此時不宜拐彎抹角，於是他直截了當地說：「很遺憾，他死了……」

03
查爾斯爵士的疑團

「沙特衛，進來一會兒好嗎？」

查爾斯爵士把頭伸出門外叫道。

一個半小時過去。那陣混亂已經平息。瑪麗夫人把哭哭啼啼的巴賓頓太太帶出別墅，並與她一起回到牧師住宅。米蕾小姐一直在電話機前忙碌。當地的醫生已趕來接手處理。大家簡單地用過晚餐。相互寒暄幾句之後，客人們都回到各自的房間。當查爾斯爵士從發生死亡事件的龐大門邊叫喚他時，沙特衛正準備回到他的房裡。

沙特衛走進船廳，拚命克制身體的顫抖。他已是個上了年紀的人，實在無法目睹死亡的場面。或許，他自己也很快會……不過，想這個幹什麼呢？

「我很健康，還能再活二十年。」沙特衛先生給自己打氣。

留在船廳的另外一個人是巴塞羅繆．史全奇。他一見到沙特衛先生就向他點頭致意，還帶有幾分贊許。

「來得正是時候！」他說，「我們可以和沙特衛商量。他人生閱歷豐富。」

沙特衛坐到醫生旁邊的扶手椅上，聽了這話有點兒吃驚。查爾斯爵士在來回踱步，他下意識地半握著拳頭，但神態可不像一個海軍軍官了。

「查爾斯不喜歡這樣的事情發生。」巴塞羅繆爵士說，「我是指老巴賓頓的死。」

沙特衛想，這句話形容得不太恰當。顯然，沒有人會「喜歡」發生這種事情。他想史全奇醫生這句直率的話是另有所指。

「真令人悲嘆。」沙特衛小心翼翼地表達自己的情感。「確實非常令人悲嘆！」他顫然感懷地說。

「唉，是啊，這是相當悲痛的事。」醫生說道，聲音是職業化的腔調。

查爾斯．卡萊特停下腳步。

「托利，曾經見過有人這樣死去嗎？」

「沒有。」巴塞羅繆若有所思地說，「可以說從沒見過。」

「但是，」片刻之後，他又補充說，「我不像你想像的那樣，曾見過很多人死亡。一個精神病醫生沒什麼機會殺死病人。他得讓病人活下來，才能從他們那兒賺到錢。麥賓格見過的死人應該比我多得多。」

麥賓格是魯茅斯鎮的主治醫師，米蕾小姐請他看過病。

「麥竇格並沒有目睹這個人死去。當他趕到這兒時，人已經死了，他只知道我們告訴他的情況，你所告訴他的具體情況。他說，是某種疾病突然發作致死，還說巴賓頓先生已上了年紀，健康狀況不佳。這無法說服我。」

「他可能連自己都無法說服。」巴塞羅謬咕噥道，「但是，一個醫生總得說點什麼。『突然發作』是一個很好的說法，但根本不能解釋什麼，卻能夠讓外行人滿意。而且，巴賓頓畢竟上了年紀。他的妻子告訴我們，最近他的身體一直有毛病，可能是某個器官出了毛病。」

「那就是典型的痙攣或突然發作，還是其他什麼的嗎？」

「典型的什麼？」

「典型的已知疾病嗎？」

「如果你學過醫，」巴塞羅繆爵士說，「你就會明白，幾乎沒有所謂典型的疾病。」

「你到底在暗示什麼，查爾斯爵士？」沙特衛問道。

卡萊特沒有回答。他只是做了一個不明確的手勢。史全奇輕輕笑出聲來。

「查爾斯不了解他自己，」他說，「他的思路總是轉到戲劇性的發展上。」

查爾斯爵士做了一個責備的手勢。他的神情專注，思緒萬端。最後他輕輕地搖搖頭，茫然若失。

有種似曾相識的感覺騷擾著沙特衛。隨後，他終於想起來了：亞里斯提德．杜瓦，情報局局長，他曾解開了「地下網絡組織」錯綜複雜的疑團。過了片刻，他更堅信不疑了，看查爾斯爵士那蹣跚的步履——亞里斯提德．杜瓦一直被稱之為「步履蹣跚的男人」。

巴塞羅繆爵士繼續為查爾斯未成形的疑團提供常識性的解釋。

「是的，你懷疑什麼，查爾斯？自殺？他殺？誰會謀殺一個與世無爭的老牧師？真是不可思議。自殺嗎？我想也不無可能，人們也許不難想像巴賓頓尋短的原因。」

「什麼原因？」

巴塞羅繆爵士輕輕地搖搖頭。

「我們哪摸得清人內心的祕密？我有個假設：倘若有人告訴巴賓頓，說他患了不治之症，比如癌症，這樣一來，就會引發一個動機。他可能不願妻子見他長期遭受折磨。當然，這只是一種假設，我們想不出任何原因能導致他結束自己的生命。」

「我不太認為是自殺。」查爾斯爵士說。

巴塞羅繆．史全奇又一次發出輕輕的笑聲。

「是嘛，你就是不甘於平凡，你喜歡把事情弄得驚天動地，希望最好是有人在雞尾酒裡放了一種很難查出的新毒藥。」

查爾斯爵士做了一個意味深長的表情。

「我可不敢說我喜歡這種結局。再怎麼說，托利，別忘了是我調的雞尾酒。」

「那殺人狂突然襲擊，怎麼樣？藥性大概延遲發作了，而且，我們所有的人在天亮之前都會死去。」

「該死，你還開玩笑，如……」查爾斯爵士突然住嘴。

「我不是在開玩笑。」醫生說。他的聲音變了，顯得很痛心，不再冷漠。「對於老巴賓頓的死，我怎麼會開玩笑？我只是稍微調侃一下你的假設，查爾斯，因為……直說吧，因為我不想讓你輕率地傷害無辜。」

「傷害無辜？」查爾斯爵士大聲問道。

「沙特衛先生，也許你明白我在說什麼吧？」

「我想，我可以猜得出來。」沙特衛說道。

「查爾斯，難道你沒想到，」巴塞羅繆爵士繼續說，「你毫無根據地猜疑，可能會傷害別人？事情總要傳開，一個完全沒有根據、模糊不清的假設，可能會為巴賓頓太太帶來嚴重的麻煩和痛苦。這種事情發生過不止一次，只要有幾個加油添醋的傢伙插手，一件突然死亡的事件就會流言滿天飛，並且愈演愈烈，最後誰也無法收拾。真是的，查爾斯，你難道不知道這有多殘忍和多事嗎？你這是在放縱自己的想像力，完完全全在憑空猜測。」

這位演員的臉上露出不知所措的神情。

「我沒有想那麼深。」他承認。

「你是個非常好的人，查爾斯，但你卻讓你的想像漫無邊際地奔馳。說說看，你當真相信有人——有任何人——會殺害這個完全與世無爭的老人嗎？」

「我想沒有，」查爾斯說，「沒有。正如你所說，那是荒謬的。對不起，托利。但在我看來，這確實不像一個單純的突發事件。我有種感覺，總覺得有什麼不對勁。」

沙特衛輕輕咳了幾聲。

「我可以說說我的想法嗎？巴賓頓先生走進來，剛剛喝了雞尾酒之後不到幾分鐘就病倒了，那時，我碰巧注意到他喝酒時面有苦相，當時我猜想他是不習慣雞尾酒的味道。假如巴塞羅繆爵士的推測是正確的話——即巴賓頓先生是因為某種緣故而自殺——那真是會讓我感到震驚。然而，他殺的說法聽起來卻也十分荒唐可笑。」

「我想巴賓頓先生有可能——不是一定——趁人不注意將什麼東西放進杯子裡了。當然這種可能性不太大。」

「現在這裡所有的東西都沒被動過。雞尾酒杯仍擺在那兒。這就是巴賓頓先生的那一杯。我記得很清楚，因為我當時正坐在這兒跟他談話。我建議請巴塞羅繆先生把這個杯子拿去檢查。做這事要悄無聲息，才不至於引起閒話。」

巴塞羅繆爵士站起來，拿了酒杯。

「好吧。」他說，「就聽你的，查爾斯。但我敢拿出十英鎊來打賭，杯子裡一定什麼都沒有，絕對只有杜松子酒和苦艾酒。」

「成交。」查爾斯爵士說。

隨後他臉上又露出了懊悔的笑容。

「要知道，托利，我這樣胡思亂想，你得負一部分責任。」

「我？」

「是的，那與你今天上午談論犯罪的事有關。你說，赫丘勒．白羅這位仁兄是個瘟神，說他走到哪裡，犯罪就會跟到哪裡。他剛剛抵達，我們這兒就出現了可疑的暴斃事件，那我的思路當然一下子轉到了謀殺上。」

「難怪。」沙特衛說著停了下來。

「是的。」查爾斯爵士說，「我就是這麼聯想到的。你覺得呢，托利？我們可以問問他的意見嗎？這麼做禮貌嗎？」

「說得對。」沙特衛喃喃地說。

「我只知道醫生的行規。要是我知道什麼查案的行規，可就見鬼了。」

「你不能要求一個職業歌手隨便唱歌給你聽。」沙特衛先生咕噥著，「同理，你可以要求一個職業偵探順便替我們調查嗎？是的，查爾斯說得對。」

「只不過是個人的看法。」查爾斯爵士說。

有人在輕輕敲門，接著赫丘勒．白羅出現了，他滿懷歉意地看著房間裡的人。

「進來吧，老兄。」查爾斯爵士站起來叫道，「我們剛剛正提到你。」

「我想我來得太唐突了。」

「哪兒的話！來杯酒吧。」

「謝謝你，我不喝酒，我很少喝威士忌，給我杯果汁吧。」

可是，果汁並未被查爾斯爵士列為飲料之一。把客人安頓好後，這位演員就開門見山地說了起來。

「我不想拐彎抹角。」他說，「我們剛剛談到你，白羅先生，還有，還有……今晚發生的事。依你看，這件事是不是有不對勁的地方？」

白羅眉頭一揚，說道：「不對勁？你所謂不對勁的意思是……」

巴塞羅繆．史全奇說：「我的朋友有個想法，就是老巴賓頓是被謀殺的。」

「你不這麼想嗎，呃？」

「我們希望知道您的看法。」

白羅意味深長地說：「他病倒了。當然，病得突然……確實非常突然。」

「確實是。」

沙特衛說明他對自殺的看法，以及他要求檢查雞尾酒杯的建議。

白羅點頭同意。

「無論如何，這沒有壞處。從人性的角度來判斷，我確實不認為有人竟會企圖除掉一個極好的、與世無爭的老年人。但依我看，自殺的可能性也很小。總之，雞尾酒杯會告訴我們一點蛛絲馬跡。」

「你認為檢查的結果會是什麼呢？」

白羅聳聳肩。

「我嗎？我只能猜測。你想問我我所猜測的檢查結果嗎？」

「對。」

「那麼我猜他們只會發現杯裡有非常高級的雞尾酒殘餘。」他向查爾斯爵士點了點頭。「托盤裡有那麼多的酒杯在四處送遞，若要謀殺某個特定人選，這在技術上是非常、非常困難的。而如果那個善良老牧師想要自殺，我認為他是不會在一個晚宴中執行的，那顯然太不顧及他人，而我覺得巴賓頓先生是個非常體諒他人的人。」他停了一下又說，「既然你問到了我，這就是我的看法。」

房裡沉默了一會兒。然後查爾斯爵士深深地嘆了一口氣。他打開一扇窗子朝外看去。

「風隨人意。」他說。

那個水手的角色又回來了，情報局局長已悄然退場。

對於觀察敏銳的沙特衛先生來說，查爾斯爵士似乎在渴望著一種他無法扮演的角色。

04 現代伊蓮 3

「是沒錯，沙特衛先生，但你是怎麼想的呢？你真正的想法是什麼？」

沙特衛先生一直東張西望，但也無處藏身，蛋蛋．莉頓．戈爾已經把他逼到了死角。這些沒有同情心的現代女孩，簡直活潑得過頭了。

「查爾斯爵士已經將他的想法灌輸到你的腦中了。」他說。

「不，他沒有，這想法早在我腦子裡了，從一開始就是這樣。事情來得太突然，令人毛骨悚然。」

「他是個老年人，身體也不太好……」

蛋蛋小姐長話短說：「那都是無稽之談。他患有神經炎，也有輕度類風溼性關節炎。但那也不會使他突然發作身亡，他過去也從未發作過。他是那種小病不斷大病不犯、可以活到九十歲的人。你認為審訊的情況怎麼樣？」

「都非常……唔，非常正常啊。」

「你認為麥竇格大夫的證詞怎麼樣？全然技術性，對所有器官都進行了詳細的描述。但是難道你不覺得，儘管他使用了鏗鏘有力的語言，但他其實是有所保留？他所說的可以歸納為一句話：沒有什麼可以證明那不是自然死亡。但他根本沒有說那一定是自然死亡。」

「你有點吹毛求疵了，親愛的。」

「問題是他的態度。他心中其實很困惑，但他無從解決，所以只好拿什麼『保守判斷』當擋箭牌。巴塞羅繆．史全奇爵士是怎麼想的？」

沙特衛重複了醫生的聲明。

「他嗤之以鼻，是嗎？」蛋蛋意味深長地說，「當然啦，他是一個謹慎的人。我想，哈利大街的名牌醫師當然是如此囉。」

「在雞尾酒杯裡沒有發現什麼，只有杜松子酒和苦艾酒。」沙特衛先生提醒她。

「看來是沒問題。可是審訊之後發生的某件事真叫我困惑……」

「巴塞羅繆爵士對你說了些什麼？」沙特衛感到好奇。

3 出自英國桂冠詩人艾弗雷德．丁尼生的〈國王田園詩〉。詩中描寫阿斯托拉的百合少女伊蓮，她單戀智勇雙全的圓桌武士英雄蘭斯洛，由於極度思念，憂鬱而死。

「不是對我說的，是對奧利佛，奧利佛．曼德斯。那天晚上他也在宴席上。也許你不記得他了。」

「不，我記得很清楚。他是你們的好朋友吧？」

「過去是，現在我們經常吵嘴。他在城裡他叔父的公司上班，變得有點……嗯，滑頭，你應該懂我的意思。他總嚷著要辭掉這份工作，去當新聞記者——他的文采的確不錯。但我認為應該不只是這樣，他其實想發財。我想，愛錢的人實在很讓人不齒，難道你不覺得嗎，沙特衛先生？」

她的年輕氣盛當場刺痛了他——那種赤坦、輕狂及不知人事。

「我的好小姐，」他說，「讓人不齒的事可多著哩。」

「大多數人都太貪得無厭了。」蛋蛋激動地說，「所以老巴賓頓的死才使我這麼痛心疾首。你知道，他確實讓人敬重。他為我施行過堅信禮，開導我很多事，當然，其中有很多都是廢話，但他為人真的很和藹。你知道，沙特衛先生，我篤信基督教，不像媽媽，只是讀讀小冊子、做晨拜什麼的，我是把它當作一種歷史現象去信仰，而且是一種理智的信仰。現在教會全被保羅教義搞得食古不化——事實上，教會是一個麻煩——但是，基督教本身是很好的。因此，我不可能像奧利佛那樣成為一個共產主義者。基本上，我們的信仰都大同小異，像是公領域和所有權方面的觀念，但區別在……好啦，我不必再深入解說了。可是巴賓頓一家都是真正的基督徒，他們不會搬弄是非，不好管閒事，也不會譴責別人。而且，他們對人對事從來都不會冷漠無情，他們都受人愛戴。羅賓……」

「羅賓？」

「是他們的兒子……他去過印度，在那兒被殺害了。我，我曾經迷戀過他……」

蛋蛋小姐眨了眨眼睛，目光朝外面的大海望去……旋即，她的思緒又回到了現實，她望著沙特衛。

「所以，你明白，我對這次事故感受十分強烈。假如他不是自然死亡……」

「我親愛的孩子！」

「可是事情真的很奇怪啊！你得承認，它真的很奇怪！」

「但你自己明明才說，巴賓頓先生在世上沒有仇人。」

「所以才說事情怪呀。我無法想出任何謀殺的動機……」

「真絕了！雞尾酒中什麼也沒有啊。」

「也許有人用針頭戳了他一下。」

「一支南美印第安人的毒箭。」沙特衛淺淺的譏諷了一下。

蛋蛋小姐咧嘴笑了起來。

「正是，一樁完全沒有線索的事件。好啦，好啦，雖然你一直不肯認同這個看法，但有一天你會發現我們是正確的。」

「你們？」

「查爾斯爵士和我。」她的臉上泛起了紅暈。

沙特衛想起《引用文大全》這本書裡的詩句和韻律。在他那個年代，每個人的書架上都能找到這本書。

他臉上昔日的劍傷，
已變成破損的古銅色疤痕，
她對年長一倍的他一見鍾情，
這愛情注定給她帶來厄運。

對於自己竟會想到這種老詩人的老詩詞，他心裡有點兒羞愧，說到丁尼生，今天的人很少提及他了。何況，查爾斯爵士的皮膚雖已曬成古銅色，但臉上並沒有疤痕；蛋蛋敢於追求真摯的愛情，卻完全不像那個願為情而死、在河上漂泊的姑娘，在蛋蛋身上是找不到阿斯托拉百合少女的影子的。

「唯一相同的是她的妙齡……」沙特衛暗忖著。

對風流的中年男人來說，年輕小姐永遠都具有誘惑力。蛋蛋小姐當然也不例外。

「為什麼他都不結婚？」她突如其來地問道。

「這個……」

沙特衛停了下來。他的回答可能會是「太謹慎」，但他知道，這種回答是不會讓蛋蛋・莉頓・戈爾小姐滿意的。

查爾斯・卡萊特爵士與許多女人過從甚密，其中有女演員，也有其他各種女人。可是他總是迴避婚姻大事。蛋蛋顯然在尋找一個更浪漫的解釋。

「有一個死於肺結核的小姐，是個女演員，她的名字第一個字母是M。他是不是曾經很喜歡她呢？」

沙特衛記得她所說的這個女士。傳聞總是把查爾斯・卡萊特和這女孩的名字連在一起，但都只是輕描淡寫而已。沙特衛從來不相信查爾斯爵士保持單身是為了表示對她的情永不渝。他可是個老練的人。

「我想他一定有許多風流韻事。」蛋蛋小姐說。

「呃……這，也許是的。」沙特衛覺得自己保守起來。

「我喜歡男人有風流韻事。」蛋蛋小姐說，「這表示他們不是怪人。」

沙特衛那維多利亞式的保守、拘謹性格又受到一次新的打擊。他不知所措，無言以對。蛋蛋沒有注意到他的狼狽，繼續道：「你知道，查爾斯爵士比你想像的還要聰明。當然，他喜歡裝腔作勢，表現得很戲劇化，但實際上他是個很有頭腦的人。他航行技術之佳，超乎你的想像，絕不是他自己說的那樣。聽他講話，你會認為一切都是故意做作，其實並非如此。這次的事情也一樣，你會認為他所做的一切都是為了追求某種效果——也就是說，他想扮演一個大偵探。但我敢說，他會扮演得很出色。」

「很可能。」沙特衛表示贊同。

他的聲調清楚表達了他的觀感。蛋蛋小姐注意到了，並用語言將它表達出來。

「但你的觀點是，牧師之死不是一齣驚悚劇，這只不過是個宴會中的憾事，純粹是一次社交場合上的不幸事件。那白羅先生是怎麼想的呢？他應當心知肚明。」

「白羅先生勸我們耐心等待雞尾酒的檢驗結果。但他的意見是：一切都沒問題。」

「是這樣嗎？」蛋蛋說，「他真是老啦，不中用了。」沙特衛縮了一下，蛋蛋小姐得寸進尺，沒有意識到自己的失禮。「到我家吧，回家跟我媽喝茶去。她喜歡你，她這麼說。」

沙特衛受寵若驚，並接受了她的邀請。

一回到家，蛋蛋便自作主張地打電話給查爾斯爵士，解釋沙特衛沒有去他那兒的原因。

沙特衛在她們小巧的客廳裡坐下來。客廳裡有褪色的印花牆布和拭得鏡亮的老式家具。這是維多利亞時代的典型房間，沙特衛把它稱作「貴婦廳」，而且打從心裡認同。

他與瑪麗夫人的交談十分和諧，雖然沒有妙言妙語，卻是無所不談。他們聊起查爾斯爵士。沙特衛先生了解他嗎？沙特衛答說，不算熟。幾年前，他贊助查爾斯爵士的演出，那之後，他們就成了朋友。

「他很有魅力。」瑪麗夫人微笑說，「我跟蛋蛋的感受一模一樣。我想你們已經發現，蛋蛋正沉溺在英雄崇拜的情愫中。」

沙特衛很想知道，身為母親的瑪麗夫人，是否對蛋蛋這種英雄崇拜感到不安。看樣子情況並非如此。

「蛋蛋的見識太淺了。」她說著，嘆了口氣。「我跟她之間有段距離。我的一個堂兄曾把她帶到城裡好些地方，在社交場合引見她。從那以後，除了一次偶然的訪問，她很難有機會出去。你想想看，年輕人不就應當去見識各式各樣的人，訪問各個地方，特別要接觸人。故步自封有時候是很危險的。」

沙特衛贊成這個說法，同時還想起了查爾斯爵士和他的航海旅遊，但是，這不是瑪麗夫人心裡所想的。過了一會兒她又開口：

「查爾斯爵士到這裡對蛋蛋大有好處，這使她開闊了視野。你知道，這兒幾乎沒有年輕人，特別是年輕男子。我一直在擔心，怕蛋蛋會因為沒有其他機會，只認識那麼一個對象而嫁給那個人。」

沙特衛反應很快。

「你是想到了奧利佛．曼德斯吧？」

瑪麗夫人不由得吃了一驚，臉也紅了起來。

「哎呀，沙特衛先生，我不明白你是怎麼知道的，我是想到了他。有一段時間他常和蛋蛋在一起。我知道自己是落伍了，但我實在不喜歡他的某些想法。」

「年輕人總是好玩樂。」沙特衛說。

瑪麗夫人搖搖頭。

「我一直很擔心……當然，他們是很合適，我了解他，和他叔叔也熟。他叔叔很富有，最近還讓奧利佛進了他的公司。但這並不是……我是傻，不過……」

她搖搖頭，再也說不下去了。

沙特衛湧起一股十分親密的感覺，遂不疾不徐地說道：「但是瑪麗夫人，你也不會樂意你女兒嫁給一個年紀比她大一倍的男人吧？」

她的回答令人詫異。

「那樣反倒安全些。如果真是那樣的話，至少你會有方向感。男人到了那種年齡，他的荒唐和惡習已經成為過去，他們不會……」

沙特衛正要開口，蛋蛋小姐又加入了他們的談話。

「你真慢啊，親愛的。」她母親說。

「我在跟查爾斯爵士說話，好媽媽。他的人生目前可是處在顛峰狀態，但他十分寂寞孤單。」她轉身對著沙特衛，用一種責備的口氣說：「你怎麼沒告訴我，宴會已經取消了？」

「昨天他們都回去了。只留下巴塞羅繆．史全奇一個人，他打算待到明天。但今天早上一個緊急電報將他召回了倫敦，因為他的一個病人病危。」

「真令人遺憾。」蛋蛋說，「我本來想去查一查這次宴會的客人，我可能會發現一些線索呢。」

「什麼線索，親愛的？」

「沙特衛先生知道。哦，好吧，沒關係，奧利佛還在這兒，我要把他拖進來，只要是他喜歡的事，他的腦袋就會特別靈光。」

當沙特衛回到鴉巢屋時，他發現屋主正坐在露台上眺望著大海。

「你好，沙特衛。你在莉頓．戈爾家喝茶嗎？」查爾斯爵士問道。

「是的，你不介意吧？」

「當然不會。蛋蛋打過電話來……真是個特別的女孩。蛋蛋……」

「很有魅力。」沙特衛接著說。

「唔，是的，我想她是有魅力。」

他站起來，毫無目的地走了幾步。

「祈求上帝，」他突然痛苦地說，「要是我沒來過這個鬼地方有多好。」

05 逃避

沙特衛暗自思忖：「他這下可慘了了。」

他突然同情起鴉巢屋主人的遭遇。查爾斯・卡萊特這個風流倜儻的男人，不知使多少女人心碎過，想不到活到了五十二歲這把年紀，自己竟墜入愛河。而且，正如他自己所認知的那樣，這種關係注定要失望收場。年輕人終究還是會和年輕人在一塊兒。

「女孩子一般不會公開表露自己的情感。」沙特衛想道，「蛋蛋卻大肆炫耀她對查爾斯爵士的仰慕。如果這份情感真的有什麼，她就不會這樣做了，小曼德斯才是她中意的人。」

沙特衛總是神機妙算。但是，也許有個因素他未曾考慮過，而且一直沒有意識到，那就是，年齡這個因素在年輕人的觀念中已經加值了。由沙特衛這個上了年紀的人看來，蛋蛋寧願選擇一個中年人而不要年輕人，確實令人難以置信，因為對他而言，青春是上天賜下最神奇的禮物。

當蛋蛋飯後打電話來要求讓奧利佛跟她一起來，並「有事求教」時，他更堅定了自己的觀點。

曼德斯確實是個英俊的小夥子，眼窩深陷，眼珠黑亮，一派瀟灑自在。他表現得像是他之所以同意蛋蛋帶他來這兒，是為了回報蛋蛋熱情的邀約。但他總體給人的是一種懶洋洋的懷疑態度。

「你能不能勸她別管這事，爵士？」他對查爾斯爵士說，「都是健康的田園生活使她如此精力充沛。你知道，蛋蛋，你實在太過熱心，你的看法還很孩子氣，犯罪案件、重大事件甚至那些街坊流傳的胡言亂語，都會讓她這麼興致勃勃。」

「你是個懷疑論者，對吧，曼德斯？」

「哦，爵士，的確是。認為那位可敬又可憐的老傢伙不是自然死亡而是別的原因，那才是怪呢。」

「希望你是對的。」查爾斯爵士說道。

沙特衛瞥了他一眼。今晚，查爾斯·卡萊特要扮演什麼角色呢？不會是退役海軍軍官，也不是國際偵探，都不是。他扮演的是令人耳目一新的全新角色。

當沙特衛意識到那是什麼樣的角色時，他自己大吃一驚。查爾斯爵士在扮演一個配角，而且是奧利佛·曼德斯的配角。

他向後靠坐，在陰影下觀察著正在爭論的蛋蛋和奧利佛兩人——蛋蛋情緒激昂，奧利弗則無精打采。

查爾斯爵士看起來比平常老了許多，又老又疲憊。

蛋蛋小姐不止一次熱情而親暱地與他攀談，試圖引起他的興趣，但是他卻沒什麼回應。

他們離開時已經十一點了。查爾斯爵士與他們一起走到露台上，用手電筒照著他們走下石階小路。

其實並不需要用手電筒，那是一個月色皎潔的夜晚。他們相互道別，石階上的腳步聲慢慢微弱了。

不管有沒有月光，沙特衛都不願冒著受風寒的危險。他回到了船廳，而查爾斯爵士則在室外的露台上多待了一會兒。

他一進屋子便隨手把窗子鎖上，然後大步走到一張邊桌，給自己倒了一杯加了蘇打的威士忌。

「沙特衛，」他說，「我明天就要永遠離開這兒了。」

「什麼？」沙特衛驚訝地叫起來。

查爾斯．卡萊特的臉上出現了一種既傷感又喜悅的表情，正如他自己預期的那樣。

「這是唯一可做的事。」他一字一頓地強調道，「我要賣掉這個地方。誰也不了解這地方對我的意義有多重大。」他的聲音低沉下來，放慢速度，充滿了感染力。

度過了當配角的夜晚後，查爾斯爵士的自我開始尋求報復的機會。沒錯，這就是他在各式各樣的劇碼中經常扮演的，如《放棄他人的妻子》和《別了，親愛的姑娘》等等。

他的聲音有著一種相當輕率的調調。「懸崖勒馬——這是唯一出路……年輕人終究會和年輕人在一塊兒……他們是天生一對，我該退出了……」

「你要到哪兒去？」沙特衛問道。

演員做了一個滿不在乎的姿勢。

「到哪兒都行。有什麼關係呢？」他稍微改變了聲調，又補充說：「也許去蒙地卡羅。」然後，重拾感性的他恢復了剛才低落的情緒。「到沙漠的中心去，或到人群的中心去。這有什麼差別呢？人內心深處的核心是孤獨，是孑然一身。我從來都是一個……孤寂的靈魂。」

這顯然是退場的台詞。

他對沙特衛點點頭，隨後離開了大廳。

沙特衛站了起來，打算跟隨他進入臥室。

「那裡可不是沙漠的中心。」他想著，暗自笑了起來。

第二天，查爾斯爵士懇求沙特衛包涵，因為他那天就要動身進城去了。

「親愛的朋友，不要縮短你的造訪行程，按原計畫，你要待到明天。我知道你要去塔維斯托克城的哈伯頓家。我會派車把你送到那兒。我的看法是，一旦做了決定，就不要回頭，沒錯，絕不回頭。」

查爾斯爵士帶著男人的果決挺直了肩膀，激動地握住沙特衛的手，並把他拉到能幹的米蕾小姐身邊。

應付這種場合，米蕾小姐似乎已有準備，處理起來就如一般例行公事。對於查爾斯爵士一夜之間做出的決定，她並沒有表現出驚訝和任何感受，這點著實讓沙特衛摸不著頭腦。突然發生的死亡事件和突然改變的計畫都沒能使米蕾小姐有什麼反應。她接受任何發生的事，並著手妥善地處理它。她旋即打電話給房屋仲介，給國外發電報，並迅速地用打字機寫信。

為了避開令人沮喪的場面，沙特衛先生漫步走向碼頭。當他毫無目的地走著時，有人從後面抓住他的手臂。他一轉身，與一個臉色蒼白的女孩打了個照面。

「這一切到底是為了什麼？」蛋蛋小姐急切地問道。

「一切什麼？」沙特衛故意迴避她的問題。

「這地方的每個人都知道查爾斯爵士要離開，要賣掉鴉巢屋了！」

「這是真的。」

「他真的要走嗎？」

「他已經走了。」

「噢！」她鬆開沙特衛的手臂，看起來像一個受傷的小女孩。

沙特衛先生不知道該說些什麼。

「他到哪兒去了？」

「國外。法國南部。」

「噢！」

他仍然無話可說。顯然，那已不止是英雄崇拜了……

他替她感到難過，不斷在腦中搜尋各種安慰的字眼，然後她開口了，著實嚇了他一跳。

「是裡面哪個賤女人？」蛋蛋情緒激昂地追問道。

沙特衛瞪著她，驚訝地張著口。蛋蛋又抓住他的手臂，拚命地搖著。

「你一定知道！」她叫道，「是她們當中的哪一個？是灰頭髮的那個還是別人？」

「親愛的，我不知道你在說些什麼。」

「你知道的，你一定知道。一定是為了某個女人。他是喜歡我的……我知道他喜歡我。那天晚上，那個女人一定也看出來了，因此她千方百計要把他從我身邊弄走。我恨女人，全都是卑鄙的賤貨。你看染綠頭髮的那個穿的是什麼衣服？她們全都讓我嫉妒得咬牙切齒。穿那種衣服的女人絕對會勾引男人，你不能否認這一點。她很老，又醜得要死，真的，但又怎樣呢？她讓別的女人看起來都像是穿著土氣的助理牧師娘。就是她吧？還是那個灰頭髮的女人？她很驢，一眼就看得出來，全身像阿拉伯人般披披掛掛的，他還親熱地稱她『安琪』。不會是那個像棵爛白菜的女人吧！到底是誰，是漂亮的那一個，還是安琪？」

「親愛的，你腦子裡怎麼淨是些亂七八糟的想法。他——呃，查爾斯．卡萊特對那些女人沒有一點興趣。」

「我不相信。反正，她們對他可是大有興趣……」

「不，不，不，你錯了，那都是你的想像……」

「那些母狗，」蛋蛋小姐說，「她們就是些母狗！」

「你別這麼粗俗，親愛的。」

「我還想到比這更難聽的哩。」

「好，好，但求你別說出來。我可以保證，你這是多心了。」

「那他為什麼要離開……用這種方式呢？」

沙特衛清了清喉嚨說：「我猜，他，唔……認為這樣最好。」

蛋蛋用一種咄咄逼人的目光看著他。

「你的意思是……為了我？」

「嗯……也許是這類的原因吧。」

「所以他就開溜了？我想我表現得太直接了……男人厭惡被別人追逼，是吧？我媽還是對的……你一定很難想像，當她談到男人時的樣子有多甜蜜，總是用第三人稱，十分維多利亞又禮貌。她說：『男人討厭被人追著跑，一個女孩應當讓男人主動起跑。』你不認為『起跑』是個很棒的字眼嗎？它聽起來與實際上的意思正好相反。事實上，這就是查爾斯所做的——他開始跑了，只是，是從我身邊跑開罷了。他害怕了。更糟的是，我不能跟在他後頭，假若我這麼做，我想他會弄條小船划到非洲的荒漠地帶或哪裡的。」

「赫米歐妮，」沙特衛說，「你對查爾斯爵士是認真的嗎？」

她不耐煩地瞥了他一眼。「我當然是認真的。」

「那奧利佛．曼德斯怎麼辦呢？」

蛋蛋不耐煩地把頭一甩。她這時心事重重，思緒萬端，壓根兒沒把奧利佛．曼德斯放在心上。

「你認為我該寫封信給他嗎？不談什麼認真的事，就是些女孩子的閒聊話，你知道，讓他自在些，別那麼害怕，怎麼樣？」

她皺起眉頭。

「我真是傻啊，要是媽媽輩們碰到這樣的事，一定會比我處理得好多了。她們雖是老派的人，但箇中伎倆可是清楚得很。輸得太丟臉了，我全盤皆錯。我真的以為他需要鼓勵。他似乎……呃，他似乎需要幫助。」她猛然轉向沙特衛。「告訴我，昨天晚上他看見我跟奧利佛接吻的那幕嗎？」

「這連我也不知道。什麼時候……」

「就在月光下，那時我們在小徑上散步，我認為他還在露台上眺望。我想如果他看見我和奧利佛……唔，我想，會點醒他。因為，他確實喜歡我。我可以發誓，他是喜歡我的。」

「這不會為難奧利佛嗎？」

蛋蛋小姐確定地搖搖頭。

「才不呢，奧利佛認為，讓他親吻，對女孩而言是一種榮幸。當然，滿足他的虛榮感是很不對，但我也管不了那麼多了。我只是想刺激查爾斯，最近他變了，變得更加冷漠了。」

「親愛的小朋友，」沙特衛說，「我認為你還沒弄清楚查爾斯爵士突然離開的真正原因。他是以為你傾心於奧利佛，他離開是避免自己日後更加痛苦。」

蛋蛋環顧四周，她一把抓住沙特衛的肩膀，直愣愣地望著他說：「那是真的嗎？確實是真的嗎？這個呆子！真是個天大的錯誤！噢！」

她突然放開沙特衛，從他身邊跳開。

「那麼他會回來的，」她說，「他會回來的。如果他不回來……」

「哦，如果他不回來呢？」

蛋蛋笑了起來。

「反正我會把他找回來。你等著瞧吧。」

儘管有語言表達上的差異，蛋蛋小姐與阿斯托拉的百合少女看起來還是有很多共同之處。隨後，沙特衛感到，蛋蛋的方式比伊蓮的方式更為實際，而且，她不會任憑一顆破碎的心就這麼死去。

第二幕

查證

Three Act Tragedy

01 蛋蛋來信

沙特衛先生如期前往蒙地卡羅。他該出席的宴會都已參加過了。九月的里維拉[4]才是他最鍾愛的棲身之所。

他坐在花園裡享受著陽光，一邊翻閱著兩天前的《每日郵報》。

突然，有個名字引起他的注意——「史全奇」，標題是「巴塞羅繆·史全奇爵士之死」。

他立刻看了這篇報導：

我們沉痛地宣布，卓越的精神科專家巴塞羅繆·史全奇爵士與世長辭。巴塞羅繆爵士是在自己約克郡的家中舉辦宴會時過世。他當時身體健康，精神也不錯，卻在晚餐即將結束時突然發病，倒地身亡。當時巴塞羅繆正與朋友交談，並喝著一杯葡萄酒。在採取醫療急救措施前他已氣絕。巴塞羅繆的逝世，使人們萬分惋惜。他……

下面還羅列了巴塞羅繆爵士的生平。

沙特衛鬆開手，報紙落到地上。他實在無法接受。最後一次看見這位醫生時的印象浮現在他的腦海；身材高大，體格健壯，活潑開朗，現在竟然……死了。報導中片片斷斷的語句苦澀地飄浮在腦中：「喝著一杯葡萄酒」、「突然發病」、「採取醫療急救措施前他已氣絕」……

是葡萄酒，不是雞尾酒，但仍然無法不讓人聯想到鴉巢屋發生的死亡事故。沙特衛彷彿又一次看見和藹的老牧師毒發時痙攣扭曲的臉。假設這一切……

他抬起頭，看見查爾斯．卡萊特爵士正踏過草坪，朝自己走來。

「沙特衛，太好了！我正想找你。你看了可憐的老托利的消息了嗎？」

「我剛剛正在看。」

查爾斯在他身邊的椅子上坐下。他穿著航海服，打扮考究，身上不再是那套灰色法蘭絨褲和舊式毛衣。他現在是法國南方某個優雅的帆船手。

「聽我說，沙特衛，托利硬朗得很，從沒聽說過他有哪裡不對。難道是我異想天開，還是這件事也使你想起……」

4　里維拉（Rivier），法國東南部和義大利西北部沿地中海的假日旅遊勝地。

「想起魯茅斯發生的事？是的，我是。然而，我們也許都多想了，兩者可能只是表面上有點兒類似。畢竟，任何時候都有可能發生猝死事件，其原因也千奇百樣。」

查爾斯爵士不耐煩地點點頭，然後說道：「我剛收到一封信——是蛋蛋．莉頓．戈爾寄來的。」

沙特衛強忍著笑意。

「她寫給你的第一封信？」

查爾斯爵士不疑有他。

「不。我剛到這兒不久就收到她的信了，可以說是緊隨而至，內容都只是告訴我一些新聞和各種瑣事。我沒有回信……該死，沙特衛，其實是我不敢回信……當然，這女孩目前為止什麼都不知道，但我可不想讓自己出洋相。」

沙特衛這次用手捂住還掛著笑容的嘴。

「那這封呢？」他問道。

「這次可不同了。她是在求救……」

「求救？」沙特衛揚起眉頭。

「她在現場。你知道嗎，事件發生的時候，她在他家。」

「你是說，巴塞羅繆死的時候，她也在那兒？」

「是的。」

「她說了些什麼？」

查爾斯爵士從口袋裡取出那封信。他猶豫了一會兒，還是將信遞給沙特衛。

「你自己看看吧。」

沙特衛滿是好奇地打開信箋。

親愛的查爾斯爵士：

我不知道這封信什麼時候能到你手中。我希望能早一點。我真煩惱，不知道該怎麼辦。我想你會從報紙上看到巴塞羅繆．史全奇爵士死亡的消息。他與巴賓頓先生死亡的情形簡直一模一樣。這絕不是巧合，絕不可能……這不是巧合。我心裡慌得要命……

請聽我說，你能不能回來幫點忙呢？這麼說聽起來或許有些無禮，但你之前就存有疑心，只是當時沒人聽進去。現在可是你的朋友被殺了，你要是不回來，沒有人會想去發掘真相，而我相信你能，我打從心底這麼想……

還有別的事。我擔心，很擔心某個人……我知道，他與這個案件毫不相干。但事情看起來有點奇怪。唉，在信裡是說不清楚的。你要不要回來？你能發現真相的，我知道你能。

蛋蛋於匆忙之中

「如何？」查爾斯爵士不耐煩地說道，「有點語無倫次，她是在匆忙之中寫成。你看怎麼樣？」

沙特衛慢慢地疊好信紙，讓自己有一兩分鐘考慮如何回答。

他承認這封信寫得語無倫次，不過並非在匆忙中寫的。在他看來，這封信已經過精心設計，完全是為了激發查爾斯爵士的虛榮心，喚起他的騎士精神和冒險本能。憑沙特衛對查爾斯爵士的了解，這封信是個極大的誘餌。

「你認為她說的『某個人』指的是誰？」他問道。

「我想是曼德斯。」

「那麼，他當時也在場囉？」

「一定是的。我不知道其中的緣故。除了在我家那一次，托利從來沒見過他，實在難以想像托利為什麼會邀請他出席。」

「巴塞羅繆經常舉辦這樣大型的私人宴會嗎？」

「一年會有三、四次吧。而且總有一次是為了聖萊傑賽馬會[5]而舉辦的。」

「他在約克郡待的時間長嗎？」

「他有一個大型療養院——護理之家，隨你怎麼稱它。他買下了梅爾福特修道院（這是個古蹟），把它照原樣修復，並在它旁邊的空地上又蓋了這個療養院。」

「這樣啊。」

沙特衛沉默了一會兒，又說：「這次宴會裡還有些什麼人？」

查爾斯認為應該有報紙刊登這類消息。於是他們走到查索報紙的地方開始找起。

「找到了。」查爾斯爵士說。

他大聲讀道：

巴塞羅繆．史全奇爵士一如以往，在聖萊傑賽馬季舉辦宴會。蒞臨的客人有艾登勳爵夫婦、瑪麗．莉頓．戈爾夫人、喬斯林爵士和坎培爾夫人，戴克斯船長夫婦，名演員安琪拉．薩克利夫小姐。

他和沙特衛互看了一眼。

「戴克斯一家和安琪拉．薩克利夫，」查爾斯爵士說，「根本沒提到奧利佛．曼德斯。」

「來看看今天的《歐洲每日郵報》吧，」沙特衛說，「或許有些別的報導。」

查爾斯爵士瀏覽著那張報紙。突然間，他愣住了。

「老天，沙特衛，你聽好了：『巴塞羅繆．史全奇爵士今日對已故的巴塞羅繆．史全奇爵士驗屍結果確認，死亡係尼古丁中毒所致。目前尚無證據證明，毒物是何人以何種方式施

5 英國三冠王馬賽之一，一七七六年由聖萊傑上校創辦，每年九月在約克郡南部的唐克斯特鎮舉行，參賽的均為三歲的賽馬。

放的。』」

他皺起了眉頭。

「尼古丁中毒。這東西很溫和，不至於讓一個人突然間倒下去啊。我實在搞不懂。」

「你打算怎麼辦？」

「怎麼辦？我要訂張今晚的藍色特快臥鋪票。」

「那好。」沙特衛說，「我也一塊去。」

「你？」查爾斯爵士驚訝地轉過身來看著沙特衛。

「這種事我還算在行。」沙特衛謙虛地說，「我……呃，有點經驗。此外，我跟那地區的警察局長強生上校很熟，所以應該可以派上用場。」

「好傢伙。」查爾斯爵士叫了起來，「我們去鐵路售票處看看吧。」

沙特衛先生暗忖著：「那女孩成功了，她把他召回去了，她說過她辦得到。我真懷疑她的信裡有多少是真話。」

顯然，蛋蛋．莉頓．戈爾是個機會主義者。

當查爾斯爵士去售票處時，沙特衛便在花園中漫步，腦中愉快地思考著和蛋蛋．莉頓．戈爾有關的事。他佩服她的聰明才智和衝勁，而且暫時壓制他保守性格中那不允許女性在感情上採取主動的想法。

沙特衛是個觀察敏銳的人，雖然此時他腦中在思索女性問題，特別是針對蛋蛋．莉頓．

戈爾那部分，他還是不由得自問：「我過去在什麼地方看過這種形狀特別的腦袋呢？」

這個腦袋的主人此時正坐在椅子上，若有所思地凝視著前方。這個矮小的男人蓄著與自己的身材毫不相稱的大鬍鬚。

一個嘟著嘴的英國女孩站在附近玩耍。她先用一隻腳站著，然後再換另一隻，偶爾還若有所思地踢著半邊蓮的葉片。

「別那樣做，親愛的。」她母親說道。她正津津有味地看著一份時尚報導。

「我沒有其他事好做嘛。」女孩說。

小個兒男人掉過頭看著她。這時沙特衛認出了他。

「白羅先生，」他說，「真是令人驚喜啊！」

白羅站起身來，點頭答禮。

「Enchant? Monsieur.[6]」

兩人握手後，沙特衛坐了下來。

「怎麼大家都到蒙地卡羅了。半小時前我才碰見查爾斯・卡萊特爵士，現在則是你。」

「查爾斯爵士也在這兒嗎？」

6 法語，意思是「非常高興，先生」。

「他在玩帆船。你知道嗎，他退掉了魯茅斯那棟房子。」

「啊，不會吧，我沒聽說。真令人驚訝。」

「我倒不會。我認為卡萊特實在不是願意長期與世隔絕的人。」

「哦，不是的，這點我同意你的看法。但我感到驚訝是另一個原因。在我看來，查爾斯爵士有個特殊的理由得留在魯茅斯——一個非常誘人的理由，嗯？我沒弄錯吧？那個滑稽地把自己叫作『蛋蛋』的小淑女？」

他的眼睛微微地閃著光芒。

「哦，原來你也注意到了這件事。」

「我確實注意到了。我對戀愛中的人感受可是很敏銳的，我想你也是。la jeunesse[7]總是讓人動情的。」他嘆了一口氣。

「我想，」沙特衛說，「你的確已說到了查爾斯爵士離開魯茅斯的原因。他想逃避。」

「逃避蛋蛋小姐？但是很明顯地，他非常喜歡她。為什麼要逃避呢？」

「哦，你不了解我們盎格魯撒克遜人的複雜心理。」沙特衛說。

白羅仍按照他自己的邏輯思考著。

「當然，」他說，「這是高招。逃離一個女人，會讓她立即追上來。查爾斯爵士這位閱歷頗深的男人深諳此道。」

沙特衛先生被逗樂了。

「我想，事情不至於那樣吧。」他說，「告訴我，你到這兒來幹什麼？度假嗎？」

「我現在每天都是假期了。我事業成功，有了錢，退休了。現在我到處旅遊，看看大千世界。」

「真是棒極了。」沙特衛說。

「N'est-ce pas?[8]」

「媽咪，」英國女孩叫道，「有沒有什麼可以玩的啊？」

「親愛的，」她母親責備她說，「來到國外曬曬美妙的陽光不是很好嗎？」

「是很好，但還是好無聊。」

「到處走走，自己去玩嘛，去看看海也行。」

「媽咪，」一個法國小孩突然出現，「跟我去玩。」

那位法國母親從書本後面抬起頭來。

「你去玩玩球吧，米雪兒。」

法國小孩聽話地拍起她的皮球，露出不高興的樣子。

7 法語，意思是「青春」。

8 法語，意思是「不是嗎」。

「Je m'amuse[9]。」白羅說，臉上浮現奇特的表情。然後，彷彿回應沙特衛的疑惑般說：「然而，你有很敏銳的洞察力。事情正如你想的那樣……」

他沉默了一會兒又說：「你知道，小時候，我家裡很窮。世上有很多我們這樣的人，但我們總得把日子往下過，於是我進了警界。我工作很賣力，漸漸地，我在警界漸漸出頭了，我開始有了名氣，並享譽國際。最後，我退休了。接著，戰爭爆發，我受了傷，變成一個可憐、弱勢的難民，來到了英國，我得到一位好心女士的熱情幫助。但後來，她死了——不是自然死亡，是被人殺害了。於是，我憑我的聰明才智去調查，我操練我的小小灰色腦細胞。最後，我發現了殺害她的凶手，這時，我才意識到，我的事業還未結束，確實沒有，而且我的能力比以前更強。於是我開始了我的第二個事業：英國私家偵探。我解開了許許多多撲朔迷離、光怪陸離的疑團。啊，先生，我還活著！人類的心理真是奇妙。因接下連續不斷的案件，我也開始荷包滿滿，有一天，我對自己說，我將擁有我所需要的全部財富，我將實現我所有的夢想。」他把一隻手放到沙特衛的膝蓋上，說：「我的朋友，當心你夢想實現的那一天。我們旁邊那個小女孩，無疑也夢想過來到國外，以為一切都會令人興奮、一切都會無比新鮮。你明白我的意思嗎？」

「我明白。」沙特衛說，「你現在一點都不開心。」

白羅點點頭。

「完全正確。」

此時，沙特衛看上去像個愛惡作劇的小精靈。機會來了。他滿布皺紋的小臉頑皮地抽動了一下。他遲疑著：應當這麼做嗎？還是不要？

他慢慢打開一直帶在身邊的報紙。

「你讀過這篇報導嗎，白羅先生？」

他用食指點了一下那段報導。

這個小個頭的比利時人接過報紙。沙特衛在他讀報時一直瞅著他。他始終面不改色，但這個英國人覺得白羅全身僵直了，就像機靈的小獵犬嗅到了老鼠洞。

白羅讀了兩遍，然後摺起報紙，把它還給沙特衛。

「很有意思。」他說。

「是呀，看起來，好像查爾斯・卡萊特爵士那時是對的，我們都錯了。」

「是的，」白羅說，「我們似乎都錯了……我的朋友，我承認那時我無法相信，那個與世無爭、和藹善良的老人會被暗殺……好啦！可能是我錯了，不過你要了解，第二次死亡事件可能是個巧合，發生巧合並不足為奇，即使是最令人震驚的巧合。我，赫丘勒・白羅，自是見過很多令人咋舌的巧合事件……」他停了停又繼續說：「查爾斯・卡萊特爵士的直覺可

9 法語，意思是「自得其樂」。

能是對的。他是個藝術家，敏感、判斷力和感受力強。他能感覺事物本身，強過靠理性去分析……在日常生活中，這樣的方式常常會惹來麻煩，但有時卻能奏效。不知道查爾斯爵士現在在哪兒？」

沙特衛笑了。

「這我可以透露，他去買車票，今晚他和我要回英國。」

「啊哈！」白羅意味深長地驚呼著。他明亮、敏銳而又狡黠的眼神問著：「我們的查爾斯爵士多熱心公益啊！他竟然決定去扮演私家偵探的角色？還是有其他原因？」

沙特衛沒有回答，但從他的沉默中，白羅似乎能推斷出答案。

「我知道了。」他說，「是和那位有漂亮眼睛的小姐有關。不僅僅是為了那樁案件，對吧？」

「她寫信給他，」沙特衛說，「懇求他回去。」

白羅點點頭。

「我很納悶。」他說，「我實在不太理解……」

沙特衛插話說：「你還不知道現代的英國女孩嗎？這一點都不奇怪，我自己也始終弄不懂她們。一個像莉頓．戈爾那樣的小姐……」

現在輪到白羅插話了。

「對不起，你誤會了。我非常了解莉頓．戈爾小姐，我曾經見過像她那樣的人，而且為數不少。你稱她們是『現代女性』，但是——我該怎麼說呢？其實一直以來都有這樣的人存在的。」

沙特衛有點不悅。他覺得他——只有他——才了解蛋蛋小姐。這個滑稽可笑的外國佬根本不可能弄懂年輕的英國女性。

白羅仍在說話。他的聲音像是在夢中呢喃似的。「一種對人類本性的理解——這是多麼危險的事啊。」

「應該說多麼有用啊。」沙特衛糾正道。

「也許吧，看用什麼角度看囉。」

「這個……」沙特衛站起身來，不知道該怎麼說。他有些失望。他早已放下魚餌，魚兒卻一直不上鉤。他感到自己對人類本性的理解是不正確的。「我祝你假期愉快。」他說。

「謝謝你。」

「希望你下一次到倫敦時來看看我。」他取出一張名片。「這是我的地址。」

「你真好，沙特衛先生，我深感榮幸。」

「那麼，暫時說再見了。」

「再見，bon voyage[10]。」

[10] 法語，意思是「一路平安」。

沙特衛走了，白羅目送著他。過了一會兒，他轉向正前方，再次凝視著藍色的地中海。

他就這樣坐在那兒，至少有十分鐘。

英國女孩再次出現。

「我看了大海了，媽媽，接著我該做什麼？」

「好問題。」赫丘勒．白羅悄悄說道。

他站起身來，慢慢離開那兒，朝著鐵路售票處走去。

02 管家失蹤

查爾斯爵士與沙特衛坐在強生上校的書房裡。這位警察局長是個紅臉大漢，說起話來像在喊口令，態度相當親切。

他笑容滿面地與沙特衛打招呼，看來也非常高興結識著名的查爾斯．卡萊特爵士。

「我太太是個大票友。她是一個……美國人叫什麼來著？戲迷，對，就是戲迷。我本人也喜歡看好的戲，那種內容精緻乾淨的劇碼。時下舞台上表演的那些東西……呸！」

由於查爾斯爵士在挑戲時也頗有原則，他從不接演「大膽」的劇目，此時，也就得以理直氣壯、優雅地回應強生上校。當他們終於說起這次訪問的目的時，上校早有準備，並將他所知道的告訴他們。

「你說他是你們的一個朋友嗎？太遺憾了！是的，他在這一帶非常受歡迎。他的那個療養院評價也很高。不論從哪方面看，巴塞羅繆爵士都是一流的士紳，如同他頂尖的醫術。他仁慈，慷慨，名聲遠播。他是最最不可能讓人謀殺的人，可是它真的發生了！沒有任何線索說明是自殺，看來也不可能是意外。」

「沙特衛和我剛從國外回來。」查爾斯爵士說，「我們只是從報紙上看到一些零星的報導。」

「你們自然會想知道所有情況。好吧，我可以告訴你們事情發生的具體經過。我想，無疑的，那位管家是我們該鎖定的對象。他是剛來的，巴塞羅繆爵士才雇用他兩週。凶案一發生，他就失蹤了，消失得無影無蹤。這事兒看起來有一點蹊蹺，不是嗎？哦，你說什麼？」

「你們完全不曉得他去哪兒了？」

強生上校本來就很紅的臉現在變得更紅了。

「唉，這是我們的疏忽。我承認，目前就是如此。當然，我們盯上他——就像盯其他人一樣。我們問他什麼，他都給了滿意的答案。也告訴我們介紹他來的那家倫敦介紹所的名字；他的上一個雇主是霍勒斯・伯德爵士。他說話彬彬有禮，神色也不驚慌。接著，他溜走了——那房子還受到監視哪。我把跟監的手下罵得狗血淋頭，但他們發誓他們連眼皮都沒有眨過一下。」

「真不尋常。」沙特衛說。

「不提別的，」查爾斯爵士若有所思地說，「這麼做似乎很愚蠢。他應該知道沒人受到懷疑，可是他匆匆逃走了，這就讓大家把視線轉移到他身上。」

「完全正確，而且他絕對沒有逃脫的希望。他的個人資料已經通告各處，將他緝拿歸案只不過是時間的問題。」

「這事太奇怪了。」查爾斯爵士說，「我實在搞不懂。」

「唉，這道理再清楚不過了。他失去鎮定，突然驚惶失措了。」

「有膽量殺人的人，難道事後沒有膽量安安靜靜等待嗎？」

「那要看情況，看實際的情況。我了解罪犯，他們大都膽小如鼠。他會認為自己受到懷疑嫌疑，於是倉皇脫逃。」

「你查證過他的說詞嗎？」

「當然，查爾斯爵士，那是例行工作。倫敦介紹所確認了他的說法。霍勒斯．伯德曾為他寫了一份推薦函，熱誠地引薦他。霍勒斯爵士目前人在東非。」

「所以這份推薦函可能是偽造的。」

「正是這樣。」強生上校說道，並對查爾斯爵士微笑，那神情就像校長在表彰一個聰明的學生。「我們給霍勒斯爵士發了電報，當然，得過些時候才能得到答覆。他正在狩獵。」

「這個管家是什麼時候失蹤的？」

「案件發生之後的第二天早上。出席宴會的有個醫生——喬斯林．坎培爾爵士。據我了解，他是個毒物學家，他和當地人士戴維斯對案件的看法一致。我們的人很快就趕到現場，並對當晚所有的客人都偵訊過了。埃利斯——就是那個管家，像往常一樣回到自己的房間，第二天清早就失蹤了。他的床根本沒睡過。」

「他摸黑逃走了。」

「看來是這樣。有位女士待在那兒，是薩克利夫小姐，一個女演員，你認得她嗎？」

「嗯，很熟。」

「薩克利夫小姐提了一個看法，她認為那人是從某個密道離開的。」他哼了一聲。「聽起來很像艾德格．華萊士[11]的伎倆，但這似乎確有其事。巴塞羅繆爵士對這暗道非常引以為豪，他曾帶著薩克利夫小姐看過。大約有半英里長，通道的出口處堆著倒塌的斷垣瓦礫。」

「這不無可能。」查爾斯爵士贊同這個看法，「只是……這管家會知道這個通道嗎？」

「這就是重點了。我太太總是說，僕人們無所不知。我想她說得對極了。」

「聽說毒物是尼古丁。」沙特衛說。

「對。很少被拿來使用的東西，相當罕見。我想，如果這個人菸癮很大，像巴塞羅繆爵士這樣，事情就會變得複雜了。我的意思是，長久下來他可能會中尼古丁毒而死，但這件事情發生得太突然了。」

「是怎麼下的毒呢？」

「這一點我們還不清楚。」強生上校老實地說，「這是偵破這個案子的關鍵點。根據醫學驗證報告，服了毒物後幾分鐘之內就會致死。」

「我聽說他們當時在喝葡萄酒，是嗎？」

「是這樣。看來那東西就在葡萄酒裡，但情況並非如此。我們檢查了他的杯子，杯裡只有葡萄酒，別的什麼也沒有。當然，其他酒杯也都檢查了。它們放在餐具室的一個托盤裡，還沒有清洗過。沒有一個杯子裝過異物。至於他吃過的食物，全都跟別的客人吃的一樣：有湯、烤鰨魚、野雞、薯條、巧克力蛋奶酥和魚子麵包。他的廚師跟了他十五年了。看來，沒有任何機會對他下毒，然而這東西的確已經到了他的胃裡。這真的相當棘手。」

查爾斯爵士轉身對著沙特衛。

「一模一樣，」他激動地說，「跟上次的事件一模一樣。」

他轉向警察局長，充滿歉意地說，「我必須說明，在我康沃爾郡的家中也發生過一起死亡事件……」

局長看起來很感興趣。

「我聽說過那件事，從年輕的莉頓．戈爾小姐那兒聽說的。」

「是的，她也在場。她告訴你了？」

「她說了。她對自己的觀點堅信不疑。可是你知道，查爾斯爵士，我無法認同那樣的觀點，它無法解釋管家倉皇離去的理由。你的下屬碰巧也有不告而別的嗎？」

11 艾德格．華萊士（Edgar Wallace, 1875-1932），英國驚悚推理作家。

「我沒有男傭，只有一個女僕。」

「她不會是男扮女裝吧？」

一想到精明且十足女性的達珮，查爾斯爵士笑了。

強生上校也滿懷歉意地笑了起來。

「只是一種想法，」他說，「我實在對莉頓．戈爾小姐的論點不大苟同。我獲悉，你們所說的死亡事件是發生在一個年老牧師身上。誰會想將一個老牧師置於死地呢？」

「所以才會令人不解。」查爾斯爵士說。

「我想，你會發現兩次事故純屬巧合。相信我，那管家就是我們要緝拿歸案的罪犯，很可能是個慣犯。遺憾的是，我們還沒發現他的指紋。我們曾請一位指紋專家檢查過臥室和餐具室，但並無所獲。」

「如果是這個管家幹的，依你看，他的動機是什麼？」

「這自然是我們眼前的難題之一。」強生上校承認。「有可能是他企圖盜竊，而巴塞羅繆爵士活逮了他。」

查爾斯爵士和沙特衛禮貌地保持沉默。強生上校自己似乎也感到他的分析缺乏合理性。

「事實上，目前只能就眼前的事例分析。我們一旦將管家約翰．埃利斯緝拿歸案，並弄清他的身分，以及是否有前科，那麼，他的做案動機就會真相大白了。」

「我想你一定讀過巴塞羅繆爵士的文件。」

「那當然，查爾斯爵士，我們對這個環節十分重視。我會把你們介紹給跨區警官，他負責這個案子，是個十分可靠的人，我向他提出，巴塞羅繆爵士的職業可能與凶殺案有關，他馬上同意我的看法。一個醫生總會知道很多職業上的祕密。巴塞羅繆爵士的文件井井有條，摘要得清清楚楚。他的祕書林登小姐也配合跨區警官查閱了那些文件。」

「沒有發現什麼嗎？」

「沒有什麼疑點，查爾斯爵士。」

「屋裡丟了什麼東西嗎？譬如金銀珠寶之類。」

「什麼也沒丟。」

「當時還有誰在屋子裡？」

「我弄了一份名單……放到哪兒去了？哦，我想在跨區警官那兒。你一定要見見那警官。實際上，我現在正等著他來向我報告哩。」此刻，門鈴響了。「也許是他來了。」

跨區警官是個身材魁梧、模樣厚道的男子。他說話慢吞吞，藍色眼睛卻相當敏銳。

他向上司敬了個禮，上司將他介紹給兩位客人。

如果只是沙特衛一個人來訪，他一定會覺得這警官不大容易親近。他不把倫敦來的人看在眼裡，他們是外行，只是有些「想法」。然而，對待查爾斯爵士卻迥然不同了。跨區警官對舞台藝術有種孩子般的崇拜，他看過查爾斯爵士的演出兩次，因此，當這個名角活生生地站在面前時，他十分激動和狂喜，以致變得特別友善和健談。

「我在倫敦見過您的表演，爵士，真的。我和我太太一起去的。劇本是《安特雷動爵的困境》。我們的位子在很後面，因為觀眾實在太多了，演出前，我們在外頭站了兩個小時等著進場，但我太太毫不在乎。她說：『我一定要見見劇中的查爾斯・卡萊特爵士。』那是在蓓爾美爾劇院。」

「事實上，」查爾斯爵士說，「你知道，我已從舞台上退了下來，但人們依然記得我在蓓爾美爾劇院的演出。」他取出一張卡片，在上面寫了幾個字，並說：「下次你跟夫人進城遊覽時，請把這個交給劇院售票處，他們會給你們最好的座位。」

「你真好，查爾斯爵士，真的太好了。我回去告訴太太這件事，她一定會很高興。」

後來，當這位退隱演員握住跨區警官的手時，他變得像個蠟人似的。

「這是件奇怪的案子。我過去辦理的案子中，從未碰到過尼古丁中毒案。我們的醫生戴維斯也沒遇見過。」

「我想，這是一種吸菸過量所引發的病症。」

「說句老實話，我也這麼想過。但是醫生說，純粹的生物鹼是一種無味的液體，只要幾滴就足以立即致命。」

查爾斯爵士吹了聲口哨。

「效力驚人的東西。」

「你說得對，爵士。而且，這東西使用的節很普遍，通常是用來噴灑玫瑰花，當然，它可以從香菸中萃取。」

「玫瑰？」查爾斯爵士說，「我在什麼地方聽說過……」

他皺起眉頭，然後搖搖頭。

「警官，有什麼新的發展要報告嗎？」強生上校問道。

「沒有什麼具體的事情，長官。我們已經報告過了，據報在達勒姆、伊普斯威奇、巴勒姆、蘭茲角和好些地方都發現過埃利斯的蹤跡。不過各種情況都必須經過篩選，找出有價值的線索。」他轉身對著兩位來訪者說：「每次我們公布某個人的外貌，整個英國都會有人發現他。」

「他的外貌如何？」查爾斯爵士問道。

強生取出一個文件。

「約翰．埃利斯，中等身材，約五呎七吋高，背微駝，灰髮，落腮鬍，黑眼睛，聲音沙啞，笑時可見上顎有缺齒，無特殊胎記或特徵。」

「呃，」查爾斯爵士說，「除了落腮鬍和牙齒，沒有顯著特徵。但落腮鬍他現在一定剃掉了，而且你也不能指望他笑給你看呀。」

「糟糕的是，」警官說，「沒人發現任何疑點。我的麻煩是，現在什麼證據也沒有，只有女僕們模糊不清的描述。就拿對同一個人的描述來說吧，竟出現高矮胖瘦、中等個頭、健壯、纖細等各種的描述五十個人中，沒有一個人的觀察是仔細的。」

「警官，你認定埃利斯就是凶手嗎？」

「不然他為什麼會倉皇逃走呢？你不能忽略這個問題。」

「這是個絆腳石。」查爾斯爵士若有所思地說。

跨區警官轉身對著強生上校，報告他們正在採取的措施。上校點頭贊同，然後向警官要了一份案發當晚修道院住宿者的名單，並將它交給兩位新來的偵探。名單如下：

瑪莎・萊基：廚師

碧翠絲・丘奇：樓房女僕

朵麗絲・庫克：樓房女僕

維多利亞・波爾：樓房女僕

艾麗斯・韋斯特：接待女僕

薇奧萊特・巴辛頓：廚房女僕

（上述人員均為死者服務過一段時間，品行端正。萊基太太在該處已達十五年。）

葛蘭蒂絲・林登：祕書，三十三歲。擔任巴塞羅繆・史全奇祕書工作三年。經調查尚未表明有作案動機。

客人：

伊登勳爵和夫人：卡多根廣場一八七號
喬斯林爵士和坎培爾夫人：哈利大街一二五六號
安琪拉·薩克利夫小姐：坎特雷爾邸宅二十八號SW3
戴克斯船長和太太：聖約翰大樓三號WI（戴克斯太太在布魯頓大街的安博森有限公司任職）
瑪麗夫人和赫米歐妮·莉頓·戈爾小姐：魯茅斯城玫瑰舍
妙麗·威爾斯小姐：圖廷市上卡思卡特路五號
奧利佛·曼德斯先生：史派爾—羅斯公司，老布羅德大街

「唔，」查爾斯說，「報紙忽略了圖廷市那位小姐，唔，小曼德斯也在上面。」

「當時他正巧發生了意外，爵士。」跨區警官說，「這位年輕先生騎著車，正好撞在修道院旁邊的一堵牆上。據了解，是因巴塞羅繆爵士與他有一面之交，就叫他在那兒過夜。」

「真是不小心。」查爾斯爵士幸災樂禍地說。

「沒錯，爵士。」警官說，「事實上，我想，這位年輕先生正像俗話說的那樣，是『命不該絕』。如果不是喝醉了的話，很難想像為什麼會正巧撞在那兒的牆上。」

「我想他是精神亢奮。」查爾斯爵士說。

「在我看來也是如此。」

「好啦，非常感謝你，警官。強生上校不反對我們去看看修道院吧？」

「當然不會，親愛的爵士，但恐怕你們在那兒了解的不會比我告訴你們的多。」

「有誰在那兒？」

「只有家僕，爵士。」警官說，「舉行審訊之後，參與宴會的人就離開了。林登小姐已經回到哈利大街。」

「也許，我們還是應當去看看……呃，看看戴維斯？」沙特衛提議道。

「好主意。」

他們拿到了醫生家的地址。在熱情地向強生上校道謝之後，便離開了。

03 誰是兇手？

當他們沿著街走的時候，查爾斯爵士說：「有什麼想法嗎，沙特衛？」

「你呢？」沙特衛問道，他喜歡保留自己的判斷，直到適當的時機才說出來。

查爾斯爵士卻不同。他果決地說：「他們錯了，沙特衛。他們完全錯了。他們滿腦子都是管家，就因為管家有矇騙的記錄，所以就是兇手。這不對，這不合情理。這事不能與在我家發生的那次死亡事件分開來看。」

「你還是認為兩次案件有關聯？」

沙特衛的心裡雖然已經做了肯定的答覆，但還是提出了這個問題。

「我的朋友，它們絕對有關係，這從各個方面都可以得到證實。我們得找出共同點——找出兩次宴會都出席的人……」

「沒錯，」沙特衛說，「事情絕對不像人們表面看的那麼簡單，其中的共同因素太多。

卡萊特，你察覺到了嗎，參加你家裡宴會的人，也出席了這兒的宴會。」

查爾斯爵士點點頭。

「當然，我已想到了這一點。但是，你知道我們會從中得出什麼推論嗎？」

「我不懂你的意思，卡萊特。」

「得了，老兄！你以為兩者是巧合嗎？不，這是有人蓄意所為。為什麼在第一次死亡事件現場的人，發生第二次事件時也都在場。純屬意外嗎？絕不可能！無論如何，這是預謀，是精心設計的，是托利策畫的。」

「啊！」沙特衛說，「對，是有這個可能……」

「必定是這樣。你沒有我了解托利，沙特衛。他是一個審慎而深思熟慮的人，一個有耐性的人。我認識他這麼多年來，從來沒聽過他直抒己見。

「我們這樣假設：巴賓頓被謀殺了——是的，謀殺。我不迴避問題，也不拐彎抹角。他是那天晚上在我家裡被殺害的。當時托利還嘲笑我對這起事故產生懷疑，其實他心中也有疑竇。但是他沒有講出自己的看法——這不是他的作風，但他悄悄在心裡預謀一件案子。我不知道他的動機是什麼，我想，它不會是針對某個人，不過他相信，客人當中有一個人是做案的罪犯。於是他擬定了一個計畫，實際上是一次試探，以便發現凶手是誰。」

「那為什麼還請其他客人呢？比如伊登一家和坎培爾一家。」

「那是幌子，這麼一來目的就不會輕易被發現。」

「你認為那是什麼樣的計畫？」

查爾斯爵士聳聳肩，這是一種誇張的外國人動作。他一下子又變成了那情報局頭子亞里斯提德．杜瓦，那人走路時左腿還有點兒瘸。

「我怎麼知道？我又不是魔術師，怎麼猜得著。但是他必定有一個計畫……只是後來失敗了，因為凶手比托利想像的技高一籌，他先下了手……」

「凶手是男人？」

「也許是個女的。下毒這種手法，女人也像男人一樣喜歡使用，甚至更勝一籌。」

沙特衛沉默了。查爾斯爵士說：「少來了吧，你不同意嗎？也許你跟大家的意見一樣，認為『凶手是那個管家，是他幹的』？」

「那你怎麼解釋管家的問題？」

「我沒想過。在我看來，他是無關緊要的人……我能提出解釋。」

「譬如？」

「好吧。比如說，就像警察所言，埃利斯是個職業罪犯，為一幫強盜集團工作。埃利斯利用假證件獲得這個管家的職務。然後，托利被謀殺了。埃利斯的處境為何？有人被殺害，屋裡偏有一個男僕，他的指紋在蘇格蘭警場有備案，警察對他瞭如指掌——他自然會驚惶失措，最後逃之夭夭。」

「從祕密通道逃走的嗎？」

「去他的通道！只要趁那些腦滿腸肥的盯梢警察在打盹時，就可以從大門逃出去了。」

「看來這種可能性滿大的。」

「那麼，沙特衛，你的看法呢？」

「我的看法嗎？」沙特衛說，「哦，跟你一樣。我們始終是一樣。依我看，管家是個無關緊要的笨傢伙。我相信，巴塞羅繆爵士和可憐的老巴賓頓都是被同一個人殺害的。」

「宴會裡的某個人？」

「宴會裡的某個人。」

兩人沉默了好一會兒之後，沙特衛隨便問了一句：「你認為是哪一個？」

「天啊，沙特衛，這叫我怎麼說呢？」

「當然，你不能說。」沙特衛和善地說，「我只是想，你可能已經有了某種想法。你知道，不是要你做符合科學根據或合理的推論，只是隨便猜猜。」

「這個，我還沒有……」他想了一會兒，突然冒出一句，「你知道的，沙特衛，當你一開始認真思考，就會認為他們之中誰都不可能行凶。」

「我想你的觀點是對的。」沙特衛陷入了沉思。「不過那是將所有人都納入嫌疑的情況下。我們現在必須明確地排除其中某些人，比如你和我、巴賓頓，還有小曼德斯，他不在做案現場。」

「曼德斯？」

「當然，他到場只是因為出了意外。他沒有被邀請，沒有人想到他會來。也就是說，他不在嫌疑範圍之內。」

「那個女劇作家也不包括在內。她筆名叫安東尼·亞斯特。」

「不，不，她當時在場，她就是圖廷市的妙麗·威爾斯小姐。」

「原來她也在場。我忘了那女人姓威爾斯。」

他蹙了蹙眉。沙特衛最善於解讀別人的表情，他準確地分析了演員的思路。查爾斯接下來說的話，讓沙特衛暗自在心裡讚賞著他的才智。

「嗯，沙特衛，你說對了，並不是所有被邀請的人都有嫌疑，畢竟瑪麗夫人和蛋蛋小姐也在場……不，也許他是想讓第一次事件重演，也許他對某個人有所懷疑，但他需要有可以作證的其他目擊者。應該是為了諸如此類的事。」

「對，諸如此類的事。」沙特衛表示贊同，「現在。好啦，莉頓·戈爾一家排除了，你、我、巴賓頓和奧利佛·曼德斯也排除了。還有誰呢？安琪拉·薩克利夫？」

「安琪拉？我親愛的朋友，她是托利的多年好友。」

「那麼，就指向戴克斯一家了……查爾斯，你其實一直在懷疑戴克斯那家人。我之前問你時，你好像也說過同樣的話。」

查爾斯爵士看著他，沙特衛微露得意之色。

「我想，」查爾斯爵士緩緩地說，「我是說過這些話，但我不是懷疑他們，他們只是看起來比其他人更有可能性，再說，我也不太了解他們。無論如何，我實在看不出，一生沉溺於賽馬的佛萊迪．戴克斯先生，和大半輩子為婦女設計高價服裝的戴克斯太太，竟然會想除掉一個和藹可親而又無足輕重的老牧師……」

他搖搖頭，但立刻又露出興奮的神情。

「還有那個威爾斯小姐，我差點又忘了她。為什麼我老是忘記她呢？她可說是我所見過最沒特色的人。」

沙特衛笑了。

「我認為她體現了彭斯的名句：『在你們之中做筆記的青年』。我想，威爾斯小姐大概整天都在做筆記，在她的眼鏡後面是一雙銳利的眼睛。我想，如果這次事件中有什麼值得注意，威爾斯小姐應該早就注意到了。」

「是這樣嗎？」查爾斯爵士將信將疑地說。

「下一步要做的事，」沙特衛說，「就是吃飯。然後，我們要去修道院，看看在那兒能不能發現點什麼。」

「看來你已經迷上了這件事，沙特衛。」查爾斯爵士說，微微笑著。

「調查凶殺案對我來說已經不是新鮮事了。」沙特衛說，「有一次我的車拋錨了，我待在一個偏僻的小旅館裡……」

他沒能說下去。

「我記得，」查爾斯爵士用他高亢而清晰的演員嗓子說道，「一九二一年，我在某次旅遊時……」

查爾斯爵士贏了。

04 僕人的證詞

九月的午後煦陽，照射在梅爾福特修道院的樓房和庭院間，在這兩人眼中，此刻再也沒有比這兒更祥和的地方了。修道院的一部分是十五世紀時修建的，後來經過重建，又增加了一幢側樓。從這兒還看不見新的療養院和它的庭院。

查爾斯爵士和沙特衛由廚娘萊基太太接待。她是一個胖胖的女人，穿著一件講究的黑色長裙。她一把鼻涕一把眼淚地說個不停。她認識查爾斯爵士，他們之間的談話大都由她一個人獨撐了。

「我相信，爵士，你能理解主人的死和這一切對我的影響有多大。這屋裡屋外到處是警察，他們聳著鼻子查這查那。說來你不會相信，甚至連垃圾箱他們都把鼻子伸進去聞聞。還要問各種問題！他們根本不適合問問題。啊，我這輩子居然會看到這樣的事發生。醫生是個十足的紳士，就和他的爵位頭銜一樣令人尊敬。碧翠絲雖然比我晚兩年到這兒，但為醫生工作對我們而言是無比光榮。那個傢伙問了一些問題（我才不會稱他為紳士。我已經習慣與紳士們相處，習慣他們的生活方式，知道什麼才是真正的紳士）。我就是要叫他『傢伙』，管他是不是個長官。」萊基太太停下來，喘了口氣，讓自己從滔滔不絕的談話中休息一會兒。「他們要查問屋裡所有僕人的情況，我說就是『查問』。她們都是好女孩，每一個人都好，雖然朵麗絲清早該做事的時候總是還沒起床，我每個星期至少得說她一次；還有薇琪，她做事魯莽，唉，年輕人嘛，你別奢望能教好她們……她們的父母也不會教她們什麼。但她們都是些好女孩，哪怕是警官，也不能逼我說與事實不符的話。『沒錯，』我對他說，『你別指望我說她們的壞話。她們都是好女孩，真的是這樣。至於問她們跟凶殺有什麼關係，我說問這樣的問題本身就不懷好意。』」

萊基太太停了一會兒又說：「埃利斯先生的情況就不同了，我不知道他的任何事，因此不能回答關於他的問題。在貝克先生休假期間，有人從倫敦把他推薦到這兒，他對這裡的情況還很陌生。」

「貝克？」沙特衛問道。

「貝克先生曾經是巴塞羅繆爵士的管家，做了七年，先生。他多數時間是在倫敦，住在哈利大街。爵士，你記得他的，對吧？」她徵詢查爾斯爵士。爵士點點頭。「巴塞羅繆爵士過去在舉辦宴會的時候，總要把他帶到這兒來。但他身體一直不太好，這是巴塞羅繆爵士說的，因此他給了他一兩個月的假期，讓他在布萊頓附近的海濱度個假，這段期間照樣付他薪水。醫生真是個好人。埃利斯先生是臨時雇用的，所以我對警官說，我無法告知埃利斯先生的任何事。根據他自己所說，他一直是在最好的家庭做事。跟他相處的時候，感受得出他有一種紳士派頭。」

「你沒有發現他有什麼……異常表現？」查爾斯爵士滿懷希望地問道。

「你問得真是奇怪，爵士，如果你了解我剛才話中的意思。我……可以說有，也可以說沒有。」

查爾斯爵士用鼓勵的目光看著她，於是萊基太太繼續說：「我不能確切地說那是什麼，爵士，但就是有事不對勁……」

事後諸葛，沙特衛冷冷地想道，總是如此。不管萊基太太如何鄙視警察，她還是不敢否定警察的推斷。假若埃利斯真是個罪犯，那麼萊基太太「早就注意過」什麼了。

「有件事得說說。他這個人有些冷漠，哦，但實在彬彬有禮，像個紳士，就像我剛說的那樣。他一直為名門望族做事，但是他沉默寡言，經常一個人待在自己的房間裡。他……這個，我真不知道怎樣形容……他，這個……有些事……」

「你是懷疑他……不是一個真的管家吧？」沙特衛提示道。

「哦，他是的，千真萬確，先生。職務上的事他都知道……包括社會上的名人。」

「舉個例子好嗎？」查爾斯爵士客氣地提議道。

可是萊基太太變得猶豫不決，含糊其辭起來。她不想傳布僕人間的流言蜚語，否則會損害她為人正直的品格。

為了讓她放心，沙特衛說：「你不妨先形容一下他的相貌。」

萊基太太頓時眼睛一亮。

「好，先生。他是一個看起來非常穩重的人。落腮鬍，灰頭髮，有點駝背，有點發胖——這使他很擔憂，真的。他還有一隻手會發抖，但不知是什麼原因造成的。他是一個非常節儉的人，跟我認識的許多人都不一樣。他的眼睛有點毛病，先生，不太能見光，特別是那種很強的燈光，總是讓他很不舒服。沒跟我們在一起的時候，他會戴著眼鏡，但他當班時就不戴。」

「他沒有什麼特殊的標記嗎？」查爾斯爵士問道，「沒有疤痕？沒有受傷的手指？也沒有胎記？」

「哦，沒有，爵士，這些東西一概沒有。」

「精采的偵探故事怎麼會這麼平淡呢！」查爾斯爵士嘆了口氣，「故事中的罪犯，總是有某種顯著的特徵。」

「他或許掉了一顆牙。」沙特衛說。

「大概是吧，先生，我自己可從來沒看見過。」

「悲劇發生的那天晚上，他的行為舉止怎麼樣？」沙特衛問道，顯得有點急了。

「這個嘛，先生，我實在說不出，你是知道的，我在廚房裡忙，沒時間注意到他。」

「這樣啊。」

「當時傳來消息，說主人死了，我們都嚇呆了。我哭了起來，就是止不住，碧翠絲也一樣。那些小女僕好像很亢奮，當然也很難過。埃利斯先生自然不像我們那樣難受，他是新來的嘛。但他考慮周全，堅持要我和碧翠絲喝一小杯葡萄酒壓壓驚。現在想想，整晚他，那個壞蛋——」

萊基太太止住了話，眼睛裡閃動著憤怒的目光。

「我聽說當晚他就失蹤了？」

「是的，先生。他像我們大家一樣回到自己的臥室，但一大早他就不見了。當然，這就讓警察注意到他了。」

「是啊，他真是太愚蠢了。你認為他是怎樣離開這房子的？」

「完全不知道。警察好像整個晚上都在監視著房子，但他們也沒有發現他逃走。這批警察就是這樣。他們不過也是人嘛，跟我們一樣，只是他們很能製造緊張氣氛，就知道衝進良民的家裡，聳著鼻子東張西望。」

「我聽說有人問到祕密通道的事。」查爾斯爵士說。

萊基太太吸了一口氣。

「警察是那樣問過。」

「真有通道嗎？」

「我聽別人提起過。」萊基太太謹慎地答道。

「你知道通道是從哪兒進去的嗎？」

「不，我不知道，先生。有個祕密通道是不錯，但那不是該讓僕人知道的地方。要是那些女孩們知道了，她們就會想從那兒溜出去。我手下的女孩出去從後門，進來也從後門，都是清清白白的。」

「好極了，萊基太太，我想你是非常睿智的人。」

萊基太太聽到查爾斯爵士稱讚的話，就昂起頭來。

「我不知道，」查爾斯爵士繼續說，「我們是否能問其他僕人幾個問題？」

「當然可以，爵士。可是她們不會比我告訴你的多。」

「哦，我明白了。我不會問太多埃利斯的問題，我要問的是巴塞羅繆爵士本人的事。比如那天晚上他的行為舉止等等。你知道，他是我的朋友。」

「我知道，爵士，我相當清楚。當時有碧翠絲、艾麗斯。艾麗斯那時在桌邊侍候著。」

「好的，我希望見見艾麗斯。」

然而，萊基太太很重視長幼次序，於是樓房女僕碧翠絲便是第一個出現的人。

她是個瘦高女人，雙唇緊閉，一本正經，目光咄咄逼人。

查爾斯爵士問了幾個無關緊要的問題之後，將話題引到那個不幸的夜晚在宴會中發生的事情。他們每個人都非常難受嗎？他們都說了些什麼？做了些什麼？

碧翠絲的言談中漸漸流露出一絲興奮。她對於悲劇事件有種不可思議的古怪嗜好。

「薩克利夫小姐完全崩潰了。她是個非常熱心的女士，過去曾在這兒住過。我建議她喝點白蘭地或茶，但是她不聽，只吃了幾片阿斯匹靈，還說她一定睡不著了。可是第二天早晨我給她送早茶去時，她還像小孩那樣蒙頭大睡。」

「戴克斯太太呢？」

「我看不會有什麼事讓那位太太感到不安吧。」聽碧翠絲的口氣，她並不喜歡辛西亞·戴克斯。「她嗎？只急著要走，說她的生意要被耽誤了。她是倫敦一家服裝公司的設計師，這是埃利斯先生告訴我們的。」

對碧翠絲來說，做衣服是一種她瞧不起的「生意」。

「那麼她丈夫呢？」

碧翠絲哼了一聲說：「他喝了白蘭地，以穩住自己的情緒。但有人說，根本穩不住。」

「瑪麗·莉頓·戈爾夫人怎麼樣呢？」

「她是一位非常好的女士。」碧翠絲說，語氣變得柔和起來，「我的姨婆在城堡為她父親做過事。我經常聽她說，那時瑪麗夫人是一個漂亮的小女孩。現在她也許不再富有了，但一看就知道是個大家閨秀，而且非常體貼人，從來不會讓你感到麻煩，說話總是很中聽。她女兒也是個很好的小姐。當然，他們對巴塞羅繆爵士不太熟悉，但她們難過極了。」

「威爾斯小姐呢？」

碧翠絲原先那種生硬的語氣又出現了。

「可以肯定地說，爵士，我說不出威爾斯小姐對這件事是怎麼想的。」

「那麼你怎麼看這個人呢？」查爾斯爵士問道，「說吧，碧翠絲，好心一點嘛。」

碧翠絲木訥的臉頰上突然出現了笑容，因為查爾斯爵士流露出像小學生一般懇求的神情。看來她也無法抵抗查爾斯爵士那強大的魅力，如同那些癡迷的觀眾。

「真的，爵士，我不知道你想要我說些什麼。」

「就是你對威爾斯小姐的看法，你覺得她怎麼樣？」

「什麼也沒有，爵士，根本沒有。她當然不會是……」

碧翠絲猶豫了。

「說下去，碧翠絲。」

「好吧，她和別的客人不屬於同一階層，爵士。我知道，她是瞞不了人的。」碧翠絲繼續和緩地說，「她的行為不是一個真正的小姐會做的。她探頭探腦的，爵士，你知道我的意思嗎？她探頭探腦，四處打聽。」

查爾斯爵士試圖進一步誘導她的陳述，但碧翠絲仍然含糊其辭，只說威爾斯小姐探頭探腦，四處打聽。查爾斯爵士要求她舉一個探頭探腦的例子，碧翠絲卻說不上來，只是重複說著威爾斯小姐老是打聽跟她無關的事情。

最後他們放棄了。沙特衛又問：「大家都沒有預料到曼德斯先生會突然到來，對吧？」

「是的，先生。他的車子出了意外，正好撞在大門邊。他說，在這兒出事還算走運。那時，家裡都住滿了人，林登小姐在小書房為他鋪了張床。」

「大家看見他來都很驚訝嗎？」

「哦，是的，先生，這是當然的。」

問到她對埃利斯的看法時，碧翠絲也是無可奉告。她很少見到他。他很糟糕，竟然會逃跑，但她想不透為什麼他會傷害主人。沒有誰會那麼做。

「說說他的情況好嗎？我是說醫生。他看來很期待這次的宴會嗎？他到底在想什麼？」

「他顯得特別高興，先生。整天都是笑逐顏開，好像想到了什麼好笑的笑話。我甚至聽見他跟埃利斯先生開玩笑，他從來都不會對貝克先生這麼做。他平常對僕人們都很不客氣，但一直很仁慈，只是不會跟僕人多說話。」

「他當時說了些什麼？」沙特衛急切地問道。

「嗯，我一時想不起來了，先生。埃利斯先生曾走過來傳達一個電話內容，巴塞羅繆爵士問他是否記清楚了名字，埃利斯先生說絕對不會錯，當然，他是很有禮貌地說的。接著，醫生大笑著說：『你是個好僕人，埃利斯，你真是一流的管家。喂，碧翠絲，你認為呢？』我很驚慌，先生，主人那樣說話，根本不像平時的口氣……我簡直不知道該怎麼辦。」

「那麼埃利斯呢？」

「他看起來很不滿，先生，好像這是他生平沒有碰見過的事，簡直愣在那兒了。」

「電話內容是什麼？」查爾斯爵士問道。

「內容嗎，爵士？哦，那是從療養院打來的，是關於一個病人的事，說她已經到了療養院，而且一路上安然無恙。」

「你記得她的名字嗎？」

「那是個怪名字，」碧翠絲磨蹭了一下才說，「德．拉許布里傑太太，好像是這名字。」

「哦，是的。」查爾斯爵士安慰她道，「再簡單的名字，在電話裡都是說不清楚的。好了，非常感謝你，碧翠絲。我們現在要見艾麗斯了。」

當碧翠絲離開房間後，查爾斯爵士與沙特衛透過目光交換各自的想法。

「威爾斯小姐探頭探腦，四處打聽；戴克斯喝醉了酒；他太太無動於衷。還有什麼嗎？線索未免太少了。」

「確實少得可憐。」沙特衛表示同意。

「讓我們把希望寄託在艾麗斯身上。」

艾麗斯是一個嫻靜的黑眼睛女人，三十歲了。她很願意談。

她本人不相信埃利斯先生與此案有任何關係，他很有紳士風度，警察卻認為他是一個低劣的惡棍。艾麗斯肯定他不是那一類的人。

「你敢確定，他是個忠誠的普遍管家嗎？」

「並不普遍，爵士。他不像我從前做事時遇見的那些管家。他安排工作的方式不大一樣。」

「你認為他不會對你的主人下毒？」

「啊，爵士，我不明白他怎麼可能那麼做。我當時與他站在餐桌邊侍候客人，他不可能在主人的食物裡放任何東西而不被我發現。」

「那飲料呢？」

「他拿著酒轉了一圈，爵士。先上雪利酒，還有湯，然後是白葡萄酒和紅葡萄酒。他能怎麼做呢，爵士？如果酒裡有什麼東西，他就會毒死所有的人——或者說，會毒死喝了酒的人。凡是主人吃過的，別的人也都吃過、喝過。都是同樣的葡萄酒，所有的先生都喝了，還有一些女士也喝過。」

「酒杯是從托盤裡拿的嗎？」

「是的，爵士。我拿著托盤，埃利斯把酒杯放在上面，然後我端著它走出餐具室。當警察來檢查的時候，大家都在那兒，裝著葡萄酒的杯子也都在桌上。警察並沒有發現什麼。」

「你可以確定醫生在晚餐時吃過或喝過的東西中，沒有什麼是別人不曾用過的嗎？」

「就我所見是沒有。事實上，我敢確定沒有。」

「客人中有誰拿東西給他嗎？」

「哦，沒有，爵士。」

「你知道祕密通道的事嗎，艾麗斯？」

「有個園丁曾跟我說過。通道出口在林子裡，那兒有一堆舊牆和倒塌的磚瓦亂石。但是我從未發現屋子裡有什麼入口。」

「埃利斯從來沒提過通道的事嗎？」

「哦，沒有，爵士。我敢說，他不知道有個通道。」

「艾麗斯，你認為到底是誰殺了你的主人？」

「我不知道，先生。我簡直不敢相信誰會這麼做……我覺得那必定是個意外。」

「呃，謝謝你，艾麗斯。」

「如果不是巴賓頓的死，」查爾斯爵士等她離開房間之後說道，「我們可以把她設定成凶手。她是個漂亮的小姐……她站在餐桌邊侍候……不，不對。巴賓頓是被殺害的，而托利從不會多瞄漂亮小姐一眼。他不是那樣被殺掉的。」

「但是他已經五十五歲。」沙特衛若有所思地說。

「你為什麼這麼說？」

「這是一個男人為年輕小姐失去理智的年齡——即使他過去不曾這麼做。」

「你胡說八道，沙特衛，我也已經……呃……快五十五歲了。」

「我知道。」沙特衛說。

還不等他友善而又刺眼的目光射來，查爾斯爵士趕緊低下眼簾。

沙特衛看得一清二楚，他滿臉通紅了……

05 管家的臥室

「我們去檢查檢查埃利斯的臥室，怎麼樣？」沙特衛問道，但心裡還津津有味地想著查爾斯爵士滿臉通紅的傻相。

演員抓住了改變話題的機會。

「好極了，好極了。我正要這麼說。」

「警察自然已徹徹底底搜查過那個房間了。」

「警察……」

亞里斯提德．杜瓦傲慢地揮揮手，把警察趕到一邊去。他急於甩掉剛才的狼狽相，於是又精神煥發地投入現在的角色。

「警察都是些木頭人，」他氣勢洶洶地說，「他們在埃利斯的房間裡搜什麼呢？是找他犯罪的證據。但我們要找的可是他無罪的證據──這完全是兩碼子事。」

「你真的相信埃利斯是無辜的嗎？」

「如果我們對巴賓頓的判斷是正確的，那他必定是無辜的。」

「是啊。還有……」

沙特衛沒把話說完。他要說的是，如果埃利斯是一個職業罪犯，被巴塞羅繆察覺了，於是就把他給殺了，整件事情就太無趣了。正在這時，他想起巴塞羅繆爵士是查爾斯．卡萊特爵士的好友，但很令他震驚的是，查爾斯對此卻顯得無動於衷。

剛開始查看時，埃利斯的臥室似乎沒能提供值得觀察的東西。放在抽屜裡和掛在櫃子裡的衣服都乾淨整潔、井井有條，它們裁剪考究，配有各種裁縫店的商標。在各種場合人家送給他的舊衣服也整整齊齊地放著，內衣褲都擺在同一格櫃子裡，靴子全部擦得晶亮，依次放在鞋箱裡。

沙特衛先生拿起一隻靴子喃喃地說：「九雙，共有九雙。」但由於現場沒有發現腳印，這也就沒什麼幫助。

但顯然地，制服不見了，埃利斯似乎是鑽到袋子裡逃掉的。沙特衛向查爾斯爵士指出，那是一個相當引人注目的事實。

「任何一個有點頭腦的人都會換一套普通的衣服。」

「對。所以奇怪的是……儘管那是很荒唐的，不過看起來他似乎根本沒有逃走……簡直是胡鬧。」

他們繼續檢查屋子。沒有信函，沒有文書，只有一張雞眼治療法的剪報，和一段公爵女兒即將舉行婚禮的報導。

在一張邊桌上有一小疊吸墨紙和一瓶廉價墨水，沒有筆。查爾斯將吸墨紙拿到鏡子前，看不出什麼。有一張反覆使用過的吸墨紙，已經皺巴巴的，墨跡很陳舊。

「他來這兒後，要不是沒寫過信，就是沒用過吸墨紙。」沙特衛先生判斷說，「這是一種老式吸墨紙。啊，你瞧。」他得意洋洋地指著皺紙中間勉強可辨的「L·貝克」幾個字。

「可以說，埃利斯完全沒用過它們。」

「這真怪了，不是嗎？」查爾斯爵士緩緩地說道。

「你的意思是？」

「一個經常寫信的人……」

「他要是罪犯就不會寫。」

「也許你說對了，不會寫，一定有什麼理由使得他逃跑……我們要證明的是，他並沒有謀殺托利。」

他們四處檢查地板，掀開地毯，查看床底，但什麼也沒發現，只看見在壁爐旁邊濺了一些墨水。臥室簡陋得令人失望。

兩人離開時懷著一種焦慮的心情。他們想當偵探的熱情暫時冷卻了下來。

也許他們心裡在想，真實案件不像在書中被安排得那麼好。

他們還和其他僕人談了幾句。出於對萊基太太和碧翠絲·丘奇的敬畏，這些年輕的小姐們看起來個個心驚膽戰，可是從她們口中也沒挖出新的東西。

最後，他們只得離開了。

他們要沙特衛的小車在門房那兒接他們。

「喂，沙特衛，」當他們漫步穿過花園時，查爾斯爵士問道，「有什麼使你印象深刻的嗎？有嗎？」

沙特衛思索著。他不打算急於回答問題，特別是當他感到有使他印象深刻的東西時，他更不會說。承認整個偵查過程是白費工夫是個不大好的做法。儘管僕人們的證詞一個接一個地掠過他的腦際——有用的信息實在少得可憐。

查爾斯爵士此刻正在總結：威爾斯小姐探頭探腦，四處打聽；薩克利夫小姐一直坐立不安；戴克斯太太無動於衷；戴克斯船長喝醉了酒。有用的線索幾乎不存在，除非把佛萊迪·戴克斯船長沉溺於杯中物解釋為想麻痺罪惡感，但佛萊迪·戴克斯經常喝得酩酊大醉，這一點沙特衛是清楚的。

「怎麼樣？」查爾斯爵士再次不耐煩地問道。

「什麼也沒有。」沙特衛先生不情願地承認道，「但是，我想我們從剪報的事可以假設，埃利斯患有雞眼。」

查爾斯爵士做了一個鬼臉。

「這看來是一個頗有根據的判斷。但這個——對我們有何用呢？」

沙特衛坦承這的確沒什麼用。

「只有一件事……」他說著，又停了下來。

「怎麼了？說下去吧，兄弟。只要是有用的，什麼都可以。」

「令我感到奇怪的是，巴塞羅繆爵士與管家打趣的那種方式——就是僕人告訴我們的那件事。那不太像他的性格。」

「是不像。」查爾斯爵士強調說，「我很了解托利……比你更了解他，我可以告訴你，他不是一個愛開玩笑的人，他從來不會那樣開玩笑。除非——呃，除非那時候由於某種原因讓他表現反常。你說得對，沙特衛，那是個疑點。那麼，它給我們提供了什麼線索呢？」

「嗯——」

沙特衛開口了，然而他很清楚，查爾斯爵士的問題只是暖身，他根本不想聽沙特衛的意見，而急於炫耀自己的看法。

「沙特衛，你記得事件是在什麼時候發生的嗎？就是在埃利斯給托利傳達一個電話留言之後！我想這麼斷定並不為過：就是這個電話留言，使他突然變得興高采烈起來。我可以就此順勢往下推。你大概還記得我問過那女僕電話留言的內容吧？」

沙特衛點頭說道：「電話說，一個叫德·拉許布里傑的女人被送到療養院。」他這麼說是要顯示他同樣注意到了這一點，「但這不值得大驚小怪。」

「聽起來確實如此。但如果我們的判斷正確，這些話必定有某種特別的含義。」

「對——吧。」沙特衛先生半信半疑地說。

「毫無疑問，」查爾斯爵士說，「我們必須去找出其中的奧妙。剛才我腦子裡閃過一個想法，那個電話可能是某種密碼信息——一件表面聽起來無關緊要的事，卻含有某種特別的意義。如果托利當時是在查問巴賓頓的死因，那麼這通電話可能跟這樣的查詢有關。打個比方吧，他雇了一個私家偵探去調查。他告訴偵探，一旦調查有結果，就打電話來，但要使用特殊暗語，不能讓接電話的人知道真相的信息。這就可以解釋他之所以興高采烈的原因，也可以解釋他為什麼要問埃利斯是否弄對了名字——他自己顯然知道根本沒有這麼一個人。事實上，人們在自己的大膽推測獲得證實時，在情緒上就會有些失控。」

「你認為根本沒有德·拉許布里傑太太這個人？」

「哦，我想我們應當去弄清楚。」

「怎麼弄清楚？」

「可以去療養院問問護士長。」

「她會覺得莫名其妙。」

查爾斯爵士大笑起來。

「交給我吧。」他說。

他們從小路轉向另一邊，朝療養院方向走去。

沙特衛說：「查爾斯，你自己是怎麼想的呢？有什麼令你印象深刻的嗎？我指的是我們訪查過這家的人之後。」

查爾斯爵士慢吞吞地答道：「是的，有個東西……糟糕的是，我記不清楚了。」

沙特衛驚訝地瞅著他，查爾斯爵士則是緊蹙眉頭。

「我怎麼說呢？有個東西當時一下子讓我感到不對勁，不太可能……只是我那時沒有時間考慮，只好先放到一邊去了。」

「現在你還記不起那是什麼嗎？」

「記不起來了，只記得當時我對自己說：那件事真奇怪。」

「是不是在我們詢問僕人時產生的想法？是哪一個僕人？」

「我告訴你，我記不清楚了。我愈想就愈是記不起來……若先將它擱在一旁，或許等會兒就想起來了。」

他們走進了療養院。那是一幢高大的白色樓房，有一道圍籬將它跟花園隔開。他們穿過一道大門，按了前門的門鈴，要求見護士長。

護士長走來了，她是個身材高瘦的中年婦女，有一張聰慧的臉，舉止俐落。她很熟悉查爾斯爵士這個名字，知道他是已故巴塞羅繆．史全奇爵士的一個朋友。

查爾斯爵士解釋，他剛從國外回來，聽到朋友的死訊十分震驚，而且它竟還是個懸案。他惶恐不安，於是登門拜訪，想盡可能多了解些情況。護士長用一種感人肺腑的語氣說，巴塞羅繆爵士的去世對他們來說是莫大的損失，並稱讚他的醫術高明。而查爾斯爵士表明他急於想知道療養院接下來該怎麼辦。護士長說，巴塞羅繆爵士有兩個同事，兩者都是高明的醫生，而其中一個就住在療養院裡。

「我想，巴塞羅繆一定十分以這個地方為榮。」查爾斯爵士說。

「是啊，而且他的治療都非常成功。」

「大多數是精神方面的疾病，對吧？」

「是的。」

「這使我想起我在蒙地卡羅遇見的一個人，她跟你們這兒有些關係。我忘了她的名字了，是個奇怪的名字——拉許布里傑，對，拉許布里傑……大概就是這個名字。」

「你是說德．拉許布里傑太太嗎？」

「是啊！她現在住這兒嗎？」

「哦，是的，但是她恐怕不能見你們，還不是時候。她現在正在進行非常嚴格的治療。」護士長笑了，以為這是件瑣事。「不能通信，不許有讓她激動的訪客……」

「她的病情還好吧？」

「是相當嚴重的精神崩潰，記憶喪失，嚴重的精神衰弱。哦，我們會治好她的。」

護士長讓人寬慰地笑了起來。

「讓我想想看，我聽過托利——巴塞羅繆爵士說起過她嗎？她是他的病人，也是朋友，對吧？」

「我不這麼認為，查爾斯爵士，至少醫生從來沒有這麼說過。她最近剛從西印度群島來到這兒——我告訴你，這事確實很有趣。對僕人來說，德·拉許布里傑是個難記的名字——這兒的接待女僕真的很笨。她跑來對我說：『西印度群島太太已經到了。』當然，我知道拉許布里傑聽起來很像是西印度群島人的名字——不過也真的湊巧，她確實是從西印度群島來的。」

「實在……實在很好笑。她丈夫也在這兒嗎？」

「他還在西印度群島呢。」

「哦，太可笑了。我一定是把她和什麼人搞混了。這是醫生非常感興趣的病例嗎？」

「健忘症的病例相當普遍，這種病例有各式各樣的類型，很少有兩個病例相似。」

「這些事對我來說都很新奇。好了，謝謝你，護士長，很高興和你談話。我知道托利很關心你，他經常提起你。」查爾斯爵士用謊話來結束這次交談。

「哦，很高興聽你這麼說。」護士長紅著臉，把頭昂起來，「多麼傑出的人啊，真是天大的損失。我們所有的人都十分震驚，用目瞪口呆來形容似乎才貼切。謀殺！我說，有誰會想謀殺史全奇？實在匪夷所思。是那個可惡的管家，我希望警察能抓到他，不論是不是事出有因。」

查爾斯爵士沮喪地搖搖頭。他們離開療養院，在路上轉了一圈，才來到停車的地方。

為報復在與護士長交談中被迫保持沉默的尷尬，沙特衛對奧利佛．曼德斯發生的事故表現出濃厚的興趣，反覆盤問那個反應遲鈍的中年門房。

是的，就是在那個地方出事的，牆已經撞塌了。騎摩托車的是個年輕先生。不，他沒目睹事故發生，但他聽見了響聲，然後跑出來看。那年輕紳士站在那兒，就在你們另外那個先生現在站的地方，他好像沒有受傷，無可奈何地看著他的車子，以及亂七八糟的現場。後來他問這地方叫什麼。當他聽說這是巴塞羅繆．史全奇爵士的房子時，他說：「真是好運。」然後，他逕自走進去，看起來是位非常冷靜的年輕紳士，只是很疲倦。問到怎麼會出這種意外呢？門房說不上來，但是他認為世事難料。

「這是一次奇怪的事故。」沙特衛若有所思地說。

他看著平坦的大路。沒有彎道，沒有危險的十字路口，沒有什麼能讓一輛摩托車突然撞在十英尺高的牆上。是的，一次奇怪的事故。

「你在想些什麼，沙特衛？」查爾斯爵士好奇地問。

「沒有呀，」沙特衛說，「沒想什麼。」

「這確實很奇怪。」查爾斯爵士說道，他也迷惑不解地注視著出事現場。

兩人鑽進小車，離開了。

沙特衛不停地思索著，德．拉許布里傑太太確有其人。所以查爾斯的分析是錯誤的，那不是什麼暗號；但是，那個女人本身有什麼問題呢？也許她是一個見證人？或者她只是一個使巴塞羅繆．史全奇欣喜若狂的有趣病例？或許，她是一個有魅力的女人？在五十五歲的年紀墜入愛河（沙特衛觀察這點很久了），會完全改變一個男人的性格；愛情可能使一向冷漠的他變成一個愛開玩笑的人——

查爾斯爵士探過身來，打斷了他的思路。

「沙特衛，」他說，「我們掉頭回去好嗎？」

還沒等到回答，查爾斯爵士便拿起話筒向司機發出命令。小車減速並停了下來，司機開始找個方便的方向倒車。一會兒之後，他們沿著大路朝相反的方向開去。

「發生了什麼事？」沙特衛問道。

「我想起來了，」查爾斯爵士說，「使我印象深刻的怪事，就是管家臥室地板上的墨水痕跡。」

06 墨水痕跡

沙特衛驚訝地看著他的朋友。

「墨水痕跡？什麼意思，查爾斯？」

「你還記得嗎？」

「我當然記得。」

「你記得它的位置嗎？」

「嗯，不是很確切。」

「是在壁爐旁邊的踏腳板上。」

「對，沒錯。我現在想起來了。」

「你認為那痕跡是怎麼來的，沙特衛？」

「那痕跡不算大。」他終於說道，「它不像是打翻墨水瓶弄的。我說，極有可能是管家把他的鋼筆掉在那兒了。你記得吧，房裡沒有筆。」（沙特衛心想，他應當清楚，我也是同樣小心觀察。）「所以很顯然，要是管家寫過點什麼，他必定有枝筆，可是沒有跡象顯示他寫過什麼。」

「有證據，沙特衛。不是有墨水痕跡嗎？」

「也許他沒寫過什麼。」沙特衛脫口而出，「他可能只是把鋼筆掉在地板上。」

「除非鋼筆尖掉了下來，否則地板上就不會有那種痕跡。」

「我想你是對的。」沙特衛說，「但是，我看不出這有什麼奇怪的。」

「也許這沒有什麼值得大驚小怪。」查爾斯爵士說，「讓我回去再親自看一看，我才能告訴你。」

他們轉身走進大門。幾分鐘後，他們便走到了那座房子。為了避免他們的重訪引起別人的好奇心，查爾斯爵士撒謊說他把鉛筆掉在管家的臥室裡。

「現在，」查爾斯爵士想了個辦法擺脫熱心的萊基太太，溜進埃利斯的臥室後，隨手將門關上。「讓我們來看看我是不是個殘忍的傻瓜，我的頭腦是否還管用。」

在沙特衛看來，前者更有可能，然而出於禮貌，他沒有說出口。他坐在床邊看著查爾斯爵士。

「這就是我們要找的痕跡。」查爾斯爵士用腳指著那地方說，「寫字檯對面，正好是在屋子另一邊的壁爐底板上。要在什麼樣的情況下，一個人才會把筆掉在那兒呢？」

「任何地方都可能掉筆。」沙特衛說。

「當然，你可以將筆從房間這一頭扔到那一頭。」查爾斯爵士贊同地說，「但一個人通常是不會那樣亂扔筆的。儘管這麼說，我還是弄不清楚。自來水筆是令人傷腦筋的東西，你想寫字時，它乾了，寫不出來。也許這就是事情的癥結。埃利斯會大發雷霆地說：『該死的爛筆！』於是把它扔到屋子的另一頭。」

「我相信會有許多種解釋。」沙特衛說，「也許他只是把筆放在壁爐台上，它一下子滑落到地上了。」

查爾斯爵士用一枝鉛筆做了試驗。他讓鉛筆滾向壁爐台的邊上，鉛筆掉落在地上，但是離那個痕跡至少還有一英尺遠，隨後又朝壁爐方向滾去。

「好啦，」沙特衛說，「你怎麼解釋？」

「我正在找答案。」

沙特衛先生坐在床邊，目睹了查爾斯爵士十分可笑的表演。

查爾斯爵士一邊朝壁爐方向走著，一邊試圖讓手中的鉛筆往下掉。他又試著坐在床邊寫點什麼，然後將筆滑落。為了讓鉛筆正好掉在那個地方，必須用一種難以想像的姿勢，靠牆站著，或縮成一團蹲著。

「那是不可能的。」查爾斯爵士大聲地說。

他站在那兒，看著牆壁、墨跡和古板的小壁爐發愣。

「要是他當時正在燒文件呢？」他若有所思地說，「但人們通常是在壁爐裡燒文件。」

突然，他屏住了呼吸。

此刻，沙特衛終於見識了查爾斯爵士的演員才能。

查爾斯．卡萊特已經變成了管家埃利斯。他坐在書桌前寫字，鬼鬼祟祟，不時揚起眼睛東張西望。突然間他好像聽見什麼聲響——看得沙特衛都猜得出那是什麼聲音——是走道上傳來的腳步聲。這個人心裡有鬼，所以被腳步聲嚇了一跳。他一隻手拿著剛才寫的那些紙，另一隻手拿著筆，飛快地奔到屋子另一邊的壁爐前，頭側向旁邊，仍然驚惶失措地聽著。他試圖將紙塞到火爐底下，為了使用兩隻手，他一不留心丟掉了筆。查爾斯爵士手中的鉛筆，就是參與這場表演的筆，正巧落在那個墨水痕跡上……

「Bravo[12]！」沙特衛叫道，並慷慨地鼓起掌來。

表演實在精采，讓他不禁覺得，埃利斯當時就是這麼做的，也只能這麼做吧。

「看見了吧？」查爾斯爵士說。他又恢復了原貌，說話時有幾分洋洋得意。「如果這傢伙聽見了警察的聲音，或者以為警察來了，他必須藏起他剛才寫的東西，那麼他會藏在哪裡？他不會藏在抽屜或是床墊之下，因為，警察一搜查這房間，就會立即發現它。他沒有時間撬開地板，壁爐背後是唯一的選擇。」

「所以接下來，」沙特衛說，「就是看看壁爐後面是不是藏著東西。」

「正是。當然啦，也許是虛驚一場，事後他可能又把那東西取了出來。但是，我希望能如我們所願。」

查爾斯爵士脫掉外衣，捲起袖管，趴在地板上，聚精會神地尋找壁爐下面的裂縫。

「下面有件東西。」他回報說，「白色的。怎麼把它弄出來呢？得找一根女人的髮夾或類似的東西。」

「女士們不再用髮夾了。」沙特衛沮喪地說，「也許可以用削鉛筆刀。」

但到處都找不到削鉛筆刀。

最後，沙特衛走出去向碧翠絲借了一根毛線針。雖然她非常想知道他要那東西幹什麼，但是她保持禮貌端莊的意識太強，因而沒有開口問。

毛線針發揮了作用。查爾斯爵士挑出了好幾張皺巴巴的信紙，那是在匆匆忙忙之中被揉在一起塞進去的。

他和沙特衛將每張紙都攤平，心情愈來愈亢奮。它們是一封信的幾種不同草稿，書法整潔、字體很小。開頭便是：

> 這就是說，筆者不願引起不愉快的事情發生。也許有人會誤解他今晚所看見的一切，然

12 義大利語，意思是「妙啊」。

而……

寫到這兒，寫信人顯然不太滿意，於是突然停下來，另起一段：

管家約翰・埃利斯在此向您問候，並希望能在將手中情報送給警方之前，與您有一次簡短的談話，事關今晚的悲劇……

他又不滿意，只好重新開始：

管家約翰・埃利斯手中掌握醫生死亡案件的線索，但尚未報告警方……

下面一段，他不再使用第三人稱：

我急需一筆錢。一千英鎊將會完全改變我的境況。我可以向警方透露某些線索，但是本人不願意製造麻煩……

最後一段更是開門見山：

我知道醫生是怎麼死的，但我還未報告警方，如果你能見我一面……

這封信以不同的方式寫了幾遍，都中斷了。最後一張在寫到「見我一面」之後，筆跡十分潦草，凌亂不堪，最後幾個字模糊不清，還有墨漬。顯然，這是埃利斯聽見了使他驚恐的聲音時寫的。當時他馬上把信紙揉成一團，藏起來。

沙特衛深深地吸了一口氣。

「恭喜你，查爾斯。」他說，「你對墨水痕跡的直覺是準確的。幹得好！現在，讓我們理一理目前的狀況。」他停了一會兒又說：「正如我們分析的那樣，埃利斯是個無賴。他不是凶手，但是他知道凶手是誰。他企圖敲詐他，或者她……」

「他，或者她，」查爾斯爵士打斷他的話說，「麻煩的是，我們仍不清楚這個人是誰。為什麼這傢伙完全沒寫下一個『先生』或者『女士』的稱呼呢？否則我們就會知道該從何著手了。埃利斯看來是個有教養的人，他寫那封敲詐信是冒著很大的風險。要是他給了我們一個線索——例如這封信是給誰的，那該多好。」

「沒關係。」沙特衛說，「我們繼續下去。記得你說過，我們在這間臥室裡，是要發現埃利斯無罪的證據。好啦，我們已經發現了。這些信件表明了他不是殺人凶手。只是從另一個角度看來，他是一個徹頭徹尾的無賴。但是他確實沒有殺害巴塞羅繆·史全奇爵士，凶手是另有其人，此人還殺了巴賓頓。我想這下子，連警察都會附和我們的看法了。」

「你打算告訴他們這件事嗎？」查爾斯爵士的聲音流露出不滿的情緒。

「我看不出還能怎麼做……怎麼了？」

「噢……」查爾斯爵士坐在床上，皺起眉頭陷入沉思。「該怎麼說才好呢？目前我們知道的情況，別人都還不清楚。警察正在尋找埃利斯，他們認為他是凶手。大家都知道，他們認為他才是凶手，所以，真正的罪犯一定會幸災樂禍。他（或者她）不會完全放鬆警戒，但會覺得很好，覺得自在。改變這種感覺不是很可惜嗎？這難道不正是我們的機會嗎？我是說，我們要找機會發現巴賓頓和那某個人的關係。他們並不知道有人把這次死亡事故與巴賓頓的死連在一起，他們還沒有起疑。這是千載難逢的機會。」

「我明白你的意思，」沙特衛說，「而且我同意你的看法。這是個機會。可是，我還是認為我們不能不採取行動。作為一個公民，我們有責任將發現的線索立即報告警方。我們無權隱瞞他們。」

查爾斯爵士困惑地看著他。

「你真是公民的楷模，沙特衛。的確，我們應當照規矩辦事，但我不是像你那般優秀的公民。把這件事多保密個一兩天，就一兩天，我不會覺得不安，也還不至於誤事吧，呃？不行？那好吧，我放棄。我們還是做個支持法律和社會秩序的棟梁吧。」

「你要曉得，」沙特衛解釋說，「強生是我的朋友，他很夠意思，他讓我們進到警察局裡看看他們在幹什麼，還告訴我們完整的訊息等等的。」

「啊，你是對的，」查爾斯爵士嘆了口氣說，「完全正確。只是，除了我以外，沒有人想到要查看壁爐底下。那些呆頭警察，沒有一個想到這點……不過，你可以用自己的辦法。我說，沙特衛，你認為埃利斯現在在哪兒呢？」

「據我推測，」沙特衛說，「他得到了他要的東西。有人拿了錢給他，要他銷聲匿跡，於是他就失蹤了——以最快的效率。」

「對，」查爾斯爵士說，「我想，只能這樣來解釋。」他的身體輕顫了一下。「我不喜歡這間房間，沙特衛，我們出去吧。」

07 作戰計畫

第二天晚上，查爾斯爵士和沙特衛回到了倫敦。

在這之前，他們與強生上校談了一席話，內容相當得體、有技巧。然而，那位跨區警官不太高興的是，這兩位紳士居然發現了他和他的助手們疏忽的東西。他費盡心機想挽回一點面子。

「可信度相當高，先生。我承認我從未想過要查看壁爐的底部。說真的，是什麼促使你們去瞧那個地方的，真叫我摸不著頭腦。」

兩人沒有詳細地描述如何透過墨水痕跡進行推斷，及最後如何發現了重要線索。查爾斯爵士的回答是：「只是隨便看看。」

「隨便看看，你們只是看看，」警官接著說，「就有了證據？並不是你們的發現使我驚訝。你說說看，如果埃利斯不是凶手，那他失蹤總得有個原因，這才合情理。而且，我一直有這個念頭，敲詐可能是他的拿手好戲。」

他們的發現引發了一件事：強生上校將要與魯茅斯警察局交涉，要他們務必調查史蒂芬．巴賓頓的死。

「要是他們發現他也是死於尼古丁中毒，那甚至連跨區警官都會承認，兩人的死亡是有關的。」在他們快速駛向倫敦時，查爾斯爵士說道。

一想到把已發現的東西交給警方，他心裡仍然耿耿於懷。

為了安慰他，沙特衛指出，他們並不是把情報公諸於眾，也不是拿去媒體發表。

「罪犯是不會起疑的。搜查埃利斯的行動還是會繼續。」

查爾斯爵士承認，這倒是真的。

快到倫敦時，查爾斯爵士向沙特衛建議，跟蛋蛋．莉頓．戈爾聯絡一下。她的信是從貝爾格雷夫廣場一帶寄來的，他認為她還住那兒。

沙特衛一本正經地贊同他的提議，他自己也急於見到蛋蛋小姐。他們計畫一到倫敦，就由查爾斯爵士打電話給她。

蛋蛋果然還在倫敦。她和母親住在親戚家，準備待個一週才回到魯茅斯。蛋蛋小姐一下就被說服，答應與這兩位男士用餐。

「我看她不會樂意來我這兒。」查爾斯爵士一邊說著，一邊環顧著他的豪華公寓。「她母親可能不大高興她這麼做，對吧？當然，我們可以把米蕾小姐也請來，但最好還是不要。

說句老實話，米蕾小姐會讓我覺得綁手綁腳，她太能幹了，會使我產生自卑感。」

沙特衛建議不妨去他家。最後，他們決定在柏克萊飯店用餐。飯後要是蛋蛋小姐樂意，他們就再去別的地方。

沙特衛馬上注意到，蛋蛋瘦了一些。她的眼睛變得更大了，但似乎有些紅腫，下巴的輪廓也更加分明，臉色蒼白，眼下出現了眼袋。然而，她的魅力依然不減。她那孩子般的渴望依然真摯熱切。

她對查爾斯爵士說：「我早就知道你會來……」

她的語氣明顯暗示著：「你來了，一切就好了。」

沙特衛對自己說：「其實她不敢確定他會來。她根本沒有把握，心裡忐忑不安，整天煩得要命。」他還想道：「難道他沒有感覺到嗎？演員都是些虛榮的人……難道他不知道，蛋蛋小姐愛他愛得發狂？」

他覺得，這是一件不尋常的事。毫無疑問，查爾斯爵士完全愛上了蛋蛋小姐，她同樣也愛上了他，而把他們兩個人緊緊繫在一起的線，竟然是一樁罪行——一個殘暴的傢伙所犯下的雙重罪行。

吃飯時他們交談不多。查爾斯爵士說起他在國外的經歷，蛋蛋則談到魯茅斯的情況。每當他們的談話好像要停止時，沙特衛就在一旁熱場。飯後，他們來到沙特衛的家。

沙特衛的家坐落於倫敦泰晤士河北面的切爾西河堤路。這是一幢大房子，妝點著許多優美的藝術品，有繪畫、雕塑、中國瓷器、史前陶俑、象牙、小肖像以及齊本岱爾式和赫波懷特式的家具。整間屋子使人感到一股穩重豐富、溫馨宜人的氣氛。

蛋蛋．莉頓．戈爾什麼也沒瞧見，什麼也沒注意到。她把外套扔在椅子上，說：「好啦。現在把一切都告訴我吧。」

當查爾斯爵士描述他們在約克郡的經歷時，她興致勃勃地聽著。說到發現敲詐信時，她緊張地屏住呼吸。

「這之後發生了什麼，我們只能靠推測了。」查爾斯爵士接著說，「倘若埃利斯是收了賄賂，他的潛逃自是當然之事。」

可是，蛋蛋小姐搖搖頭。

「哦，不對。」她說，「難道你看不出來？埃利斯已經死了。」

兩個男人都吃了一驚。蛋蛋小姐重複她的斷言。

「他當然已經死了。否則，他怎麼能消失得無影無蹤，誰也找不到他的去向？他知道得太多，因此被滅口了。埃利斯的死是第三次謀殺。」

雖然兩個男人以前都沒有考慮過這種可能性，但他們不得不承認，這不無道理。

「聽我說，親愛的小姐，」查爾斯爵士申辯道，「埃利斯死了，這個推論倒是不錯。可是屍體在哪兒？總得有個地方藏著吧。」

「我不知道屍體在哪兒。」蛋蛋小姐說，「有很多地方都可以搜查嘛。」

「太難了，」沙特衛說，「太難了……」

「有很多地方。」蛋蛋小姐強調說，「讓我想一想……」她停了一會兒又說：「頂樓，有好幾個閣樓還沒有人進去搜查過。也許他就在某個閣樓的通道裡。」

「不太像，」查爾斯爵士說，「但也有可能。唉，也許得花一段時間才找得到。」

避免不愉快不是蛋蛋小姐的行事風格。她立刻針對查爾斯爵士所想的問題說：「臭味只會往上飄，不會往下。一具正在腐爛的屍體，若在地窖裡會比在頂樓更容易被發現。總之，時間久了，人們就會以為不過是一隻死老鼠。」

「如果你的觀點是正確的，這表示凶手是個男的，因為一個女人是不可能有那個力氣把一具屍體在屋裡拖來拖去。而事實上，這對一個男人來說，也挺累的。」

「不。還有其他可能性。你知道嗎，屋裡有個祕密通道，是薩克利夫小姐告訴我的。巴塞羅繆爵士還說好要帶我去看。凶手可能已經給了埃利斯一筆錢，還帶他看了從房子逃出去的路。他們一起走下通道，但他就在那兒被殺了。一個女人也可以那麼做的，她可能從後面捅他一刀，或者用別的辦法。然後她把屍體留在那兒，自己退了出來，誰也不會知道。」

查爾斯爵士半信半疑地搖搖頭，但他不再與蛋蛋小姐爭辯了。

沙特衛想到，當他們在埃利斯的臥室裡發現那些信的時候，他腦子裡曾有一刻也出現了同樣的疑惑。他記得查爾斯爵士還輕輕顫抖了一下，那時他想到的是，埃利斯可能已經死了……

沙特衛想：「如果埃利斯死了，我們要對付的就是一個非常危險的人物……是的，一個非常危險的人物。」他突然由於恐懼而感到毛骨悚然。

一名已經殺了三個人的凶手，要再殺另一個人可是絕不會手軟的。

他們三個人——查爾斯爵士、蛋蛋和他自己都處於危險之中，因為他們知道得太多了。

查爾斯爵士的聲音打斷了他的思路。

「你的信中有件事我不明白，蛋蛋。你說奧利佛．曼德斯有危險，警察正盯著他。這我不懂。」

在沙特衛看來，蛋蛋有點尷尬，她甚至已經臉紅了。

「哈哈，」沙特衛自言自語著，「小姐，這下子我看你怎麼解困。」

「我太傻了，」蛋蛋小姐說，「我弄糊塗了，我以為奧利佛到宴會裡來是玩把戲，刻意設計的。所以，我以為警察一定會懷疑他。」

查爾斯爵士輕鬆地接受了這個解釋。

「哦。」他說，「我明白了。」

沙特衛說：「那真是一個精心設計的把戲嗎？」

蛋蛋小姐轉身向著他。

「你這話是什麼意思？」

「那件事故實在太奇怪。」沙特衛說，「如果這真是一個精心設計的把戲，我猜你應該知道哩。」

蛋蛋搖搖頭。

「我不知道。我從來沒有想過這點。但是，如果這不是奧利佛的預謀，他又何必大費周章地製造一場車禍呢？」

「一定有他的理由，」查爾斯爵士說，「很必然的理由。」

他朝她笑了笑。蛋蛋羞紅了臉。

「哦，不，」她說，「沒那回事的。」

查爾斯爵士嘆了一口氣。沙特衛覺得，他的朋友完全誤解了她臉紅的原因了。當查爾斯爵士又開口說話的時候，他看起來更沮喪、更衰老了。

「好啦，」他說，「既然我們的年輕朋友沒有危險，那麼我下一步該做什麼呢？」

蛋蛋很快地走上前來，抓住他的袖子。

「你不要再置身事外，也不要半途而廢了好嗎？你要發現真相——真相啊！除了你，我不相信別人會發現真相。你可以的，一定可以的。」

她極其坦誠，她的青春活力使屋裡沉悶呆滯的氛圍變得活躍起來。

「你這麼相信我？」查爾斯爵士深受感動。

「是的，是的，是的。我們眼看就要發掘真相了，我們兩個一起。」

「還有沙特衛。」

「當然，還有沙特衛。」蛋蛋小姐平淡地說。

沙特衛無可奈何地笑了起來。不管蛋蛋小姐是否把他包括在內，他都不打算要抽身，他喜歡神祕的事物，喜歡觀察人的本性，而且很容易被戀人們打動。這三個人的興趣，都在這件案子中得到了滿足。

查爾斯爵士坐了下來。他改變了腔調，發號施令，導演著一場戲。

「首先，我們必須要釐清事實。我們究竟信或是不信，殺害巴賓頓和巴塞羅繆．史全奇的是同一個人？」

「我相信。」蛋蛋小姐說。

「我也相信。」沙特衛說。

「我們相信第二個凶殺案是直接從第一個凶殺案引發而出的嗎？我是說，我們認為巴塞羅繆被殺，是要阻止他暴露第一個凶殺案的真相，或者阻止他暴露出誰是真凶嗎？」

「是的。」蛋蛋小姐和沙特衛這一次是異口同聲地說。

「因此，我們必須調查的是第一次凶殺，而不是第二次。」

蛋蛋小姐點點頭。

「在我看來，要是我們沒有找出第一次謀殺的動機，就不可能找到凶手。但了解動機，實在難上加難。巴賓頓是一個與世無爭、和藹可親的老人，大家都說他在這個世界上沒有敵人。然而，他被殺害了，殺人必定有起因。我們必須找出這個起因。」他停了一會兒，然後用他平常講話的聲調說：「讓我們開始吧。殺人會有哪些原因呢？我想，首先是謀財。」

「報仇。」蛋蛋小姐說。

「殺人狂。」沙特衛說，「犯罪欲應該不會出現在這個案子裡。不過，還有『恐懼』。」

查爾斯．卡萊特點點頭，迅速地在一張紙上寫著。

「差不多都包括了。」他說，「首先是謀財。有人能從巴賓頓的死獲取利益嗎？他有錢嗎？或者他將得到一大筆遺產？」

「我想這不太可能。」蛋蛋小姐說。

「我也這麼認為。但是我們最好就這個問題向巴賓頓太太諮詢。」

「再者是報仇。巴賓頓曾傷害了任何人嗎？是否在他年輕的時候呢？還是他娶了另一個男人深愛著的女人？這點我們也得查個清楚。」

「然後是殺人狂。巴賓頓和托利都是被一個精神病患者所殺的嗎？我認為這個想法站不住腳，即使這個精神病人對他犯了罪有某種滿合理的動機。我的意思是說，精神病人可能認為他是受神靈的指派要殺掉醫生，或者牧師，但不會是兩種人都殺。我想，我們可以排除殺人狂這種觀點。最後還有『恐懼』。說句老實話，我認為這是最可能的原因。巴賓頓也許知道某人的祕密，或者他認出了某人，因而慘遭滅口。」

「我不明白，像巴賓頓先生這樣的人會知道什麼危及某人的事，而且這個人當天晚上也在場。」

「也許。」查爾斯爵士說，「連他都不知道自己已經知道那件事。」他繼續說，竭力把自己的意思講清楚。「很難說清我的意思。假設——這只是假設，巴賓頓在某個時候、某個地方看見了某個人。據他所知，這個人當時確實在現場。但這個人編造了假的不在場證明，說他事發時遠在一百英里開外的某個地方。可是，老巴賓頓是世界上最老實忠厚的人，他有可能一不留神洩漏了這個祕密。」

「我明白了。」蛋蛋說，「假設在倫敦發現一起凶殺案，凶手在派汀頓車站做案，巴賓頓看見了這個人，但是這個人已提出證明他不可能做案，因為他當時根本不在犯罪現場，而是在里茲。但後來巴賓頓不小心洩漏了祕密。」

「這正是我的意思。當然，這只是舉個例子，也可能是別的狀況。那天晚上他看見的人或許是他從前認識的人，但名字不一樣……」

「也可能跟一次婚姻有關。」蛋蛋說，「牧師幫過很多人證婚。這個人可能犯了重婚罪。」

「或者跟一次生育或者一次死亡有關。」沙特衛猜測道。

「範圍實在太廣了。」蛋蛋皺著眉頭說，「我們來試試別的法子吧。讓我們重新分析一下那天在場的人，擬一個名單。哪些人到過你家，哪些人到過巴塞羅繆家。」

她從查爾斯爵士那兒接過紙和鉛筆。

「戴克斯一家，他們兩家都到了。那個像乾白菜的女人叫什麼來著——不是威爾斯，就是薩克利夫小姐。」

「你可以排除安琪拉。」查爾斯爵士說，「我認識她很多年了。」

蛋蛋小姐不以為然地皺起眉頭。

「我不能這麼做。」她說，「只因為我們認識某些人，便排除他們的可能性？我們必須按規矩來。此外，我對安琪拉．薩克利夫一無所知，她跟任何人一樣，都有可能做案，而且在我看來，她更有可能，所有的女演員都有一段過去。總體看來，我反倒覺得她是最有嫌疑的人哩。」

她不順從地盯著查爾斯爵士，眼裡閃爍著反抗的目光。

「這麼說來，我們也不能排除奧利佛．曼德斯了。」

「怎麼可能是奧利佛呢？他以前和巴賓頓先生見過好多次面呢。」

「他兩次聚會都到場，而且他的到場還引起一些懷疑。」

「你說得對。」蛋蛋小姐說著停了一會兒，然後又說，「那麼，我最好把母親和我自己也算上，那就有六個嫌疑犯了。」

「我不認為……」

「我們要做就得一絲不苟，不然就別做了。」她的眼睛裡閃著光。

沙特衛想利用食物來促使兩個人休戰。他請人送來了飲料。

查爾斯爵士溜到老遠的一個角落，欣賞著一個黑人頭像雕塑。蛋蛋走到沙特衛面前，將一隻手伸向他的手臂。

「我真傻，對他發了脾氣。」她喃喃地說，「我是個傻瓜。可是，為什麼要排除那個女人？為什麼一說到要把她列入考慮，他就那麼緊張？啊，天啊！為什麼我會有那麼令人厭惡的嫉妒心？」

沙特衛笑著拍了拍她的手。

「嫉妒是無益的，親愛的。」他說，「如果你嫉妒了，千萬別顯露出來。順便問一問，你真的認為曼德斯會是嫌疑犯嗎？」

蛋蛋小姐咧嘴笑了，友善的、孩子般的笑。

「當然不是。我說那些話，為的是不要嚇到那個人。」她別過頭去。查爾斯爵士仍在悶悶不樂地研究著黑人塑像。「你知道，我希望他別認為我對奧利佛有意，因為我根本沒有。真煩啊！他又回到那種『祝福你們，我的孩子』的態度了。我最討厭這樣。」

「有點耐性吧。」沙特衛勸她，「你知道，船到橋頭自然直。」

「我可沒那個耐性。」蛋蛋小姐說，「我希望馬上有個結果，或者快一點。」

沙特衛大笑了出來，而查爾斯爵士則轉身朝他們走來。

飲酒時，他們策畫了一個作戰計畫：查爾斯爵士會回到鴉巢屋，反正他至今還沒有找到買主。蛋蛋和她母親會比原先預定的提前回到玫瑰舍。巴賓頓太太仍居住在魯茅斯，他們要從她那兒盡可能了解些情況，然後按計畫著手行動。

「我們會成功的。」蛋蛋小姐說，「我相信我們會成功。」

她側身靠著查爾斯爵士，眼睛裡閃爍著熾熱的目光。

「為我們的成功乾杯。」她提議道。

他柔情地凝視著她的眼睛，把酒杯舉到嘴邊。

「為了成功，」他說，「也為了未來……」

第三幕

結案

Three Act Tragedy

01 巴賓頓太太

巴賓頓太太搬進了一幢小小的漁夫住宅裡。這房子離海港不遠，她在此等待著妹妹，約六個月之後她將從日本歸來。在妹妹到來前，她對今後的生活還沒有任何打算。這幢鄉村小屋過去正好沒人住，她遂租了六個月。突然失去丈夫使她感到慌亂，以致離不開魯茅斯。史蒂芬．巴賓頓在魯茅斯的聖培卓區生活了十七年。總括來說，他們度過了十七年幸福又平靜的生活，唯一的遺憾是兒子羅賓的死。至於其他孩子們，愛德華在錫蘭[13]，洛伊德在南非，而小史蒂芬是安哥拉號輪船的三副。他們經常來信，封封熱情洋溢，可是他們既不能為母親提供一個家，也不能回來陪伴她。

因此，瑪格麗特．巴賓頓是非常孤單的。但她並不允許自己花太多時間胡思亂想。她在自己的教區裡（新來的教區牧師還沒結婚）還是很活躍的，而且她花了大量時間在屋前的一小塊地種了花。她是一個愛花的女人，花是她生活的一部分。

一天下午，當她正在整理花園的時候，聽見大門鎖卡嗒一聲，抬頭只見查爾斯．卡萊特爵士和蛋蛋．莉頓．戈爾站在門口。

看見蛋蛋，瑪格麗特並不驚訝，她知道這位小姐和她母親最近會回來。但是，看見查爾斯爵士使她吃了一驚。她一再聽見傳言，說他已經離開了這裡不會再回來，報紙還報導了他在法國南方的行蹤。鴉巢屋的花園也插了一塊牌子，上面寫著「出售」，誰也不會想到查爾斯爵士會再回來。然而，他真的回來了。

巴賓頓太太將凌亂的頭髮從冒著熱汗的前額甩向身後，看見手上沾滿了泥土，她顯得懊悔莫及。

「我不便握手。」她說，「我知道，在園子裡做工我應當戴手套。有時候我先是戴著手套的，但一陣子後又把它脫掉。光著手方便多了。」

她把客人帶進屋子裡。小小的客廳，座椅沙發全用印花棉布包著，顯得很舒適。另外有幾張相片，還有幾缽菊花。

「看見你真教人驚訝，查爾斯爵士。我以為你永遠不回鴉巢屋了哩。」

「我以前也是那樣想的。」這演員坦白地說，「但有時候，巴賓頓太太，我們無力擺脫

13 錫蘭（Ceylan）是斯里蘭卡的舊稱。

命運的安排。」

巴賓頓太太沒有回答。她轉身對著蛋蛋，這小姐搶先說道：「你知道，巴賓頓太太，這不是一般的拜訪。查爾斯爵士和我有很重要的事要告訴你。只是我……不好意思打擾你。」

巴賓頓太太看看她，又看看查爾斯爵士。她臉色發青，眉頭緊鎖。

「首先，」查爾斯爵士說，「我想問問，內政部那邊是否和你談過了？」

巴賓頓太太點點頭。

「我了解了……唉，也許這樣我們比較容易開口。」

「你們來的目的是——要談驗屍的程序嗎？」

「是的，但那對你來說一定是非常痛心的。」

他的聲音裡充滿了同情，她的口氣軟了下來。

「也許我不像你想的那樣在意。對某些人來說，解剖驗屍是非常可怕的事，但我不怕，因為重要的並不是人的軀體。我親愛的丈夫現在在另一個地方——安息了，在一個誰也不會打擾他的地方。不，他的離去不是令我害怕的原因。使我震驚的是——這想法很可怕——史蒂芬不是自然死亡。這似乎不可能，完全不可能。」

「對你而言恐怕是如此，剛開始對我、對大家而言都是如此。」

「你說『剛開始』是什麼意思，查爾斯爵士？」

「巴賓頓太太，在你丈夫猝死的那天晚上，我就開始懷疑了。然而，像你一樣，我覺得不可能，因此我就把它擱到了一邊。」

「我也是這麼想。」蛋蛋說。

「你也這樣想嗎？」巴賓頓太太不可思議地看著她。「你認為有人謀殺了史蒂芬？」她的聲音充滿強烈的疑慮，以至於兩位來訪者都不知道如何開始他們的詢問。最後還是查爾斯爵士打開了話頭。

「你是知道的，巴賓頓太太，我到國外走了一趟。我在法國南方的時候，從報上看到了我的朋友巴塞羅繆．史全奇幾乎也是在完全相同的情況下死了。我還收到莉頓．戈爾小姐的一封信。」

蛋蛋點點頭。

「你知道，我那天就在那兒和他在一起。巴賓頓太太，情形完全一樣，一模一樣。他喝了點葡萄酒，臉色就變了。接著，接著……唉，跟上次一模一樣，他兩三分鐘後就死了。」

巴賓頓太太緩緩地搖著頭。

「我真不懂。史蒂芬！還有巴塞羅繆爵士——一個善良、高明的醫生！有誰會殘害他們兩個人呢？一定是弄錯了。」

「而且，事實證明，巴塞羅繆爵士是被毒死的。」查爾斯爵士說道。

「那一定是個精神病患下手的。」

查爾斯爵士繼續說：「巴賓頓太太，我要追根究柢，我要弄清真相。我覺得我們不能再浪費時間了，而且一旦深入調查的消息傳開，就會驚動罪犯。長話短說吧，我先來猜想你丈夫驗屍的結果會是什麼。我是這麼想的，他也死於尼古丁中毒。所以我的第一個問題是，你應該也知道純尼古丁的用途吧？」

「我經常使用尼古丁溶液來噴灑玫瑰花，但我不知道它能毒死人。」

「我能想像（昨天晚上我讀了這方面的資料），在這兩個案件中，凶手都用了這種純生物鹼。尼古丁中毒是很不尋常的。」

巴賓頓太太搖了搖頭。

「我根本不知道任何尼古丁中毒的事，只知道菸癮很大的吸菸者會因為它而得病。」

「你丈夫吸菸嗎？」

「是的。」

「現在請告訴我，巴賓頓太太，有人要除掉你的丈夫，你表示萬分驚訝。這是不是意味著，就你所知，他沒有任何仇敵？」

「我確定他不會有仇敵。大家都很喜歡他。有時候，他們甚至試圖鞭策他動起來。」她含著眼淚笑了笑說，「你知道，他上了年紀，不喜歡革新。但是，每個人都喜歡他。你不可能討厭他的，查爾斯爵士。」

「巴賓頓太太，我猜你丈夫沒有留下很多錢，對吧？」

「沒有，幾乎一無所有。史蒂芬不善積蓄，他太會花錢。我過去常責備他這件事。」

「我想他不會從誰那兒繼承什麼遺產吧？他不會是什麼財產繼承人吧？」

「哦，不，史蒂芬親戚不多。他有個姐姐，嫁給一位諾森伯蘭的牧師，但他們生活十分拮据。他所有的叔、伯、舅舅還有姑姑、姨媽等長輩全都去世了。」

「那麼，這就表示，沒有人能因巴賓頓的死謀取錢財，對吧？」

「是的，確實如此。」

「讓我們重新談一談他有沒有仇敵的問題。你說你丈夫沒有仇敵，不過他年輕的時候可能會有吧？」

巴賓頓太太顯得疑惑不解。

「應當說，這非常不可能。史蒂芬與世無爭，人緣很好。」

「我不想把話說得像齣通俗劇一樣。」查爾斯爵士神經質地咳了兩聲。「呃……這麼說吧，他跟你訂婚的時候，在你周圍有沒有其他失落的求婚者呢？」

巴賓頓太太的眼睛愉快地閃動了一下。

「史蒂芬是我父親的助理牧師。自我從學校畢業回到家以後，他是我遇見的第一個小夥子，我愛上了他，他也愛我。我們相戀了四年。後來他在肯特郡安定下來，我們就結婚了。查爾斯爵士，我們的戀愛故事很簡單，但我們都很幸福。」

查爾斯爵士點了點頭。巴賓頓太太簡樸端莊的氣質的確很有魅力。蛋蛋接掌詢問者的角色。

「巴賓頓太太，那天晚上在查爾斯爵士家吃飯之前，你丈夫曾經和客人中的哪一位見過面嗎？」

巴賓頓太太看起來有點兒不解。

「這個……有你和你母親，還有小曼德斯。」

「對。還有其他人嗎？」

「五年前在倫敦的一次演出中，我們倆曾見過安琪拉．薩克利夫。史蒂芬和我一想到要和她再次相見，就非常興奮。」

「在這以前，你們確實沒見過她嗎？」

「沒有。我們那時從來沒見過任何演員，不論是男演員還是女演員，直到查爾斯爵士搬來這兒住。」巴賓頓太太補充道，「那真叫人雀躍。我想查爾斯爵士不會知道這對我們有多重要，這使得我們的生活增加了色彩。」

「你那時還沒見過船長和戴克斯太太嗎？」

「是那個小個子男人和那位衣著時髦的女人嗎？」

「是的。」

「宴會前我沒見過他們，也沒見過另外那個女人——就是寫劇本的那位。可憐的女人，我想她相當孤僻。」

「你確定之前從未見過那些人嗎？」

「非常確定，完全沒見過。我確定史蒂芬也同樣沒見過他們，因為無論做什麼，我們都是一起的。」

「巴賓頓先生沒有跟你說過什麼嗎？一點兒也沒有嗎？」蛋蛋毫不放鬆，追問著，「他沒有提到過你們即將會見的人，見面時也沒談論他們嗎？」

「在宴會前一句也沒談過，他只是盼望那個美好的夜晚早點到來。當我們到那兒的時候……唉，沒有過多久……」她的臉突然扭曲了。

查爾斯爵士趕緊插話：「你一定要諒解我們這樣來煩擾你。但是，你知道，要是我們努力追查，一定能發現點什麼。這種毫無道理又殘忍的凶殺，一定有什麼原因。」

「我明白。」巴賓頓太太說，「如果這是一次謀殺，那一定有什麼原因……但我不懂，也想不出究竟會是什麼原因。」

沉默了一會兒之後，查爾斯爵士說：「你能為我們敘述一下你丈夫生平的簡介嗎？」

巴賓頓太太對日期的記憶特別好。查爾斯爵士記錄的結果是這樣的：

史蒂芬·巴賓頓，生於一八六八年德文郡伊斯靈頓市，曾在聖保羅中學和牛津大學就讀，一八九一年擔任霍克斯頓教區執事，一八九二年獲得牧師職位；一八九四至一八九九年，擔任薩里郡艾斯靈頓市牧師佛儂·洛里默的助理；一八九九年與瑪格麗特·洛里默結婚，在肯特郡吉靈市定居，一九一六年遷至魯茅斯市聖培卓區。

「這絕對派得上用場。」查爾斯爵士說，「在我看來，巴賓頓先生擔任吉靈市聖瑪麗教區代理主教的經歷，是我們最需要了解的情況。他早期的生活和那天晚上到我家的客人們關係太遠。」

巴賓頓太太全身戰慄起來。

「你真的認為，他們當中有一個人……」

「我現在也是千頭萬緒。」查爾斯爵士說，「巴塞羅繆也許發現了什麼，或是猜中了什麼，於是他被人用同樣的方式謀殺。他們中有五個人……」

「是七個人。」蛋蛋說。

「他們中有七個人兩次到場。其中有一個必定有罪。」

「這是為什麼？」巴賓頓太太哭了起來。「為什麼？殺害史蒂芬的那個人到底有什麼動機？」

查爾斯爵士說道：「這正是我們要弄清楚的。」

02 瑪麗夫人

沙特衛與查爾斯爵士來到了鴉巢屋。正當屋主查爾斯和蛋蛋．莉頓．戈爾拜訪巴賓頓太太的時候，沙特衛正在和瑪麗夫人品茶。

瑪麗夫人喜歡沙特衛。她氣質高雅，而且是個愛憎分明的女人。

沙特衛端起德勒斯登瓷杯，啜了一口中國茶。他一邊吃著小塊三明治，一邊和瑪麗夫人聊著。他上一次拜訪她時，他們談起彼此都認識的許多朋友和熟人。今天的談話一開始也是同樣的內容，只是話題愈來愈私密。沙特衛是個富有同情心的人，他很願意傾聽別人的麻煩事，卻不願掏出自己的煩惱。因此他上次來拜訪時，瑪麗夫人自然而然地對他說起，她最擔憂的就是她女兒的前途。現在她又談起這件事，好像在跟一個深交多年的好友談心一樣。

「蛋蛋非常任性。」她說，「一旦她要做一件事，就會不顧一切地撲上去。你知道，沙特衛，我不喜歡她這個樣子。你看，她又攪和到這件令人心煩的事裡去了，這實在——我知道蛋蛋會嘲笑我這麼說——但這有失身分啊。」

說著，她臉色泛紅，她的褐色眼睛溫柔而純樸，對沙特衛投以孩子般殷切的目光。

「我知道你的意思。」他說，「坦白說，我自己也不太喜歡做這樣的事。我知道這是一種落伍的偏見，但事實上的確如此。」他朝她眨了眨眼睛。「但是，在這個開明的時代，我們總不能讓年輕的小姐老是一面窩在家裡縫衣服，一面為層出不窮的暴力犯罪提心吊膽。」

「我不喜歡去想有關謀殺的事情，」瑪麗夫人說，「我作夢都想不到會被捲進這樣的事情裡。真是太可怕了。」她發抖了。「可憐的巴塞羅繆爵士。」

「你之前不太了解他吧！」沙特衛碰碰運氣說。

「我想我只見過他兩次。第一次是在一年前，那時他過來跟查爾斯爵士一起度週末。第二次就是在可憐的巴賓頓先生死去的那個可怕夜晚。收到他的請柬時，我很驚訝，不過我想蛋蛋一定會想去，就接受了邀請。她沒有多少開心的事，可憐的孩子，她整天愁眉苦臉，好像什麼都引不起她的興趣。我想，這種大型的私人宴會，或許會讓她開心點。」

沙特衛點點頭。

「談談奧利佛．曼德斯吧。」他說，「這個小夥子讓我挺感興趣。」

「我認為他很聰明。」瑪麗夫人說，「當然，他成長過程不是很順利……」

她的臉紅了。隨後看著沙特衛詢問的目光，她繼續回答說：「你知道嗎，他父親沒有跟他母親結婚……」

「真的嗎？我一點都不曉得。」

「在我們這兒，人人都知道這件事，否則我是不會說的。曼德斯老太太，就是奧利佛的祖母，住在鄧博因市普利茅斯路一幢相當大的房子裡。她的丈夫曾在這兒當過律師。她的兒子進了城裡一家公司，在那兒發展得很好，是個相當有錢的人。女兒模樣很漂亮，但是跟一個已婚的男人熱戀，她狠狠地訓過她。然而由於流言蜚語太甚，終於導致他們雙雙出走，而這個男人的妻子並沒有跟他離婚。奧利佛出生不久，他母親就死了，是一個住在倫敦的叔叔撫養他長大的。叔叔和嬸嬸沒有自己的孩子，這男孩一段時間跟他們住，一段時間又跟奶奶住。他常常來這兒過暑假。」

她停了一會兒又說：「我總是替他感到難受，現在也是這樣。我認為他那種過分狂妄自大的作風完全是裝出來的。」

「我不感到意外。」沙特衛說，「這是人之常情。如果我看見有個人眼中只有自己，還喜歡沒完沒了地說大話，那麼我就知道他身上隱藏著某種自卑感。」

「這似乎很奇怪。」

「自卑是一種非常特殊的情感。像克里本[14]，他顯然就有自卑感。很多犯罪都跟自卑感

14 克里本（Hawley Crippen），英國一九一〇年著名殺妻案的凶手。

息息相關，那是一種伸張人格尊嚴的欲望。」

「聽起來感覺怪怪的。」瑪麗夫人喃喃地說。

她打了個寒噤。沙特衛以一種近乎感傷的目光看著她。他喜歡她那優雅的身段，她美妙的削肩，她眼中柔和的褐色，還有她那不加修飾的自然美。他想，她年輕時一定是個美人。她不是個花枝招展的美人，不是一朵玫瑰，而是質樸、有魅力的紫羅蘭，暗藏著自己的清香……

他的思緒靜靜地搜尋著年輕時的語彙。

他清楚地記得青年時代發生的往事。

漸漸的，他也開始向瑪麗夫人談起他的戀愛故事——他曾經有過的唯一一段愛情。用現在的標準來看，這是一次微不足道的愛情。然而對沙特衛來說，仍是非常甜蜜。

他向她談到「那女孩」，她有多漂亮，他們如何一起去倫敦西郊的克尤國家植物園觀看圓葉風鈴草。就在那一天，他準備向她求婚，他想像她會如何回報他的熱情。然後，他們站在一起凝視著風鈴草，她向他吐露真情……終於，他明白她愛的是別人。因此，他埋藏起胸中翻騰的情思，扮演起一個忠實朋友的角色。

也許這不是一個充滿激情的浪漫故事，但在此時此刻，在瑪麗夫人裝飾著褪色印花布和蛋殼般中國瓷器的客廳裡，這故事聽起來相當美好。

接著，瑪麗夫人談到自己的生活，她那段不太幸福的婚姻。

「我那時是一個傻女孩——女孩子總是很傻，沙特衛。她們太自信，自以為什麼事都很清楚。大家寫了很多、也談了很多『女人的直覺』——沙特衛，我不相信有這種東西，沒有東西能讓女孩們提防某一類男人，我是說，她們心中毫無提防的念頭。父母警告她們，但無濟於事，她們就是不相信。這種說法聽起來很令人心寒，但如果有人告訴一個女孩說某某人是個壞男人，那麼這對於她反而會更有吸引力，她馬上會認為，她的愛情一定能改造他。」

沙特衛輕輕地點點頭。

「人總是所知有限，但等他知道多一點的時候，又太晚了。」

她嘆了一口氣。

「這完全是我自己的錯。我的家人不要我嫁給羅納德。他出身高貴，可是名聲很壞，我父親直截了當告訴我，他是個壞胚子，但我不相信。我深信，為了我，他會洗心革面……」她沉默了一會兒，回憶著往事。「羅納德是個會讓人神魂顛倒的男人。我父親對他的評價恰如其分，我很快也看穿了他。他傷透了我的心，沒錯，他傷透了我的心。我時時都在提心吊膽，不知道第二天會發生什麼。」

沙特衛在聽別人的遭遇時總是聚精會神。此時他輕輕發出一聲嘆息，以表示他的同情。

「這些事說起來真令人不舒服，沙特衛先生。直到他患了肺炎死去，我才得到解脫。這不是說我不關心他。我一直愛著他，但是，我對他已不再存有幻想了。而且，我有了蛋蛋……」她的聲音變得柔和了。「蛋蛋是個好有趣的小東西，她胖得很勻稱，像圓滾滾的小肉球。她常常會撐著爬起來，隨後又滾倒在地上，就像個雞蛋似的。於是，我就給她取了這個可笑的小名……」她停了一會兒又說：「這幾年我讀過的一些書給我很大的安慰，都是些心理學方面的書。作者表示，在許多方面，人是無法自救的，就像一個絞纏的結。有時候，在那些最有教養的家庭中，你會發現這種結。羅納德小時候在學校裡偷人家的錢，可他並不需要這些錢。現在我才意識到，他是身不由己……他，生下來就帶著一個結……」

瑪麗夫人用小手絹輕輕擦了擦眼睛。

「這並不是我成長過程中所信奉的道理，」她抱歉地說，「我受到的教育告訴我，人人都知道是與非的區別。但有時候，我發現事情並非如此。」

「人的思想是最神祕的東西。」沙特衛緩緩地說，「所以我們才會千方百計想了解它。除非他是個嚴重的癲狂病患者，那些人的本性中缺乏我稱之為『制動力』的特質。如果我們說『我恨某某人，我希望他死掉』，這些話一經出口，那種念頭就會從我們的大腦掠過，這時，制動力會自動發揮作用。但有些人，一旦有了殺人的念頭後，這種惡魔般的欲望就會保存下來，他們別的都看不見，一心只希望腦中形成的這種念頭立即實現。」

「我想，」瑪麗夫人說，「對我來說，這些東西太深奧了。」

「對不起，我說得太學術性了。」

「你的意思是，現在的年輕人太缺乏對自我的約束嗎？事實上，這點常令我擔心。」

「不，不，我根本不是這個意思。我想，缺乏約束是件好事，有益於身心健康嘛！我猜你想到的是蛋蛋，小姐。」

「你就稱她蛋蛋吧。」瑪麗夫人笑道。

「謝謝你。蛋蛋小姐這個名字聽起來確實可笑。」

「蛋蛋是個感情衝動的人，一旦她下定決心做某件事，無論什麼都不能制止她。就像我以前說過的那樣，我討厭她攪和到你們這件事上，但是她不聽我的勸告。」

瑪麗夫人說話時那種沮喪的聲調，令沙特衛不由笑了。他沉思著：「不知道她是否察覺到了，蛋蛋小姐之所以沉溺於犯罪偵查，其實不折不扣是那個古老再古老的遊戲變種——女追男情愫。她不會想到的，如果想到了，她會嚇壞的。」

「蛋蛋說，巴賓頓先生也是被毒死的。你認為這是真的嗎，沙特衛先生？或許，這只是蛋蛋各種各樣的推斷之一？」

「驗過屍體之後，我們就能確切知道真相。」

「那麼，要解剖屍體了？」瑪麗夫人顫抖著。「對可憐的巴賓頓太太來說，這實在太可怕了。對於任何女人而言，沒有比這更糟的了。」

「瑪麗夫人，你跟巴賓頓一家關係相當密切，是嗎？」

「確實是這樣。他們是……過去是我們的好朋友。」

「在你認識的人當中，有誰可能對那位教區牧師懷有嫉妒之心？」

「沒有，確實沒有。」

「他也從未提到過有這樣的人？」

「沒有。」

「他們倆相處很好嗎？」

「非常融洽。他們互敬互愛，與孩子們和睦相處。當然他們不很富裕。巴賓頓先生患了風溼性關節炎，這應該算是他們家唯一的麻煩了。」

「奧利佛．曼德斯與牧師關係如何？」

「這個……」瑪麗夫人猶豫了一會兒，「他們處得不是很好。巴賓頓一家對奧利佛不太滿意。一到假期，他常常去牧師家和他們家的男孩們玩耍，但我覺得他們之間相處得也不太好。奧利佛實在是個不大受人歡迎的孩子，他總是吹噓自己如何有錢，帶到學校的食品如何豐盛，以及他在倫敦的種種見聞趣事。但孩子們對這些根本一點興趣也沒有。」

「是這樣啊。但後來呢？在他長大之後又怎麼樣了？」

「我想，他和牧師家的人後來就不大見面了。事實上，有一天我發現奧利佛對待巴賓頓先生的態度相當粗魯，就在這兒，在我的家裡，那大約是兩年前的事。」

「發生了什麼事？」

「奧利佛對基督教做了相當惡毒的攻擊。巴賓頓先生對他非常有耐心，而且也很客氣，這反而使奧利佛變本加厲。他說：『只因為我父母親沒有結婚，你們所有信教的人就蔑視我。我想，你們會把我叫作罪惡之子。我崇拜那些對個人信念充滿勇氣的人，崇拜他們對偽君子和教會思想不屑一顧的精神。』巴賓頓先生沒有回答，奧利佛繼續說道：『你不用回答。正是教會中心主義和迷信將整個世界拋進了混亂之中。我要將全世界所有的教堂掃蕩乾淨。』巴賓頓先生笑著說：『也包括牧師吧？』我想他的微笑激怒了奧利佛，他感到自己沒有被認真對待，便接著說：『我恨教會所代表的一切：自命不凡，只圖安逸，虛假偽善。我要剷除這個只會說假話的團體！』巴賓頓先生又笑了，他笑得十分甜蜜。他說：『我親愛的孩子，假如你要掃除已經建立起來或者計畫要建立起來的所有教堂，那麼你就只能找上帝算帳了。』」

「小曼德斯對此如何回答？」

「他好像被嚇了一跳，接著他又恢復了剛才的脾氣和冷嘲熱諷的說話方式。他說：『恐怕我說的這些話是很不中聽，而且，你們這一代人根本聽不進去。』」

沙特衛說：「你不喜歡小曼德斯，是吧，瑪麗夫人？」

「我替他感到難過。」瑪麗夫人沒有正面回答。

「而你也不希望他娶蛋蛋。」

「哦，不。」

「說實在的，這是為什麼？」

「因為……因為他不善良，而且……」

「怎麼樣？」

「因為他這個人不大對勁，只是，我還想不透問題在哪裡，只是感到他似乎有些冷酷無情……」

沙特衛若有所思地朝她看了好一會兒，然後說道：

「巴塞羅繆．史全奇認為他怎麼樣？提起過他嗎？」

「記得他說，他發現小曼德斯是個有趣的研究對象。他說小曼德斯使他想起他當時在療養院治療過的一個病人。我說，奧利佛看起來相當健壯。他說：『沒錯，他的健康沒問題，但是他很危險。』」她停了一會兒又說：「我想，巴塞羅繆爵士是個聰明的精神病專家。」

「我相信他在同行中德高望重。」

「我喜歡他。」瑪麗夫人說。

「他向你提起過巴賓頓的死嗎？」

「沒有。」

「他從來沒有提起過嗎？」

「從來沒有。」

「你認為他會想些什麼呢？由於你不太了解他，要求你這麼說實在有點強人所難。」

「他看來情緒很好，甚至常常因為某件事發笑，也會開開自己的玩笑。那晚宴會時他告訴我，他要讓我大吃一驚。」

「哦！他是這麼說的嗎？」

在回家的路上，沙特衛一直在思索那句話。

巴塞羅繆爵士打算要讓客人大吃一驚的東西究竟是什麼？

他要做的事會不會像他所設想的那樣，能娛樂大家呢？

或者，他這風趣的談話隱藏著一個大膽的目的？這個目的會有其他人知道嗎？

03

白羅重新登場

「咱們彼此坦白吧，」查爾斯爵士說，「要不要繼續下去呢？」

又是一個作戰會議。查爾斯爵士、沙特衛和蛋蛋・莉頓・戈爾坐在船廳裡。壁爐裡的火正在燃燒，半夜的狂風在窗外呼嘯。

沙特衛和蛋蛋的回答大相逕庭。

「不。」沙特衛說。

「要。」蛋蛋說。

查爾斯爵士看看這位，又看看那位。沙特衛客氣地表示，女士優先。

蛋蛋沉默了好一會兒，整理著思緒。

「我們一定要繼續下去。」她終於說，「一定要，因為我們至今一無所獲。聽起來真是荒唐可笑，但事實就是如此。我的意思是，我們先前已經有了一些輪廓模糊的想法，而現在我們知道，有些想法是不可能成立的。」

「運用排除法。」查爾斯爵士說。

「正該如此。」

沙特衛清了清嗓子。他喜歡把事情定義清楚。

「謀財害命的想法現在可以完全拋開了。」他說，「看起來，至今還沒有任何人（用偵探小說裡的說法）能夠從史蒂芬·巴賓頓的死亡中謀取錢財。報仇也同樣是不可能的，先別說他那天生的和藹可親和與世無爭的性格，除此之外，他也並非是容易樹敵的爭議性人物。所以，我們最後只有回到那種十分概略的想法——恐懼。因史蒂芬·巴賓頓的死，某人可以獲得保障。」

「說得太好了。」蛋蛋說。

沙特衛面有悅色。查爾斯爵士顯得有點兒懊惱。他才是主角，而不是沙特衛。

「問題是，」蛋蛋說，「我們下一步該做什麼。我指的是具體地做些什麼。我們要去偵查什麼人或什麼事嗎？我們要不要喬裝打扮，去追蹤他們呢？」

「我親愛的孩子，」查爾斯爵士說，「我一向抗拒扮演長鬍子的老人，現在也不打算那樣做。」

「那麼，要怎麼……」

蛋蛋正要講下去就被打斷了。門開了，女僕達珮通報說：「赫丘勒·白羅先生到了。」

白羅先生容光煥發地走了進來，他向十分驚訝的三個人打了招呼。

「我獲准，」他眨了眨眼說，「前來參加你們的會議，以助一臂之力。你們在開會，我說對了嗎？」

「親愛的朋友，我們非常高興能見到你。」查爾斯爵士說。他從訝異中恢復過來，上前與他的客人熱情握手，並把他拉到一張大扶手椅那兒坐下。「你從哪兒過來的？」

「在倫敦時，我曾去找過沙特衛先生。他們告訴我，他已離開倫敦，到康沃爾郡。於是我馬上便想到他去了什麼地方。我乘第一班火車到了魯茅斯，就來這兒了。」

「這樣啊。」蛋蛋說，「但你來這兒做什麼呢？」然後她意識到自己的話有些失禮，臉上泛了紅暈。她繼續說道：「我是說，你來這兒有特殊的理由吧？」

「我到這兒，」赫丘勒．白羅說，「是要承認錯誤。」

他帶著一股動人的微笑，轉身對著查爾斯爵士，以一種異樣的姿勢向他伸開雙手。

「先生，就是在這間屋子裡，你曾宣布你對偵查結果並不滿意。當時，我認為這是你戲劇家的本能。我對自己說，他是一個偉大的演員，無論如何，他都要表演一番。我承認，一位與世無爭的老紳士死於非命，這簡直令人難以置信。即使是現在，我仍然不清楚凶手是怎樣對他下毒的，也猜不出其中的動機。它實在十分荒唐，不可思議。然而，那之後又出現了第二次死亡事件——情況相似的死亡。沒有人會認為那是巧合，不是的，兩者之間必定有某種聯繫。所以，查爾斯爵士，我來這兒向你道歉，我，赫丘勒．白羅，判斷錯誤，並請求你允許我加入你們的行列。」

查爾斯爵士神經質地清了清喉嚨，顯得有些為難。

「您真是太豪爽了，白羅先生。但我不知道……這會花費你很多時間，我……」

他停下來，若有所思。他用眼神向沙特衛徵求意見。

「你真好心……」沙特衛開始說。

「不，不，我不是什麼好心。這只是一種好奇心，而且，是出於我的自尊受到傷害，我必須彌補我的過失。我的時間——那算得了什麼？不然旅行是做何用的呢？不同的地方所用的語言可能不一樣，但無論在哪兒，人性都是一樣的。當然，如果你們不歡迎我，如果你們認為我會造成干擾……」

兩個男人同時說道：「不，不是那樣。」

「不會的。」

白羅把目光轉向蛋蛋小姐。

「小姐的意見呢？」

蛋蛋沉默了好一會兒。三個男人有個共同的想法：蛋蛋不想要白羅先生的幫助……

沙特衛認為他知道其中的原因。這是查爾斯．卡萊特和蛋蛋．莉頓．戈爾兩人的私人計畫，沙特衛心知肚明，他自己只是個微不足道的陪襯。但是，赫丘勒．白羅可大不相同，他有可能成為主角。要是查爾斯爵士願意讓賢，那麼蛋蛋的計畫可就落空了。

沙特衛看著她，十分同情她的窘境。這些男人並不理解她，只有他那半陰性的敏感特質能意識到她的尷尬。蛋蛋要為她的幸福而奮鬥……

她會說些什麼呢？

然而，她又能說什麼呢？她怎麼可能吐露內心的想法呢？「你走，你走！你一來就會破壞一切。我不希望你在這兒攪和……」

然而蛋蛋．莉頓．戈爾只說了她應當說的話。

「當然，」她淡淡一笑說道，「我們都很高興有你的參與。」

04 偵查簡報

「好呀，」白羅說，「那我們就是工作夥伴了。好吧，如果你們願意，請讓我熟悉一下目前的情況。」

沙特衛簡要地介紹了他們回到英國後所採取的步驟，白羅十分認真地聽著。沙特衛很擅長講解，他有創造氣氛或描繪圖畫的本領。他對修道院、對僕人、對警察局長的描述都很精采。白羅對查爾斯爵士在壁爐底下發現未完成的信件表示十分讚賞。

「呀！這太了不起啦！」他欣喜若狂地叫起來。「這種推理，這種設想，真是妙極了！查爾斯爵士，你應當成為一個大偵探，而不是一個名演員。」

查爾斯爵士謙虛地接受了他的贊許。這是一種特殊的禮貌。多年來，每當他在演出後接受觀眾的喝采時，毫無例外地都要以一種完美的方式來答謝他們。

「你的觀察也是很準確的。」白羅轉身對著沙特衛說著，「關於他與管家突然熱絡起來的分析，也是很準確的。」

「你認為我們對德．拉許布里傑太太的判斷有什麼問題嗎？」查爾斯爵士急切地問道。

「這只是一種假設。這個……它有很多可能性，對吧？」

對於這些可能性，誰也沒把握，但是誰都不願這麼說，所以目前只有謀殺一事是確認無誤的。

查爾斯爵士接著介紹了他們後來的查詢情況。他講述他與蛋蛋拜訪巴賓頓太太的情形，以及無功而返的結果。

「你是個頂級偵探，」他說，「你知道我們該做什麼。告訴我們吧，我們說的這些，你是怎麼看的？」

查爾斯爵士像孩子般地湊上前去，渴望聽到白羅的回答。

白羅沉默了好一陣子。三個人緊盯著他。

他終於說道：「小姐，你還記得嗎，巴塞羅繆爵士放在他餐桌上的是哪一種酒杯？」

蛋蛋不耐煩地搖搖頭。這時，查爾斯爵士插嘴說：「我可以告訴你。」

他站起身來，走到一個櫥櫃前，從裡面取出幾個飲雪利酒的刻花厚玻璃杯。

「不過，它們的形狀有一點不同，更圓一些，是標準的葡萄酒杯。他從拉默斯菲爾德老店買來的，是一整套玻璃餐具。我非常喜歡，於是他把用不完的幾個都給我了。它們真是不錯，對吧？」

白羅拿了一個酒杯，在手中反覆觀看。

「是的，」他說，「這是個精品。我猜他用的是同樣的酒杯。」

「為什麼這麼說？」蛋蛋叫了起來。

白羅只是向她微微一笑。

「是的，」他繼續說，「巴塞羅繆．史全奇爵士的死，很容易就能解釋清楚，但史蒂芬．巴賓頓的死就困難了些。哦，要是手段不同，就好辦了！」

「你這是什麼意思？手段不同？」沙特衛問道。

白羅轉身對他說：「想想看，我的朋友，巴塞羅繆爵士是個出色的醫生。一個出色醫生的死亡，會有很多原因。因為醫生會知道很多祕密，很多很重要的祕密，醫生有某種特權。你想想看，一個岌岌可危的病人，只要醫生一句話，就會被趕出這個世界。對一個心理失衡的人來說，他是一個多大的誘惑啊！因此對於病人的突然死亡，醫生可能也有嫌疑。好啦，這樣看來，對於醫生的死，我們就能發現各式各樣的做案動機了。

「剛才我說，要是手段不同就好了，怎麼說呢？如果巴塞羅繆．史全奇爵士先死，然後才輪到史蒂芬．巴賓頓，那就好辦了，因為，史蒂芬．巴賓頓可能會察覺某些事情，他可能會對第一個人的死亡提出疑問。」

他嘆了一口氣，又開始說：「但是，事與願違，我們只有面對現實。我願意提供一個小小的看法。我認為，史蒂芬．巴賓頓的死，絕不是偶然，是有人下毒（如果有毒的話），目的是要毒死巴塞羅繆・史全奇爵士，可是卻錯將巴賓頓給毒死了。」

「這是個聰明的想法。」查爾斯爵士說，他那容光煥發的臉，現在變得陰沉起來。「但我相信它不可能成立。巴賓頓進入客廳四分鐘以後，就倒下去了。在這段時間，進入他五臟廟的，只有半杯雞尾酒。而雞尾酒中什麼也沒有……」

白羅打斷了他的話。「這你已經告訴過我了。但是，我有不同的意見。假如——這只是方便論證——雞尾酒確實是有問題，是有意要毒害巴塞羅繆・史全奇爵士，卻被巴賓頓先生誤食了呢？」

查爾斯爵士搖搖頭。

「跟托利熟的人，沒有一個會在雞尾酒中下毒謀害他。」

「為什麼？」

「因為他從來不喝雞尾酒。」

「從來都不喝嗎？」

「從來不喝。」

白羅做了一個表示煩躁的手勢。

「哎呀，這事，全都弄錯了。真是毫無道理可言……」

「還有，」查爾斯爵士繼續說，「我不明白，一個人的酒杯怎麼會被別人拿錯了，或諸如此類的事。達珮端著托盤輪流給大家送酒，每個人都是拿他自己挑的那一杯啊。」

「是這樣。」白羅小聲咕噥著，「沒有人會強迫別人拿起雞尾酒，不像打牌，發什麼牌都非得拿不可。女僕長什麼樣子？就是你說的那位達珮。是今晚帶我進來的那位女僕嗎？」

「對，對。我聘雇她已經三、四年了。是個挺穩重的好女孩，工作很認真。我不知道她從哪兒來的。米蕾小姐對她的情況應該很了解。」

「米蕾小姐？就是你那個祕書吧？一個高個子女人，像個又高又大的擲彈兵，對吧？」

「是的。」

「我跟你吃過好幾次飯，但是我記得那天晚上之前都沒見過她。」

「她通常是不跟我們一起吃飯的，因為那天是為了避諱十三這個不吉利的數字。」

查爾斯爵士解釋的時候，白羅聚精會神地聽著。

「我看，是她自己建議要參加宴會的吧？」

他沉思了一會兒，然後說：「我可以跟你的那位接待女僕達珮談談嗎？」

「當然可以，親愛的朋友。」

查爾斯爵士摁了摁鈴，馬上就有人應答。

「你摁鈴嗎，先生？」

達珮是個約莫三十二、三歲的高個子女人，她容貌端莊，頭髮梳理得整潔又光亮。她並不漂亮，但舉止文靜，手腳俐落。

「白羅先生想問你幾個問題。」查爾斯爵士說。

達珮把目光從她的主人轉向白羅。

「我們正在談論巴賓頓先生那晚在這兒死去的事情。」白羅說道，「你還記得那個晚上的事嗎？」

「哦，是的，先生。」

「我想確切知道雞尾酒是怎麼送給客人的。」

「對不起，請您再說一遍，先生。」

「我想知道雞尾酒的情況，是你調製的嗎？」

「不，先生，是查爾斯爵士自己調製的。我只是把酒端給他，有苦艾酒、杜松子酒和其他東西。」

「你把這些東西放在哪兒？」

「就放在那張餐桌上，先生。」

她指了指靠牆的一張桌子。

「酒杯托盤就放在這兒，先生。查爾斯爵士混合好了以後就開始搖勻，然後倒進每個杯子裡，接著我端起托盤走一圈，把酒遞給女士和先生。」

「托盤上的雞尾酒都是你遞給客人的嗎？」

「查爾斯爵士拿了一杯給莉頓．戈爾小姐，他那時正在跟她談話。他自己也拿了一杯，先生。接著沙特衛先生走過來，」她的目光移到他臉上。「他端了一杯送給一位女士，我記得是威爾斯小姐。」

「是這樣沒錯。」沙特衛說。

「其他的酒都是我端的，先生。我記得除了巴塞羅繆爵士以外，每個人都有一杯酒。」

「達珮，麻煩你再表演一下當時的情形好嗎？我們把這些座墊當作客人。我站這兒，我記得……薩克利夫小姐在那兒。」

在沙特衛的幫助下，當時的場景布置好了。沙特衛是個擅長觀察的人，他清清楚楚地記得每一個人在客廳裡的位置。於是，達珮開始轉圈送酒。他們看到她是從戴克斯太太那兒開始的，隨後是薩克利夫小姐和白羅，然後來到巴賓頓先生、瑪麗夫人和沙特衛前面，他們三人是坐在一起的。

這跟沙特衛的回憶是一致的。

最後，達珮退了出去。

「唉，」白羅叫了起來，「說不通。達珮是最後端雞尾酒的人，但她無論如何都不可能對這些酒再動手腳。我說過，沒有人會強迫別人拿雞尾酒。」

「人人都會很自然地拿起離自己最近的那一杯。」查爾斯爵士說。

「托盤有可能先送給要謀害的那個人，但這麼做也不保險。所有的酒杯都是緊靠著，很難看出哪一個杯子離客人要近一些。不，不，這種完全沒有把握的手段不可能被採納。告訴我，沙特衛先生，巴賓頓先生把他的酒杯放下過嗎？還是一直拿在手裡？」

「他把酒杯放在餐桌上。」

「他放下杯子以後，有誰走到餐桌旁邊嗎？」

「沒有。我是離他最近的人，但我沒動那個杯子，請您相信。但說實在的，即使我那麼做，也不會有人發現。」

沙特衛說話時口氣很生硬，白羅連忙向他道歉。

「不，不，我不是在非難你——看我問的好問題！我只是想弄清事實。根據分析，雞尾酒裡沒有異物，其實不管分析的情況如何，看來也不可能有東西被放在酒裡。兩種不同的調查均獲致相同的結果。如果巴賓頓沒有吃過或喝過別的東西，而且他是被純尼古丁毒害的，那麼死亡是相當迅速的。你們看得出這告訴我們什麼嗎？」

「毫無進展，真該死。」查爾斯爵士說。

「我不這麼認為，我不會這麼想。它暗示著一種非常奇特的可能性。但願那不是真的。不，當然不是真的，巴賓頓爵士的死證明了……而且還是……」

他皺起眉頭，陷入了沉思。其他人好奇地看著他。他抬起頭來。

「你們明白了我的觀點，對吧？梅爾福特修道院的宴會，巴賓頓太太不在場，因此，巴賓頓太太可以排除嫌疑。」

「巴賓頓太太……但是作夢也不會有人懷疑她啊！」

白羅善意地笑了起來。

「不會嗎？這是一樁奇特的案件。我只是在一瞬間閃過這個念頭——僅僅一瞬間。如果這位可憐的紳士不是被雞尾酒毒死的，那麼他必定是在進入客廳之前幾分鐘被下的毒。用什麼辦法呢？一種膠囊？反正是某種可以避免消化不良的東西。那麼誰才有機會下手？只有他的妻子。誰才會有讓人不起疑的立場？還是只有妻子。」

「但是他們相當恩愛。」蛋蛋不客氣地叫了起來，「你根本什麼都不了解。」

白羅和善地衝著她笑起來。

「不是的。誠然，愛情是可貴的。你可以理解，但我不能。我看見的只有事實，不受任何偏見影響的事實。讓我告訴你一些事吧，小姐。在我所辦的案子中，有五宗是親愛的丈夫謀害妻子的案件，二十二宗是親愛的妻子謀害丈夫的案件，而那些女人們，她們比男人更會掩飾。」

「我說你這人實在可惡。」蛋蛋說，「我知道巴賓頓一家不是那樣的人。真是……真是可惡！」

「謀殺才是可惡的，小姐。」白羅說，聲音裡流露出一股責備的口氣。

他隨後用比較輕鬆的語氣繼續說道：「但是我依據事實，也同意巴賓頓太太並沒有犯下此案的動機。你們知道，梅爾福特修道院的宴會她不在場。沒錯，正如查爾斯爵士曾經說過的，做案的人必定是兩次宴會都到場的人，就是你們名單上的七個人之一。」

屋裡一陣沉默。

「那麼你建議我們應當怎麼行動？」沙特衛問道。

「你們對自己的計畫已經沒有任何疑義了嗎？」白羅問道。

查爾斯爵士清了清喉嚨。

「唯一可行的辦法是採用排除法。」他說，「我的意見是逐個調查名單上的人，先把他當成嫌疑犯，直到有事實證明他無罪後才捨棄。依我看，我們得弄清那個人與史蒂芬．巴賓頓之間的關係。我們要充分利用我們的聰明才智，找出兩者間相關的環節。如果找不到這種環節，我們就著手調查第二個人。」

「挺好的應用心理學方法。」白羅笑著說，「那麼你們的步驟是什麼？」

「具體方案我們還沒有時間討論。白羅先生對此有何見教？也許你已經……」

白羅伸出一隻手來。

「我的朋友，請別要求我做具體的事情。我一生信奉的信條是『最好的解決方法是思考』。讓我聽聽你們的……叫什麼來著？偵查簡報。繼續你們經由查爾斯爵士巧妙指導的調查吧。」

「還有我呢！」沙特衛想道，「這些演員啊！永遠都想在聚光燈下扮演主角！」

「你們也許需要向我詢問法律方面的意見。我啊，我就算是你們的顧問吧。」

他向蛋蛋微笑道：「我說的合不合你意啊，小姐？」

「好極了。」蛋蛋說，「你的經驗之談對我們必定非常受用。」

她臉上的表情鬆弛了。她看看手錶，驚叫了起來。

「我得回家啦！媽媽要大發脾氣了。」

「我開車送你吧。」查爾斯爵士說。

他們兩人一起走了出去。

05 分工

「你瞧，魚已經上鉤了。」赫丘勒．白羅說。

沙特衛在兩位朋友離開時，一直注視著大門。當他一轉身看見白羅時，嚇了一跳。白羅笑了起來，略帶一種嘲弄的神情。他說：「好，好，不要否認。那天在蒙地卡羅的時候，你不經意地讓我看了『魚餌』，是吧？你給我讀了那段文字，希望它會引起我的興趣，好讓我全力投入這件事情。」

「那倒是真的。」沙特衛承認道，「但是我認為我失敗了。」

「不，不，你沒有失敗。你對人性的判斷十分精明，朋友。我那時感到很無聊，引用了當時在我們附近玩耍的小孩的一句話：『煩死了。』當我處在這種心理狀態時，你來了（說到這裡，我想到有很多犯罪也是發生在這種心理狀態的時候。犯罪與心理活動，總是息息相關）。還是讓我們言歸正傳吧。這是一次精心策畫的犯罪，著實讓我迷惑不解。」

「哪一次？第一次還是第二次？」

「只有一次。你說的第一次或第二次謀殺只是一次犯罪的兩次做案。第二次犯案很簡單，其動機，採取的手段……」

沙特衛插話說：「我想第二次做案的難度也一模一樣。在任何人的酒杯裡都沒有發現有毒物質，而且每個人都吃了食物。」

「不，不，兩者完全不同。在第一次時，好像沒有任何人會毒害史蒂芬・巴賓頓。假如查爾斯爵士願意的話，他可以毒死客人中的任何一位，而不是某個特定的客人。達珮也可能會將什麼東西放入托盤裡的最後一個杯子。但巴賓頓先生拿的不是最後一個杯子。不，殺害巴賓頓先生看起來是完全不可能，但至今我仍然覺得，他同樣也是不可能自然死亡……不過，我們很快就會弄清楚。第二次就不同了。任何一位出席的客人，還有管家和接待女僕，都有可能對巴塞羅繆・史全奇下毒。而且不管用什麼方法，都是輕而易舉。」

「我不明白……」沙特衛開口說。

白羅連忙接著說：「總有一天，我會用一個小小的試驗向你們證明我所說的情況。讓我們接著討論另外一件非常重要的事情。這是案子的關鍵，你知道（我確定你會發現的，因為你富有同情心和敏銳的理解力），所以我不會扮演一個使人掃興的角色。」

「你的意思是……」沙特衛笑了。

「查爾斯爵士必須是主角！他已經習慣於此。而且，這也是某個人的願望。我沒說錯吧？我參與這件事，就已經讓蛋蛋小姐不高興了。」

「你是我們所說的『很快進入狀況』的那種人，白羅先生。」

「哈，我一眼就看出來了！我是一個感情纖細的人。我希望成全人家的愛情，絕對不會妨礙它，我願意為查爾斯．卡萊特爵士的幸福和榮譽效力。是呀，等到破案的那一天……」

「如果能破案……」沙特衛輕輕地說。

「會有那麼一天！我不允許自己失敗。」

「絕不允許嗎？」沙特衛追根究柢地問道。

「有過幾次，」白羅鄭重其事地說，「曾有一段很短的時間，我一直是你們會稱作『很慢進入狀況』的人。我沒能那麼快就探查出真相。」

「你從不曾失敗過嗎？」

沙特衛這麼追問是出於一種好奇心，純樸而又簡單的好奇心。他在納悶……

「好吧，」白羅說，「只有一次，在很久以前，在比利時。我們不談這個好嗎？」

沙特衛的好奇心（和他的壞心眼）得到了滿足。他很快就改變了話題。

「好吧。你剛才說，破案的時候……」

「查爾斯爵士一定能夠破案的，那才是最關鍵的。我只不過是輪子中的一個小齒輪。」

他將雙手一攤。「從現在起，我會不定時地說一兩句話，只說一兩句，那是一種暗示，其餘的絕不多說。我不求榮譽，不求名望，因為我已經擁有我需要的一切了。」

沙特衛先生滿懷興致地打量著他。他被這位矮個子天真的自滿和強烈的自負逗樂了，但是他不會輕易地錯將這些話看成空洞的吹噓，英國人對於自己的成功表現很謙虛，對自己的失敗有時也頗能自得其樂。然而，拉丁人卻十分看重自己的能力，如果他很聰明，他不認為有什麼必要去掩蓋。

「我很希望知道，也非常感興趣的是，」沙特衛說，「你期望從這件事中得到什麼？是不是從偵破中獲得激動和興奮？」

白羅搖了搖頭。

「不，不，不是那樣。我是一個 chien de chasse[15]，只要追蹤到線索就會興奮不已，一旦發現目標，我更會窮追不捨。這都是事實。還有……怎麼說呢？我還有一種探求真理的狂熱。在這個世界上，沒有什麼像真理那樣偉大，那樣有價值，那樣美好……」

白羅說完之後，屋裡一陣沉默。

然後，他拿起一份報紙，剛才沙特衛從這份報紙上抄錄了那七個人的名字。現在，白羅大聲讀了出來：「戴克斯太太、戴克斯船長、威爾斯小姐、薩克利夫小姐、瑪麗．莉頓．戈爾夫人、莉頓．戈爾小姐和奧利佛．曼德斯。」

15　法語，意思是「獵犬」。

「對啦，」他說，「這已經有某種暗示了，不是嗎？」

「什麼暗示？」

「名字排列的順序。」

「我看不出來這有什麼暗示。我們寫這些名字的時候，並沒有依照任何特別的順序。」

「確實。這份名單是從戴克斯太太開始。由此我推斷，她是最有可能進行謀殺的人。」

「別說最有可能了，」沙特衛說，「說是最不可能還比較恰當。」

「還有第三種說法更加妥當：她也許是你主觀地認為已經做案的人。」

沙特衛衝動地張開雙唇，盯著白羅閃亮的綠眼裡那溫柔而調皮的目光。他突然改變了本來要說的話。

「我真不明白，白羅先生，也許，你是對的。或許我下意識是如此。」

「我想問件事，沙特衛先生。」

「當然，當然。」沙特衛得意地答道。

「根據你告訴我的情況，我記得查爾斯爵士和莉頓·戈爾小姐曾經一起去拜訪過巴賓頓太太。」

「是的。」

「你有沒有跟他們一起？」

「沒有，三個人太多了。」

白羅笑了起來。

「還有一個原因，也許是你自己的興趣把你帶到別的地方了。像人們所說的，你『別有他求』。你到哪兒去了，沙特衛先生？」

「我是跟瑪麗．莉頓．戈爾夫人喝茶去了。」沙特衛生硬地說。

「你們談了些什麼？」

「她很親切，跟我吐露了她婚姻中的糾葛。」

他複述了瑪麗夫人的故事。白羅同情地點著頭。

「故事真實動人。一個滿懷夢想的女孩執意要嫁給一名惡棍，她不聽忠告。只是，你們還談了別的事情嗎？比如，你們有談到奧利佛．曼德斯先生嗎？」

「我們確實談了他。」

「都說了些什麼？」

沙特衛重複瑪麗夫人告訴他的那些事情，隨後問：「為什麼你覺得我們會談到他？」

「因為你去那兒正是為了這個目的。哦，好啦，不要否認。你可能希望戴克斯太太或者她丈夫犯罪，但是你心裡認為那是小曼德斯下的手。」

他堵住了沙特衛欲加辯駁的嘴。

「好了，別忙著否認。你本性沉默寡言，你有自己的見解，但是你喜歡把它放在心裡。我很能理解，因為我自己也是這樣……」

「我沒有懷疑他，那太可笑了。我只是想了解他的情況。」

「那就是我說的，他是你本能鎖定的對象。我也一樣，對那個年輕人很感興趣。之所以對他那晚在這兒吃飯的事很感興趣，是因為我看見……」

「你看見了什麼？」沙特衛急切地問道。

「我看見至少有兩個人（也許還有更多）都在演戲。查爾斯爵士就是其中一個。」他笑了起來。「他扮演的是海軍軍官，我說對了嗎？這是很自然的事。一個大演員不會因為告別了舞台生涯而停止演戲。但是，小曼德斯卻演得太做作了。他扮演的是一個百無聊賴、玩世不恭的青年，然而在現實生活中，他根本不是這樣，而是個充滿活力的人。因此，我很注意他。」

「你怎麼知道我對他一直有興趣？」

「從很多方面都可以看出來。聽說他那天晚上因車禍而來到梅爾福特修道院，你就很感興趣。你沒有跟查爾斯爵士和莉頓·戈爾小姐去拜訪巴賓頓太太，為什麼？這是因為你想按照自己的思路去尋找沒有被人注意的線索。你到瑪麗夫人的家中，想知道某個人的情況。是誰呢？一個當地人：奧利佛·曼德斯。後來，你把他的名字放在名單的末尾。這相當特別。在你心裡，誰才是最不可能的嫌疑人？瑪麗夫人和蛋蛋小姐。但是你將奧利佛的名字放在她們之後，因為他是你的『黑馬』，他仍有待查明，你想留一手。」

「我的天啊。」沙特衛說，「難道我是那樣的人嗎？」

「正是。你的判斷力和觀察力都很了不起，只是你喜歡把觀察到的結果隱藏起來。你對人的看法就像是你的私人收藏，你不願將它們公諸於世。」

「我相信——」

沙特衛一開口，他的話就被剛剛回來的查爾斯爵士打斷。那演員踏著輕快的步伐進來。

「呼，」他說，「這真是一個忙碌的夜晚啊。」

他給自己倒了一杯加了蘇打的威士忌。

沙特衛和白羅兩人都不願再喝了。

「好吧，」查爾斯爵士說，「讓我們來商討一下作戰計畫。名單在哪兒，沙特衛？好，謝謝你。現在請顧問白羅先生發表意見，如果你願意的話，談談我們怎樣分工吧？」

「你自己有什麼高見呢，查爾斯爵士？」

「我看，對這幾個人我們可以分別展開調查。這就是分工，呃？首先是戴克斯太太，蛋蛋顯然對調查她很感興趣。蛋蛋認為，如果要挖出她的故事，男性可能比較不易獲得她的信任。從職業的角度與她接觸會是個好主意。如果可行，沙特衛先生和我也可以另起爐灶。接下來是戴克斯。我認識他的幾個賽馬夥伴，我敢說，透過他們可以發現一些線索。還有安琪拉·薩克利夫。」

「那也是你的任務，查爾斯。」沙特衛說，「你跟她還比較熟，對吧？」

「對。正因為這樣，我倒寧願讓別人來應付她……」他抱歉地笑著，「如果由我去，首先，你們會責備我沒有全心全意投入工作。其次，嗯……她是我的一個朋友……你們可以理解嗎？」

「Parfaitement, parfaitement[16]。你真是思慮嚴密，真是周全。這位好先生沙特衛會接手你原本的任務。」

「瑪麗夫人和蛋蛋，當然，她們沒有被列入。小曼德斯怎麼辦呢？托利死的那天晚上，他出席宴會是因為發生了車禍。但我仍然堅持要把他算進去。」

「沙特衛會負責小曼德斯。」白羅說，「但是我認為，查爾斯爵士，你們的名單漏掉了一個人。你們忽略了妙麗．威爾斯小姐。」

「這樣啊。好吧，如果沙特衛負責曼德斯，我就負責威爾斯小姐。這樣安排行嗎？白羅先生，還有什麼指教？」

「沒有，沒有，我沒有什麼意見。只希望能聽聽你們的偵查結果。」

「當然，沒有問題。我還有個想法：如果我們手頭有這幾個人的照片，我們在吉靈探訪時可能用得上。」

「好極了。」白羅贊同道，「哦，對了，還有一件事。你的朋友巴塞羅繆不喝雞尾酒，但是他喝葡萄酒，是這樣嗎？」

「是的，他對葡萄酒有特殊的嗜好。」

「我真想不通，他並沒有吃過任何異樣的東西啊。而尼古丁有一種強烈的刺激性，那味道挺強的。」

「你記不記得，」查爾斯爵士說，「葡萄酒裡根本就沒有尼古丁？記得嗎，杯子裡的東西都檢驗過了。」

「哦，對，我真蠢。但是，不管尼古丁是怎麼吃下去的，它總是有一種非常難以忍受的味道。」

「我不知道那有沒有關係。」查爾斯爵士慢慢地說道，「去年春天，托利患了一場嚴重的感冒，從此留下後遺症，他的味覺和嗅覺受到很大的損害。」

「哦，這樣啊。」白羅若有所思地說，「這麼一來就清楚了，事情就簡單多了。」

查爾斯爵士走到窗口，看著戶外。

「還在刮大風。我會派人幫你送東西過去的，白羅先生。『玫瑰和王冠』對熱情洋溢的藝術家是再好不過的地方了。但是我想你更希望有個清潔的環境和一張舒適的床。」

「你實在太好了，查爾斯爵士。」

「別客氣。我去看看準備得如何了。」

他離開了屋子。

16 法語，意思是「妙極了，妙極了」。

白羅看著沙特衛。

「我是否能提一個建議？」

「說吧。」

白羅湊過身去，低聲地說道：「問問小曼德斯，為什麼他要製造那起事故。告訴他，警察懷疑他了，看看他怎麼說。」

06
辛西亞・戴克斯

安博森公司的商品陳列室布置得純淨淡雅，牆壁塗成灰暗的米白色，厚絨毛地毯也清淡得近於無色，室內的裝飾品一律簡潔素雅。鍍鉻的貨架閃閃發光，有一面牆上掛著巨大的幾何圖案設計，是耀眼的藍和檸檬黃。這是時下最新潮、最年輕的裝潢設計師席尼・山福德先生的傑作。

蛋蛋・莉頓・戈爾坐在時髦的沙發上，這種設計讓人隱約想起牙科病人的椅子。她看著那些花枝招展的年輕女人像蛇一樣搖搖擺擺地從她面前走過，她們的臉龐一個個嫵媚動人卻表情厭倦。蛋蛋最要緊的是要竭力表現得落落大方，好像買一件衣服花上五、六十英鎊只不過是區區小錢。

戴克斯太太像平常那樣矯揉造作，故意賣弄自己，就像蛋蛋正在表現的那樣。

「你看，你喜歡這件嗎？肩上打了個結，有點兒滑稽，你說是嗎？腰圍過細。我不應該做成紅丹色，而應該選用一種新色調——西班牙黃，太迷人了，就像芥末的顏色，還帶有一點辣椒紅。你喜歡這種酒的顏色嗎？真糟糕，是嗎？太露，也太怪誕吧。現在選衣服別太嚴肅了。」

「實在很難選定一件滿意的，」蛋蛋小姐說著，開始變得親暱起來。「您知道，我以前一向買不起衣服，因為手頭一直不寬裕。我記得您在鴉巢屋那天晚上簡直漂亮極了。當時我想：『如果我有了錢，我一定要去戴克斯太太那兒，請她出出主意。』那天晚上我真的很羨慕您。」

「我的寶貝，你太迷人了。我非常喜歡為年輕小姐打扮，女孩子不應當看起來太純樸，這非常重要，不知道你懂不懂我的意思。」

「你自己則是毫無自然可言。」蛋蛋毫不客氣地想道，「從頭到腳都經過了修飾。」

「你的個性很突出，」戴克斯太太繼續說道，「你不能穿太普通的服裝。你的衣服一定要簡潔、透明——就是要若隱若現，你懂嗎？你要買幾件？」

「我想買四套晚禮服，幾件平時穿的衣服，一兩套運動裝，就是這些。」

戴克斯太太的神態變得更親切了，好在她不知道，當時蛋蛋的銀行帳戶裡，只剩下五英鎊十二先令，而且她這點小錢要維持到十二月。

愈來愈多的小姐穿著長裙從蛋蛋身邊成群結隊地走過，在技術性話題間歇時，蛋蛋開始引入其他主題。

「我想，自從那天晚上以後，你再沒去過鴉巢屋吧？」她說。

「沒有，親愛的。我沒辦法去，太叫人受不了了。我總認為康沃爾郡是個充滿藝術氛圍的地方，我根本不能忍受藝術家，他們的體型總是那麼奇特。」

「實在讓人驚訝，對吧？」蛋蛋說，「老巴賓頓先生是那麼好的人。」

「可以想像，他是這一代的稀有動物。」戴克斯太太說。

「以前你是否在哪兒遇見過他？」

「我嗎？遇見那個可愛的老牧師嗎？記不起來了。」

「我記得他曾經說過，他在哪兒遇見過您。」蛋蛋說，「但不是在康沃爾，我想那是在一個叫吉靈的地方。」

「是嗎？」戴克斯太太的眼睛顯得很迷茫。「不，米雪兒，Petite Scandale[17]正是我需要的，珍妮的那套款式，就在穿藍色禮服的帕杜後面。」

「巴塞羅繆爵士被毒死，」蛋蛋說，「也很令人吃驚吧？」她想引入正題。

「親愛的，簡直滲透得不得了！對我來講太好了。各種各樣可怕的女人來我這裡訂製禮服，目的就是要引起轟動。帕杜模特兒的時裝對你來說真是太完美了。看看那些絕妙的褶邊

17　法語，意思是「小小的醜聞」。

裝飾，它們使這套衣服叫人愛不釋手，充滿青春活力，而又不會讓人厭倦……是的，巴塞羅繆爵士的死，在我看來是上帝的安排，差一點點，你知道，我也可能殺死他，我可能成了幫凶。有個胖女人來了，她正瞅著我。真是滲透得不得了。再來，你瞧……」

她的話因一個身材高大的美國女人出現而中斷，她顯然是一個有錢的主顧。美國女人在向她解釋自己的要求，聽她的口氣，她要買的東西十分複雜且昂貴。這時蛋蛋趁人不注意，悄悄溜走。臨行前她告訴接替戴克斯太太的年輕小姐說，她需要考慮考慮再做決定。

當蛋蛋走在布魯頓大街上時，她看了看手錶。時間已是十二點四十分，再過一會兒，她就要執行第二個計畫了。

她一直走到柏克萊廣場，然後又慢慢往回走。一點整，她來到一家商店的櫥窗前，將鼻子貼在玻璃上看著裡面陳列的中國工藝品。

朵麗絲．西姆斯小姐匆匆出門，走上布魯頓大街，並朝柏克萊廣場的方向走去。她一到那兒，身後就傳來一個人的聲音。

「打擾你了。」蛋蛋說，「我能不能跟你聊聊？」

這小姐吃驚地轉過身去。

「你是安博森公司的時裝模特兒，是嗎？我今天上午被你吸引住了。如果我說，你是我所見過最完美的模特兒，希望你不要生氣。」

朵麗絲並沒有生氣，只是有點兒摸不著頭腦。

「您真好，小姐。」她說。

「你看起來個性也很好。」蛋蛋說，「所以我才來請你幫個忙。你願意跟我到柏克萊廣場或者里茲廣場去吃午飯嗎？我會把情況告訴你。」

猶豫了一會兒，朵麗絲．西姆斯同意了。她很好奇，也想吃一頓美食。

兩人剛剛上座點了菜，蛋蛋就直截了當地說起話來。

「我希望你保守祕密。」她說，「你知道，我找了份工作，是要描寫女人的各種職業。我希望你告訴我服裝製作業的一些情況。」

朵麗絲看來有點兒失望，但是她非常友善，開誠布公地談了她的工作時間、工資待遇、她這個職業的利弊。蛋蛋在一個小筆記本上記錄了重要的東西。

「你實在太親切了。」她說，「我對這份工作一無所知。對我來說，一切都很新鮮。你知道嗎，我生活不太順利，這份小小的新聞工作會讓我的生活大大改觀。」她滿懷信心地繼續說道：「我鼓起勇氣，冒冒失失地跑到安博森公司，假裝要買許多時裝。事實上，我買衣服的錢只剩幾英鎊了，而且還要維持到聖誕節。我想，要是戴克斯太太知道的話，一定會氣得發瘋。」

朵麗絲咯咯地笑起來。

「我想她應該會。」

「我偽裝得不錯吧？」蛋蛋問道，「我看起來像有錢人嗎？」

「實在太完美了，莉頓．戈爾小姐。太太以為你打算買一大堆衣服哩。」

「恐怕她要失望了。」蛋蛋說。

朵麗絲又咯咯地笑起了來。她很享受這頓午餐，而且她感到自己讓蛋蛋十分羨慕。「她可能是個初出社會的年輕小姐，」她暗自思忖，「但她自然純真，毫不造作。」

一旦這種愉快的關係建立起來，蛋蛋不費吹灰之力就將談話引入她想了解的問題。

「我常常想，」蛋蛋說，「戴克斯太太就像隻討厭的貓，你說是嗎？」

「我們都不喜歡她，莉頓．戈爾小姐，你說得對。當然，她很聰明，做生意很有頭腦，不像多數從事服裝業的那些太太，她們就是因為親朋好友買衣服不付錢，因此一個個破產。雖然她做生意算是夠公平的了，但她有一副鐵石心腸，而且品味很高。她知道行情，擅長說服人們買下合適的服裝。」

「我想她掙了一大筆錢？」

朵麗絲的眼睛出現了一種奇怪的目光。

「這些事情或八卦可不是我說的喔！」

「當然不是。」蛋蛋說，「你繼續吧。」

「既然你問我，我就直說吧。這公司離奎爾大街不遠。曾有一個猶太紳士來看太太，談了一兩件重要的事。我想，她一定一直在借錢來維持公司，想讓生意興隆起來。於是她愈陷愈深。真的，莉頓．戈爾小姐，有時她的神色很可怕，十足絕望的模樣。真難想像她沒化妝會是什麼樣子，我不相信她每天睡得安穩。」

「她丈夫是怎麼樣的人呢？」

「他是個怪物。你既然問了，我就直說，他是個壞蛋，我們常看見他。我相信她是很愛他，只是其他女孩都不同意我的看法。當然，有人還說過許多難聽的話。」

「舉個例子吧。」蛋蛋要求道。

「唉，我不喜歡轉述別人的話，我自己也不是那種嘴碎的人。」

「當然不是，往下說吧，你說你聽見了……」

「好吧，她們流傳著許多閒話。有個年輕的小夥子，他非常有錢，也很溫柔。你懂我的意思嗎，不完全是溫和，而是介於兩者之間。太太把她所有的一切都賭在他身上，他也許就要替太太挽回頹勢了——他性格軟弱得什麼都可以答應。但是後來，突然有人吩咐他去航海旅行。」

「誰吩咐他？一個醫生嗎？」

「是的，醫生，哈利大街的。我想起來了，正是在約克郡被殺的那個醫生。人家說他是被毒死的。」

「巴塞羅繆．史全奇爵士？」

「是這個名字。太太參加了那次的宴會。你知道，我們女孩子聚在一起，那個時候還在一邊說話一邊笑。唔，我說，假如是太太幹的——那就是出於報復了。當然啦，這只是開個玩笑……」

「這是很自然的事。」蛋蛋說，「女孩子的玩笑嘛，我很理解。你知道，戴克斯太太滿符合我心目中那種兇手的形象，她看起來好冷酷，好無情。」

「她一直非常冷酷，而且脾氣很壞！當她發脾氣時，我們誰也不敢走近她。人家說，她丈夫怕她怕得要死，這一點都不奇怪。」

「你聽她說過巴賓頓這個人嗎？或者說起過肯特郡吉靈這個地方嗎？」

「現在我一下子想不起來。」

朵麗絲看看手錶，叫了一聲。

「啊，天啊！我得趕緊走了，要遲到了。」

「再見，非常感謝你能來這兒。」

「這是我的榮幸。再見了，莉頓．戈爾小姐。我希望你這篇文章能一炮而紅，我會找來看的。」

「我的小姐，你不可能看得到的。」蛋蛋付帳時心裡這樣想著。

她在所謂用於寫文章的筆記上，攔腰畫了一條橫線，然後寫道：

辛西亞．戴克斯：被認為經濟拮据，被描述為「脾氣很壞」，認為她與一富有青年過從甚密，後巴塞羅繆．史全奇吩咐該青年航海旅行，提到吉靈和巴賓頓間與之相識一事時，未見反應。

「看來所得不多。」蛋蛋自言自語地說，「是出現某個謀殺巴塞羅繆爵士的可能動機，但太缺乏證據。白羅大概有本事查出來吧，我可不行。」

07 戴克斯船長

蛋蛋還沒有完成今天的任務，她的下一個目標是聖約翰大樓，戴克斯家在裡面有棟房子。聖約翰大樓是一幢新的公寓大樓，有很多售價極其昂貴的套房。大樓配有豪華的風道，還有穿制服的守門人，他們威嚴魁梧，看上去就像外國的將軍。

蛋蛋沒有走進大樓裡，只是在對面的街上來回踱步。大約一個小時後，她算了一下，應該走了好幾英里的路了。時間到了五點半。

這時，一輛計程車在大樓前停下，戴克斯船長從車裡面出來。蛋蛋等了三分鐘，然後橫穿街道，走進大樓裡。

蛋蛋摁了摁三號房的門鈴。戴克斯自己開了門，他正在脫衣服。

「嗨，」蛋蛋說，「你好，你一定記得我吧？我們在康沃爾郡見過面，在約克郡又見了一次。」

「當然，當然記得。兩次都發生了命案，是吧?請進，莉頓・戈爾小姐。」

「我想見見你太太，她在家嗎？」

「她在布魯頓忙著，就是她製作服裝的地方。」

「我知道，我今天到了那兒。我以為現在她已經回家了。我來這兒，我想她不會在意。只是我遇到了些麻煩……」

蛋蛋停了下來，眼裡充滿懇求的目光。

佛萊迪・戴克斯心裡想著：「是個好看的小妞，這小姐真他媽的漂亮。」

他大聲說：「辛西亞要六點以後才會回來。我也剛從紐伯里回來。玩得不開心，只有早點兒走。跟我去七十二人俱樂部喝杯雞尾酒好嗎？」

儘管蛋蛋擔心戴克斯已經喝了太多的酒，她還是接受了邀請。

他們坐在七十二人俱樂部地下室幽暗的燈光下，啜著馬丁尼酒。蛋蛋說道：「真有趣，我以前從來沒到過這種地方。」

佛萊迪・戴克斯得意洋洋地笑起來。他喜歡年輕漂亮的女孩，也許還不及他對某些東西那樣喜愛，不過，也差不多了。

「真讓人難過，不是嗎？」他說，「我是說，在約克郡的事。一個醫生被毒死，這當中一定有什麼有趣的事。你知道我的意思吧——真是搞錯了，醫生才是對別人下毒的人嘛。」

他被自己所說的話引得哈哈大笑，然後又要了一杯杜松子酒。

「你真聰明。」蛋蛋說，「我以前從沒想到這一點。」

「當然，這只是一句玩笑。」佛萊迪．戴克斯說。

「我們每次聚會，就有死亡。」蛋蛋說，「你說奇怪嗎？」

「有一點。」戴克斯船長承認道，「你是說，那老牧師，在什麼地方？是在那個演戲的老兄家裡發生的事嗎？」

「是的。他突然倒地而死，實在太奇怪了。」

「真讓人緊張。」戴克斯說，「你會感到一陣戰慄，好像整個屋子的人都會突然死掉，誰都會想『下一個要輪到我了』，真讓你全身發抖。」

「以前你在吉靈認識巴賓頓先生嗎？」

「我不知道這個地方，我從來沒注意過這個老頭。有趣的是，他死的情況跟老史全奇是一模一樣。是有點古怪，我想，不可能是被謀殺的吧？」

「哦？你是怎麼想的呢？」

戴克斯搖搖頭。

「不可能是被謀殺的。」他果斷地說，「誰也不會殺教區牧師。可是醫生就不同了。」

「對。」蛋蛋說，「我也認為醫生那件案子不大一樣。」

「那是當然的。有許多原因可以證明，醫生都是愛管閒事的壞蛋。」他說這話時有點含糊不清。他將身體朝前欠一欠，又說：「不要讓他們太放肆了，懂嗎？」

「不懂。」蛋蛋說。

「他們把人的性命當兒戲。他們的權力也他媽的太大了，絕不能讓他們這樣下去。」

「我還是不太明白你的意思。」

「親愛的小姐，我告訴你吧。讓這種傢伙完蛋，這就是我的意思，把他送進地獄去。神啊，他們是殘忍的。幹掉他，讓他離你遠遠的。不管你怎麼懇求和祈禱，他們是不會放過你的。不管你受什麼樣的罪，那都是醫生造成的。我告訴你，我太清楚他們了！」他臉上的肌肉痛苦抽搐著，收縮得很小的瞳孔凝視著她。「根本是胡說八道，我告訴你，是胡說八道。可是醫生們都說是在為你治病！假裝他們在幹的是一件正派的事。呸！」

「巴塞羅繆．史全奇……」蛋蛋謹慎地改變話題。

他開始滔滔不絕地說：「巴塞羅繆．史全奇爵士，巴塞羅繆．騙子爵士。我倒想知道他那個寶貝療養院裡發生了什麼。精神問題，他們都是這麼說的。一旦你進到裡面，就別想出來。他們要是說不准隨便離開，你就是插翅也難飛！因此你感到恐懼，他們也就成功地把你控制住了。」

現在他搖著頭，拉下了嘴角。

「我累死了，」他抱歉地說，「實在累死了。」

他把服務生叫來，硬要蛋蛋再喝一杯，她謝絕了，他只好自己要了一杯。

「現在好一些了。」他把酒喝完時說道。「我的精神恢復了正常。該死的事業，使人精神崩潰。不能惹辛西亞生氣。她叫我不要說出來。」他點了點頭，「絕不要把這些事告訴警察。」他說：「他們可能會以為我弄死了老史全奇。嗯？不知你想過沒有，一定有人幹了這件事吧？是我們當中的一個人殺死他的。這想法真有意思。是哪一個呢？這真耐人尋味。」

「也許，你知道是哪一個。」蛋蛋說。

「你幹嗎要那樣說？我怎麼會知道呢？」

他看看蛋蛋，心裡很生氣，並起了疑心。

「我告訴你，關於這件事，我什麼也不知道。我才沒打算做掉那位該死的牧師。不管辛西亞對你說了什麼，反正我不打算幹那種事。他心懷鬼胎，他們兩個都是，但是他們騙不了我。」

他直起身來說：「我是個強者，莉頓．戈爾小姐。」

「你當然是個強者。」蛋蛋說，「告訴我，你知道在療養院那位德．拉許布里傑太太的情況嗎？」

「拉許布里傑，拉許布里傑？老史全奇說到她的一些情況。到底什麼情況呢？真是一點兒也想不起來。」他嘆了一口氣，又搖搖頭。「記憶減退就是這麼回事。我有敵人，一大群敵人。他們現在可能都在監視我。」

他心神不寧地朝四周看了看，然後湊近餐桌對面的蛋蛋。

「那天那個女人在我房裡幹了些什麼？」

「哪個女人？」

「長得一副兔子臉的女人，她是寫劇本的。在他死掉的第二天早晨，我剛吃過早餐走上樓去，她從我的房間裡走了出來，穿過走道的另一端那個掛著毛呢的門，一直走進僕人們的臥室。很怪吧？為什麼她要進我的房間？她想在那兒找什麼呢？她竄來竄去地到底想要探查什麼？那件事與她有關吧？」他神祕地向前挪動身子。「或者，你認為辛西亞說的話是真的嗎？」

「戴克斯太太說了些什麼？」

「她說我在憑空想像，說我喜歡探頭探腦。」他無可奈何地笑起來，「我確實經常在觀察。粉紅色的老鼠、蛇，所有的一切。但是觀察一個女人方法大不相同……我注意到她了。這女人是個怪物，她的眼睛很刁，可以把你看穿。」

他往後一仰，靠在軟沙發背上，彷彿已沉沉入睡。

蛋蛋站起身來。

「我得走了，非常感謝你，戴克斯船長……」

「不要謝我。我很樂意，樂意至極……」

他的聲音已含混不清了。

蛋蛋想道：「我最好在他喝得爛醉之前趕緊走。」

她穿過煙霧彌漫的七十二人俱樂部，走進空氣清涼的夜幕中。

女僕碧翠絲曾經說過，威爾斯小姐探頭探腦地四處打聽消息，現在又有了佛萊迪・戴克斯的說詞。她在找什麼？她又發現了什麼？她是否知道了什麼祕密？

戴克斯述及巴塞羅繆・史全奇爵士時那含含糊糊的故事裡，也有什麼祕密嗎？佛萊迪・戴克斯是否既怕他又恨他？

都有可能。

然而，巴賓頓那件案子竟毫無犯罪的任何線索。

「如果他不是被謀殺的，」蛋蛋自言自語地說，「那就太離奇了。」

就在這時，她突然屏住了呼吸，因為她從附近一張報攤的布告欄裡，瞥見了「康沃爾案剖屍檢驗結果」這幾個字。

她連忙遞過一便士，抓了一張報紙。就在她買報紙時，猛地跟一位婦女相撞，她也正在買報紙。蛋蛋向她道歉時，認出了這位查爾斯爵士的祕書，能幹的米蕾小姐。

她們倆站在一起，尋找著那條最新消息。對，就在這兒。

「康沃爾案剖屍檢驗結果。」這幾個字在蛋蛋小姐眼前跳躍。「對各部分器官的檢驗分析……尼古丁……」

「果然他是被謀殺的。」蛋蛋說道。

「啊，天哪！」米蕾小姐叫道，「太可怕了，太可怕了……」

她那張醜陋的臉由於激動而扭曲了。蛋蛋驚訝地看著她。她過去總以為米蕾小姐是個缺乏人味的女人。

「這消息使我太難過了。」米蕾小姐解釋說，「你知道嗎，我跟他相處了一輩子。」

「跟巴賓頓先生嗎？」

「是的。我母親住在吉靈，他之前是那兒的教區牧師。自然，這事真讓我傷心。」

「哦，那當然。」

「老實說，」米蕾小姐說，「我不知道該怎麼辦。」

還不等蛋蛋用吃驚的目光看著她，她的臉就先紅了。

「我要給巴賓頓太太寫封信。」她很快地說，「只是這似乎不太好，不太好……這事我不知道該怎麼做才好。」

不知道為什麼，這種解釋並不令蛋蛋滿意。

08 安琪拉・薩克利夫

「首先，我必須要弄清楚，你是以朋友還是偵探的身分前來的？」

薩克利夫小姐說話時，眼裡閃過一絲嘲笑的目光。她雙腿交叉坐在直背椅上，灰色的頭髮梳理得體。沙特衛看著她漂亮鞋子上的腿和線條柔美的腳踝，對它們的完美讚賞不已。薩克利夫小姐是個非常迷人的女人，主要是因為她總是那樣泰然自若。

「這麼說對我公平嗎？」沙特衛問道。

「親愛的老兄，當然是公平的。你到這兒來，難不成是要看我的漂亮眼睛——就像法國人那種很動聽的說法一樣。你這個小壞蛋，或者，你來這兒是要逼我說出有關謀殺的事？」

「你不認為你的第一個推測是正確的嗎？」沙特衛說著，輕輕鞠了一個躬。

「當然。」女演員語聲充沛地說，「你是那種看上去很溫柔、但骨子裡很壞的人。」

「不，不是的。」

「是的，一定是。把我看成一個潛在的凶手，這種想法是一種侮辱，還是一種恭維？這是我尚未能下結論的事。總括來說，我認為還是一種恭維。」

她把頭偏向一邊笑了起來。這是一種令人銷魂的微笑，誰也抵擋不了這種誘惑。

沙特衛心裡想：「真是迷人的尤物！」

他大聲說：「我承認，親愛的女士，巴塞羅繆爵士的死引起我極大興趣。也許你知道，過去我對這種事是漠不關心的……」

他客氣地停下來，也許是希望薩克利夫小姐對他的話表示贊同。然而她只是說：「請告訴我一件事，那女孩說了什麼嗎？」

「哪個女孩？她說了什麼？」

「那個叫莉頓．戈爾的女孩，就是被查爾斯爵士迷住的那一位。（好個卑鄙的查爾斯！他準會成功的！）她認為，康沃爾郡那個好心的老頭也是被謀殺的。」

「你認為呢？」

「你知道，發生的方式都一樣。她是個聰明的女孩，你應該清楚。告訴我，查爾斯是真心的嗎？」

「我想你對這件事情的判斷，會比我的有價值得多。」沙特衛說。

「你真是一個謹慎小心的人。」薩克利夫小姐叫了起來。「而我，偏偏又放肆得讓人生畏……」她嘆了一口氣。

接著她向他眨了眨眼，又說：「我對查爾斯比較了解。我對男人們都比較了解。在我看來，所有跡象都顯示他想要定下來了。他身上散發出一種傳統的氣息，他在認真物色對象，計畫在最佳的時機建立家庭——這就是我的觀點。男人們在決定成家的時候，會變得多麼乏味啊！他們失去了所有魅力。」

「我常常納悶，為什麼查爾斯爵士一直不結婚。」沙特衛說。

「親愛的，他之前從未表示過他想結婚。他不是那種想要結婚的人。但他是個有吸引力的男人……」她嘆息道。她看著沙特衛，目光在輕輕閃爍。「他和我曾經……嗯，何必否認誰都知道的事情呢？那是段令人愉快的往事……我們現在仍然是最好的朋友。我想，這就是莉頓．戈爾小姐惡狠狠地看著我的原因。

「她懷疑我仍對查爾斯念念不忘。我有嗎？也許。不過，我到底還沒有寫下我的回憶，詳細地描述那段往事，就像我大多數朋友所做的那樣。你知道，如果我寫了，那女孩是會不高興的，她甚至會被嚇到，現代女孩經不起嚇。但是要嚇倒一個可愛的維多利亞中期的人，那是不可能的，他們幾乎不開口，卻總是想到了最壞的結果……」

沙特衛笑著說：「你懷疑蛋蛋．莉頓．戈爾不信任你，我想這沒錯。」

薩克利夫小姐皺起眉頭。

「我不敢說，我一點嫉妒心都沒有。我們女人就像貓一樣，不是嗎？抓呀，抓個不停，喵呀喵呀，叫個不停……」她說著大聲笑起來。「為什麼查爾斯自己不來問我這些問題？我想他對目前這段感情相當認真吧？這個男人必定認為我有罪……我有罪嗎，沙特衛先生？這件事你是怎麼想的呢？」

她站起身來，伸出了一隻手。

「用盡阿拉伯的香料也不能叫這隻小手變得香一點[18]。」她突然又開口道：「不，我不是馬克白夫人。喜劇才是我的本行。」

「看起來仍缺乏做案動機。」沙特衛說。

「確實是這樣。我喜歡巴塞羅繆·史全奇，我們是朋友，我沒有理由希望他死掉。因為我們是朋友，我很願意積極參與偵破殺人罪行的行列。告訴我，我能做些什麼？」

「我想，薩克利夫小姐，你是否看見或聽見與謀殺有關的事？」

「我知道的情況已統統告訴了警察。宴會的客人才剛剛到達，第一天晚上他就死了。」

「那位管家呢？」

「我幾乎沒有注意到他。」

「客人中有沒有行為舉止異常的？」

「沒有。那男孩……他叫什麼名字來著？曼德斯。他的出現有些出乎意料。」

18 莎士比亞悲劇《馬克白》（*Macbeth*）裡馬克白夫人所說的話。

「巴塞羅繆．史全奇顯得很驚訝嗎？」

「是的，我想他是很驚訝的。我們一起走去吃飯時，他告訴我，這事真奇怪。他把它叫作『不請自來的新招』。他說，幸好他撞的是牆，不是大門。」

「巴塞羅繆爵士情緒好嗎？」

「非常好！」

「你向警察提到那個祕密通道了嗎？」

「我記得通道是從圖書室裡出去的。巴塞羅繆爵士曾答應帶我去看看。可惜，這個可憐的人死了。」

「你們怎麼會談到通道的事呢？」

「我們當時正在談論他最近買的一件東西——一張胡桃木寫字檯。我問他裡面有沒有祕密抽屜。我告訴他，我很喜歡有祕密抽屜的桌子，這是我不為外人所知的嗜好。接著他說，沒有，據他所知，書桌裡沒有裝設祕密抽屜。但是，他屋裡倒有一個祕密通道。」

「他有沒有提到一位叫德．拉許布里傑太太的病人？」

「沒有。」

「你知道肯特郡有一個叫吉靈的地方嗎？」

「吉靈？吉靈？不，我不知道。問這個幹嘛？」

「這個……你以前就認識巴賓頓先生，對吧？」

「誰是巴賓頓先生？」

「他死了。應當說他被殺了。事情發生在鴉巢屋。」

「哦，是那個牧師，我忘了他的名字。我不認識他，我這輩子沒見過他，誰告訴你我認識他的？」

「了解內情的人。」沙特衛大膽地說。

這話把薩克利夫小姐逗笑了。

「天啊，他們是不是以為我跟他有什麼關係啊？就算是副主教都不免有淘氣的時候，教區牧師為什麼就一定得規規矩矩的呢？有人就丟了飯碗，不是嗎？不過，我得理一理對這個可悲男士的記憶，這輩子我從未見過他。」

聽了這番話，沙特衛不由得感到心滿意足。

09 妙麗・威爾斯

圖廷市上卡思卡特路五號看起來是個最適合諷刺劇作家的住所。查爾斯爵士被引進的房間，四壁塗成單調的燕麥色，上端有一圈環繞天花板的金鏈花型裝飾條。大窗簾是玫瑰色絨布做成的。屋裡有很多照片、陶瓷狗和一尊女子雕像，電話機就被她羞怯地藏在百褶裙裡。還有許許多多小桌子，以及一些讓人看不懂的銅製品，它們是從遠東區經伯明罕運來的。

威爾斯小姐輕手輕腳地走進房間，以致查爾斯爵士未察覺到。這會兒，他正看著橫躺在沙發上的滑稽長腿玩偶。聽見她纖細的聲音說：「你好，查爾斯爵士，很榮幸見到你。」他連忙轉過身來。

威爾斯小姐那件柔軟的運動衫，鬆鬆垮垮地套在她那瘦骨嶙峋的身上，讓人看得很不舒服。長筒襪已經有些發皺了，腳上則穿著黑色漆皮拖鞋。

查爾斯爵士跟她握了手，接過一支香菸，便坐在丑角玩偶旁的沙發上。威爾斯小姐坐在他的對面。從窗口射進來的光照在她的夾鼻眼鏡上，使得鏡片隱隱約約閃爍著。

「真沒有想到你會找到我這兒。」威爾斯小姐說，「我媽一定會很興奮。她是個戲迷，特別是愛情戲。她經常談論著你扮演學生王子的那齣戲。她嗜好馬丁尼，還有吃巧克力。她就是那樣的人，而且樂在其中。」

「這是我的榮幸。」查爾斯爵士說，「你或許不知道，能讓人們欣賞是多麼美好的事啊，觀眾的記憶往往是短暫的！」他嘆了口氣。

「若是見著了你，我媽會欣喜若狂的。」威爾斯小姐說，「薩克利夫小姐前兩天來過這兒，媽媽一見她就高興極了。」

「安琪拉來過這兒？」

「是啊。她要演出我的一個劇本《小狗笑了》。你知道嗎？」

「當然，」查爾斯爵士說，「我已經讀過劇本了。劇名很吸引人。」

「很高興你這樣想。薩克利夫也喜歡這齣戲。這是一種童話的現代變體，有一大堆空談和廢話——『嗨，騙子騙子，碟子勺子，醜聞醜死』。當然，這都是圍繞薩克利夫小姐的角色在打轉，就是讓每個人都配合她的『無聊話』伴舞。就是這麼回事。」

查爾斯爵士說：「沒錯，今日的世界猶如一個瘋狂的童話。小狗笑著觀看這種場面，呃？」

他突然想道：「這女人正是隻小狗，她在旁觀和嘲笑。」

光線從威爾斯小姐的夾鼻眼鏡上移開，他看見她那淡藍色的眼睛正透過鏡片在審視他。

「這個女人，」查爾斯爵士心想，「有一種巧妙的幽默感。」

他大聲說：「我不知道你是否能猜出我來這兒的目的？」

「這個，」威爾斯小姐調皮地說，「我想你不會只是來看看無足輕重的我吧？」

查爾斯爵士將她說的話和寫的東西在心裡比較了一番：威爾斯小姐，寫文章擅長冷嘲熱諷，說起話來有些調皮狡詐。

「沙特衛先生把他的想法灌輸給我。」查爾斯爵士說，「他認為他自己是判斷性格的行家。」

「他對人的性格反應很敏感。」威爾斯小姐說，「應該說，這是他的嗜好。」

「他堅持說，如果那天晚上有什麼值得注意，你一定注意到了。」

「他是那樣說的嗎？」

「是的。」

「我得承認，我是個非常好奇的人。」威爾斯小姐慢慢地說道，「你知道嗎，我從沒目睹過一樁凶殺案的發生。一個作家必須把一切都看成素材，你說是吧？」

「我相信這是一句著名的格言。」

「所以，」威爾斯小姐說，「我很自然地要觀察一切。」

顯然，威爾斯小姐完全就是碧翠絲說的「探頭探腦，四處打聽」。

「你在觀察和打聽每個客人吧？」

「我是要了解他們。」

「你注意到了什麼？」

夾鼻眼鏡動了一下。

「我其實沒發現什麼。」然後又加了一句，「如果我發現了什麼，早就告訴警察了。」

「但你在觀察一切。」

「我是在觀察，我情不自禁要那樣，我這麼做是有點瘋癲吧？」她咯咯笑了起來。

「你注意到了什麼特別的事嗎？」

「哦，什麼也沒有。沒有你所說的祕密，查爾斯爵士，只注意一些客人們的性格等等零星瑣事，我發現人實在太有趣了。我的意思是，真的是太典型了。」

「什麼樣的典型？」

「他們自己的典型。哦，我說不上來。我不善言辭，說不清楚。」

她又咯咯地笑了起來。

「你的筆看來比你的舌頭厲害得多。」查爾斯爵士笑著說。

「我想你說我『厲害』可不太好，查爾斯爵士。」

「親愛的威爾斯小姐，你要承認，一枝筆在手，你就變得十分無情了。」

「我認為你很可惡，查爾斯爵士，是你對我無情啊。」

「我不能再胡鬧了。」查爾斯爵士心裡想道。

他大聲說：「所以你沒有發現什麼具體的東西囉，威爾斯小姐？」

「沒有。確切地說，一點兒也沒有，至少沒有重要的事。凡是我注意到的事，我都報告警察了，不過有件事我剛才倒忘了說。」

「是什麼？」

「是那個管家，他的左手腕上有個草莓大的胎記。當他把蔬菜遞給我時，我注意到了。我想這可能有點幫助。」

「當然，這的確是非常有用。警察一直在盡力追蹤那個叫埃利斯的人。確實，威爾斯小姐，你是個了不起的女人。僕人和客人中，誰都沒有注意到這樣一個標記。」

「大多數人都沒有善用他們的眼睛，對吧？」威爾斯小姐說。

「這標記是在什麼地方？有多大？」

「如果你伸出你的手，」查爾斯爵士伸出自己的手。「謝謝你，就在這兒。」威爾斯小姐用手準確地指出具體位置。「大概這麼大，像個六便士硬幣，好像一幅澳大利亞地圖。」

「謝謝你，這樣就很清楚了。」查爾斯爵士說著縮回他的手，並把袖口重新整理好。

「你是不是認為我應該寫信給警察，把這狀況報告給他們？」

「當然，這對追拿那傢伙是非常必要的。真該死，」查爾斯爵士激動地說，「在偵探故事裡，壞蛋們常常有某個特殊標記。但我想在現實生活中，要確認罪犯真是相當困難。」

「在小說裡，這標記是個傷疤。」威爾斯小姐若有所思地說。

「或者是個胎記。」

他像孩子一樣樂了起來。

「現在的困難是，」他繼續說，「大多數人的動機都不明顯。他們沒有把柄被抓住。」

威爾斯小姐用詢問的目光看著他。

「舉個例子說吧，老巴賓頓，」查爾斯爵士繼續說，「他的性格游移不定，很難掌握。」

「他的雙手可是很有特色的，」威爾斯小姐說，「我們稱之為學者的手。雖然因為關節炎使它有點兒變形，但手指細皮嫩肉，指甲光潔漂亮。」

「你真是一個非常敏銳的觀察家啊！不過，你早就認識他了。」

「認識巴賓頓先生嗎？」

「是的。我記得他曾經告訴過我這件事，他說是在哪兒認識你的……」

威爾斯小姐重重地搖搖頭。

「一定不是我。你一定是把我跟別人弄混了……要不，是他弄混了，我以前從來沒有見過他。」

「一定是弄錯了。我以為是在吉靈……」他嚴厲地盯著她看，而威爾斯小姐卻顯得十分鎮定。

「沒有。」她說。

「威爾斯小姐，在你看來，他也可能是被謀殺的嗎？」

「我知道你和莉頓．戈爾小姐都這麼想；或者說，是你自己這麼想。」

「哦，呃，那你認為呢？」

「好像不太可能。」威爾斯小姐說。

威爾斯小姐對這個話題顯然不感興趣，這使得查爾斯爵士有點兒困惑，於是他立刻改變策略。

「巴塞羅繆爵士可曾提到過一位德．拉許布里傑太太？」

「不，我想沒有。」

「她是他療養院的一個病人。她患了神經衰弱和喪失記憶症。」

「他曾提到一個失去記憶的病例。」威爾斯小姐說，「他說可以對病人施行催眠術，以便恢復記憶。」

「他是那樣說的嗎？不知道……那有用嗎？」

查爾斯爵士緊鎖眉頭，陷入了沉思。威爾斯小姐什麼話也沒說。

「你沒有別的事可以告訴我嗎？客人們的情況也沒有可以說的嗎？」

在他看來，威爾斯小姐只是稍微停了一下就回答說：「沒有了！」

「戴克斯太太呢？戴克斯船長呢？薩克利夫小姐呢？還有曼德斯先生呢？」

當他說出這幾個姓名的時候，非常注意地看著她。

他認為他看見夾鼻眼鏡搖晃了一下，但又不太確定。

「恐怕我沒什麼好提供給你了，查爾斯爵士。」

「哦，那好吧！」他站起身來，「沙特衛會失望的。」

「實在對不起。」威爾斯小姐一本正經地說道。

「我也很抱歉，打擾你了。我想你還忙著寫作。」

「事實上是如此。」

「另一齣新戲嗎？」

「是的。坦白說，我想借用參加梅爾福特修道院宴會的一些人物。」

「這不會構成毀謗嗎？」

「一點也不會，查爾斯爵士，我發現人們永遠都沒有自知之明，他們絕對不會從我的劇中發現自己。」她咯咯地笑了起來，「正如你剛才說的，除非他們是冷眼地在看世事。」

「你的意思是，」查爾斯爵士說，「我們往往把自己的性格和人品說得言過其實，如果真相被冷酷無情地揭示出來，我們反倒分不清楚了。我相信，威爾斯小姐，你是個冷酷的女人。」

威爾斯小姐嗤嗤地笑。

「你不用害怕，查爾斯爵士，女人對男人通常是不會冷酷的，除非是某些特定的男士；她們只會對別的女人冷酷。」

「你的意思是，你已經把解剖刀切入某一位不幸女性的軀體。是哪一位？那麼，我也許能夠猜出來，是辛西亞．戴克斯，她是不受女性歡迎的人。」

威爾斯小姐什麼話也不說。她繼續笑著，那笑聲就像貓一樣。

「你是自己寫，還是用口述的方式？」

「哦，我自己寫，然後送去打字。」

「你應當聘個祕書。」

「也許吧。你還雇用著那位聰明的米……米蕾小姐，是嗎？」

「是的，我還是在用她。她曾經離開一段時間，說是去照顧在鄉下的母親，但是她又回來了，她是一個非常能幹的女人。」

「我也這樣想，也許還有一點兒衝動。」

「衝動？米蕾小姐嗎？」

查爾斯爵士愣住了。他那馳騁萬里的想像力，從未把「衝動」與米蕾小姐連在一起。

「也許只在某些場合。」威爾斯小姐說。

查爾斯爵士搖搖頭。

「米蕾小姐是個完美的機器人。再會了，威爾斯小姐，原諒我的叨擾，別忘了告訴警察那件事。」

「管家右手腕上的標誌嗎？我不會忘記的。」

「好吧，再見。等一等，你說是在右手腕上嗎？剛才你說在左手腕上的呀。」

「是嗎？我真是糊塗啊。」

「你說，到底是在哪一隻手？」

威爾斯小姐皺皺眉頭，半閉著眼睛。

「讓我想想。當時我這樣坐著，而他……抱歉，查爾斯爵士，請把那個銅盤子遞給我，假裝它是蔬菜盤，在左邊。」

查爾斯爵士照吩咐把薄薄的銅盤遞過去。

「要捲心菜嗎，太太？」

「謝謝你。」威爾斯小姐說，「我完全能確定，標記是在左手腕。我第一次的時候說對了。我真糊塗。」

「不，不。」查爾斯爵士說，「右邊和左邊很容易弄混淆。」

他第三次和她道別。

關上門之後，他又回頭看看。威爾斯小姐並沒看他。她站在他們道別的地方，正在看著爐火，嘴上露出一種滿足和惡意的笑容。

查爾斯爵士吃了一驚。

「這女人一定知道些什麼，」他自言自語地說。「我敢說她一定知道什麼。只是不說出來……她到底知道些什麼呢？」

10 奧利佛・曼德斯

在史派爾・羅斯公司辦公室門口，沙特衛打聽到奧利佛・曼德斯先生在哪兒，並遞上他的名片。

他很快就被帶進一間小房間裡。奧利佛正坐在寫字檯前。年輕人站起來跟他握手。

「你好，先生，真高興你能來這兒看我。」他說。

他那語氣流露出的另一個含義是：「我不得不這麼說，實際上，你真他媽煩死人。」

不管怎麼說，沙特衛好不容易應付過去。他若有所思地擤了擤鼻子，一邊端詳著他的手絹。

「看到今天上午的新聞了吧？」

「你說的是新的金融行情，呃？美元……」

「不是美元。」沙特衛說，「是死亡，是魯茅斯的驗屍結果。巴賓頓被人毒死了，用的是尼古丁。」

「哦，是這件事。我看了。我們熱情的蛋蛋小姐一定會很開心，她一直說那是謀殺。」

「你難道不感興趣嗎？」

「我的興趣還不至於這樣粗俗。畢竟，謀殺不是……」他聳聳肩說，「既暴力又不具藝術感。」

「並不全是這樣。」沙特衛先生說。

「不是嗎？嗯，或許吧！」

「那要看是誰在行凶。如果是你，我相信，就會用一種非常藝術的方式去進行。」

「謝謝你這麼說我。」奧利佛拉長了語氣回覆。

「說句老實話，年輕人，我對你有意製造的事故還沒想得太多，我認為警察也一樣。」

室內出現了一陣沉默。之後有枝筆掉到地板上。

奧利佛說：「對不起，我不太明白你的意思。」

「我說的是，你在梅爾福特修道院那場缺乏藝術性的表演。我感興趣的倒是你為什麼要那麼做？」

又是一陣沉默。之後奧利佛說：「你說警察……懷疑嗎？」

沙特衛點點頭。

「那事看起來有點讓人起疑，你不這樣想嗎？」他友善地問道，「不過，也許你會做出很好的解釋。」

「我可以解釋。」奧利佛慢慢地說，「至於是好是壞，我不知道。」

「說來聽聽吧。」

停了一會兒，奧利佛說：「我是遵照巴塞羅繆爵士的建議，用那種方式到那兒去的。」

「什麼？」沙特衛感到很驚訝。

「有點奇怪，對吧？但這是事實。我接到他的一封信，建議我假裝出一次車禍，並請求修道院接待。他說他不能在信上寫下原因，但他會在見面後向我解釋清楚。」

「後來他解釋了嗎？」

「不，他沒有……我在晚餐前到了那兒。我一直沒有機會單獨問問他。用完餐後，他就死了。」

奧利佛顯得十分疲憊。他深色的眼睛盯著沙特衛，似乎在認真觀察他這番話所引起的反應。

「你還留著這封信嗎？」

「不。我把它撕掉了。」

「真可惜。」沙特衛冷淡地說，「你沒有跟警察提過嗎？」

「沒有，一切都太……難以置信。」

「是難以置信。」沙特衛搖搖頭。

巴塞羅繆爵士到底寫過這封信沒有？這事看起來非常不合情理，簡直是通俗劇的情節，很不符合這位醫生的爽朗性格。他抬頭看著年輕人，奧利佛還在注視他。沙特衛心想：「他在看我是不是已經相信了這個故事。」

他說：「巴塞羅繆爵士完全沒有給你任何理由嗎？」

「一點都沒有。」

「真是件離奇的事。」

奧利佛不再說話了。

「你竟然聽從了吩咐。」

奧利佛又一次顯得疲憊不堪。

「是啊，因為這事令人感到新奇，能解脫我的無聊生活。坦白說，我當時很好奇。」

「還有呢？」沙特衛問道。

「『還有呢』？你這是什麼意思？」

沙特衛也不清楚自己的意思，說這話是出自某種朦朧的本能。

「我是說，」他說，「還有什麼可以告訴我的……跟你有關的？」

停了一會兒，年輕人聳聳肩說：「我想，我還是統統說出來吧。那個女人多半不會守口如瓶。」

沙特衛疑惑地看著他。

「那是在謀殺事件發生後的第二天早晨，我正在與那位叫安東尼·亞斯特的女士談話。我從皮夾裡拿出筆記本時，有件東西掉落在地上。她把它撿起來遞給我。」

「是什麼東西呢？」

「不巧得很，她交給我以前看了它一眼。那是有關尼古丁的一張剪報——就是尼古丁是多麼致命的毒素等等的報導。」

「你怎麼會對這件事發生興趣？」

「我沒有。我想我一定是什麼時候把那張剪報放進了皮包，但我也忘了。真是尷尬。」

沙特衛想道：「只是無關痛癢的無聊事。」

「我想，」奧利佛繼續說道，「她後來去警察局報告了這件事。」

沙特衛搖搖頭。

「我想她不會。我認為她是一個守口如瓶的女人。她知識廣博……」

奧利佛突然俯身向前。

「我是清白的，先生，我絕對清白。」

「我沒有說你是有罪的呀。」沙特衛輕聲說。

「但是有人……有人一定認為我有罪。有人已經去警察局告發我了。」

沙特衛搖了搖頭。

「沒有，完全沒有。」

「那麼你今天為什麼來我這兒？」

「部分原因是我自己要做調查，」沙特衛說話時有一點兒浮誇。「還有部分原因是遵照一位朋友的吩咐。」

「什麼朋友？」

「赫丘勒・白羅。」

「那個男人！」奧利佛脫口而出，「他已經回到英國了嗎？」

「是的。」

「他為什麼要回來？」

沙特衛站起身來。

「獵狗為什麼要不停地狩獵呢？」他反問道。

他離開了房子，對自己的反問感到十分滿意。

11 白羅舉行雪利酒會

赫丘勒．白羅身穿一套略顯華麗的西服，坐在舒適的單人沙發上，正在傾聽別人談話。蛋蛋小姐坐在一張沙發的扶手上，查爾斯爵士站在壁爐前，沙特衛坐在遠處，觀察著這些人。

「我們四處碰壁。」蛋蛋說。

白羅輕輕搖頭。

「不，不，你言過其實了。你尋找有關巴賓頓先生的線索雖然徒勞無功，但是，你已經搜集到另外一些有用的情報。」

「姓威爾斯的那個女人知道一些事。」查爾斯爵士說，「我敢擔保她知道一些事。」

「戴克斯船長作賊心虛，而戴克斯太太則窮途潦倒、財迷心竅，巴塞羅繆爵士卻破壞了她大撈一筆的機會。」

「你是怎麼看曼德斯的事？」沙特衛問道。

「我感到這事很奇怪，完全不像是故巴塞羅繆爵士會做的事。」

「你的意思是他在撒謊？」查爾斯爵士直截了當地說。

「撒謊的方式太多了。」赫丘勒．白羅說道。

他停了一會兒又說：「那位威爾斯小姐，她為薩克利夫小姐寫了一個劇本吧？」

「是的，第一場演出是在下星期三晚上。」

「哦！」

他又沉默了一會兒。蛋蛋說：「告訴我們，現在該怎麼辦？」

小個子男人向她笑了笑。

「唯一要做的事，就是思考。」

「思考？」蛋蛋叫起來。她的叫聲十分不悅。

白羅衝著她笑起來。

「是的，就是要思考！透過思考，一切問題才能解決。」

「我們不能做點什麼嗎？」

「你要採取行動嗎？小姐，你一定有事可做。比如說，可以去吉靈這個地方，就是巴賓頓先生生活了多年的地方。你可以在那裡調查調查。你說過，米蕾小姐的母親住在吉靈，身體很不好。一個身體很不好的人什麼都知道，她會聽見很多事情，而且什麼也不會忘記。去問問她，有可能發現點什麼，誰料得到呢？」

「你不打算做點什麼嗎？」蛋蛋堅持提出要求。

白羅眼睛一亮。

「你要我一起動？好吧，你會如願以償。只是我不會離開這個地方，我在這兒很舒服。但是，我告訴你，我要辦一件事情。我要舉行一次晚會──雪利酒會。很時髦，不是嗎？」

「雪利酒會？」

「正是！我要邀請戴克斯太太、戴克斯船長、薩克利夫小姐、威爾斯小姐、曼德斯先生和你那位迷人的母親，以及小姐您。」

「還有我？」

「當然，還有你。這批人都要邀請。」

「啊哈，」蛋蛋說，「你別唬弄我，白羅先生。酒會上會有什麼事發生，對吧？」

「我們等著瞧吧。」白羅說，「只是不要期望太高，小姐。請讓我跟查爾斯爵士談談，因為我有一些事要徵求他的意見。」

當蛋蛋和沙特衛站著等電梯時，蛋蛋欣喜若狂地說道：「真有趣，就像偵探小說一樣，所有的人會聚到一塊兒，然後他要宣布是誰犯的案。」

「不可思議。」沙特衛說道。

§

雪利酒會是在星期一晚上舉行的，所有的客人都應邀出席。迷人而坦率的薩克利夫小姐一邊看著周圍的人，一邊毫無顧忌地大聲說笑起來。

「好一個蜘蛛網似的大客廳啊，白羅先生。在這兒，我們大家都是可憐的小蒼蠅，紛紛飛進了大網。我相信，你要向我們報告最精采的案情，然後，你會突然指著我，一字一句地說：『你就是那個女人。』於是，每個人都說：『是她幹的。』於是，我淚流滿面，馬上供認不諱，說我是受不了流言所擾。哦，白羅先生，算我怕你了。」

「Quelle histoire[19]。」白羅叫了起來。他在忙著尋找酒瓶和酒杯，他向她鞠了個躬，並遞上一杯雪利酒。「這是一個朋友間的聚會，我們不談殺人、流血和下毒。哦，哦，這些東西倒人胃口。」

他把一杯酒遞給表情嚴峻的米蕾小姐。她跟隨著查爾斯爵士，在他旁邊板著面孔站著。

「就是這樣。」當白羅把酒分配完畢之後說道，「讓我們忘掉第一次見面時的情景，我們要有開晚會的氣氛，吃吧，喝吧，玩吧，因為也許明天我們就死了。啊，真該死，我怎麼

19 法語，意思是「這是什麼樣的故事啊」。

又提起死這個字了。」他朝戴克斯太太點點頭。「夫人，請允許我祝你好運，讚美你穿了這一套迷人的晚禮服。」

「這杯是你的，蛋蛋。」查爾斯爵士說。

「乾杯。」佛萊迪・戴克斯說。

每個人都在咕噥著什麼。有一種迫不得已的歡樂氣氛。在這樣的場合，人人都在強顏歡笑，表現得滿不在乎。只有白羅自己處之泰然，在客廳裡愉快地走來走去。

「還是雪利酒好，我喜歡它勝過雞尾酒，比威士忌更是好上千萬倍。哦！威士忌，多麼可怕，喝了威士忌，你的味覺就毀了，徹底毀了。法國酒很精緻，你們一定要品嘗品嘗，但不能，不能……怎麼回事？」

一個奇怪的聲音打斷了他的話。那是一種悶在喉嚨裡的叫喊聲。當查爾斯爵士搖搖晃晃地站起身，每一雙眼睛都轉到他身上。只見他的臉在抽搐，酒杯從他的手裡掉落到地毯上。他往前踉蹌了幾步，最後倒在地上。

客廳裡鴉雀無聲，過了一會兒，安琪拉・薩克利夫突然尖叫一聲，蛋蛋拔腿朝前衝去。

「查爾斯！」蛋蛋叫道，「查爾斯！」

她不顧一切地往前擠。沙特衛輕輕地將她拉了回來。

「啊，天呀！」瑪麗夫人叫起來，「別又來一次啊！」

安琪拉・薩克利夫喊道：「他也被毒死了……糟透了。哦，天啊，真是糟透了……」

她猛然倒在沙發上，開始抽泣，一會兒又大笑起來，那聲音真恐怖。

白羅一直在控制局面，現在，他跪倒在地上的死者身旁。在他檢查時，其他人都圍了上來。他站起身，下意識地拍拍褲子上的灰塵。他看看周圍的人們，一片沉寂，只有安琪拉．薩克利夫嗚嗚咽咽的哭泣聲。

「朋友們——」白羅開始說。

他沒有說下去，因為蛋蛋已經在責怪他。

「你這個蠢豬、這個荒唐可笑的瘋子，你在演戲！你裝得活靈活現，對一切瞭如指掌，現在因為你安排了這齣戲，又發生一件新的謀殺案。就在你的眼前……如果你什麼都不管，這件事就不會發生……是你殺了查爾斯，你，你，你……」

她停住了，再也說不出話來。

白羅悲傷地點點頭。

「這是事實，小姐，我承認，是我殺了查爾斯爵士。但是，我是一個非常特別的凶手，我能殺人……也能讓他復活。」他轉過身去，用一種完全不同的語氣、一種平時道歉的口氣說：「表演十分精采，查爾斯爵士，我讚佩你。你現在該謝幕了。」

演員大笑一聲，跳了起來，得意忘形地向大家鞠了個躬。

蛋蛋氣呼呼地說：「白羅，你……你這個混蛋！」

「查爾斯，」安琪拉．薩克利夫叫道，「你真是個惡魔。」

「這是為什麼……」

「怎麼搞的……」

「究竟是怎麼回事……」

白羅把手往上一舉，大家才安靜下來。

「各位女士，各位先生，我要請求你們寬恕。我這場小小的鬧劇是非常必要的，它向你們大家證明、也同時向我證明了一個事實——我的判斷是正確的。

「大家聽著，在這個托盤裡，我在其中一個酒杯裡放了一勺子水，它代表純尼古丁。所有的杯子完全相同，就像查爾斯．卡萊特爵士和巴塞羅繆爵士兩人擁有的杯子一樣，由於刻花玻璃很厚，少量無色的液體是不可能探查出來的。那麼大家想一想，巴塞羅繆．史全奇爵士的葡萄酒杯也是一樣的。當酒杯放在餐桌上時，有人便將足夠的純尼古丁放入裡面，任何人都可能那麼做，管家、接待女僕以及客人中的某一位，總之有個人溜到樓下，鑽進餐廳。甜品送來了，葡萄酒都倒進了杯裡，依次轉了一圈送給各位客人。巴塞羅繆爵士喝了酒後，就倒地身亡。

「今天晚上，我們演出了第三個悲劇——一次模擬的悲劇，我請求查爾斯爵士扮演受害者的角色。他表現得精采極了。倘若這不是假的，而是真的，查爾斯爵士死了，警察將採取什麼樣的行動呢？」

薩克利夫小姐叫道：「怎麼啦，當然是去化驗那個酒杯。」她對著從查爾斯爵士手中掉落在地毯上的杯子點了點頭。「你只是把水放到了裡面，假如你取的是尼古丁……」

「我們假設它就是尼古丁。」白羅用腳尖輕輕碰了碰那杯子。「你的觀點是，會檢查酒杯，那麼，就會發現尼古丁的殘餘。」

「必定的。」

白羅輕輕地搖搖頭。

「你錯了，發現不了尼古丁。」

大家都瞪著他。

「瞧，」他微笑著說，「查爾斯爵士喝的不是那個杯子。」他滿懷歉意地露齒一笑，從衣服後面的口袋裡取出一個杯子說：「這才是他用過的酒杯。」

他繼續說：「你們看，這很簡單，用的是掉包的伎倆。人的注意力是無法同時放在兩件事情上的，因此，要玩這套把戲，就必須分散你們的注意力。當然，這只是一瞬間，心理上的一瞬間。當查爾斯爵士倒地而死時，客廳裡每個人的眼睛都集中到他的屍體上，每個人都會趕到他身邊，沒有人，根本不會有人注意到我赫丘勒·白羅。就在那一瞬間，我調換了杯子，沒有人發現。

「因此，你們都看到了，我證明了我的觀點：在鴉巢屋曾經有過這一瞬間，在梅爾福特修道院也曾經有過這一瞬間。所以，在雞尾酒杯裡什麼異物也查不到，葡萄酒杯裡也是什麼都沒有……」

蛋蛋叫起來：「是誰調換了杯子？」

白羅看著她答道：「這個，我們還要追蹤……」

「難道你不知道？」

白羅只是聳聳肩膀。

客人們紛紛走開，心裡迷惑不解。他們的情緒冷淡下來，感到自己受騙上當了。

白羅揮揮手，要大家注意。

「各位，再給我一點時間，我還要談一件事。無可否認地，今天晚上，我們演出了一場喜劇。不過，這場喜劇也可能演得太認真了，以致會變成悲劇。在適當的條件下，凶手有可能幹第三次……我現在對你們所有在場的客人宣告，如果有誰知道某些祕密——某些跟謀殺案有關的線索，我懇求這個人趕快說出來。在這種時刻隱瞞線索，是非常危險的。沉默可能帶來殺身之禍。因此，我再一次懇求這個人，如果知道任何祕密，務必馬上說出來……」

在查爾斯爵士看來，白羅的懇求是特別針對威爾斯小姐的。

如果是這樣，那不會有結果的，沒有誰說話，也沒有誰答應。

白羅發出嘆息聲，舉起的手垂了下來。

「算了。我已經發出警告，我還能做什麼呢？大家記住，保持沉默是很危險的……」

然而，還是沒人說話。客人們一個個灰心喪氣地離去。

蛋蛋、查爾斯爵士和沙特衛三人留了下來。

蛋蛋還沒有原諒白羅，她靜靜地坐著，臉頰通紅，兩眼發出憤怒的目光。她一直不去看查爾斯爵士。

「這是一次聰明絕頂的演出，白羅。」查爾斯爵士洋洋得意地說。

「真是妙極了。」沙特衛輕輕一笑說。

「要不是親眼看見你調換杯子，我是不會相信有那種事的。」查爾斯說。

白羅說：「這就是我懷疑每一個人的原因。用這種方式進行試驗，事情就一目了然。」

「你策畫這次表演，就是這個目的——讓人們看看做案如何不會被人發現？」

「也不全然這樣。我另有目的。」

「什麼目的？」

「當查爾斯爵士倒地身亡時，我想看看一個人的面部表情。」

「誰？」蛋蛋緊張地問道。

「那是我的祕密。」

「你看見那個人的臉了嗎？」沙特衛問道。

「是的。」

「怎麼樣？」

白羅沒有答覆，他只是搖搖頭。

「難道你不願告訴我們你看見的情況？」

白羅慢吞吞地說：「我看見了一張驚恐萬狀的臉……」

蛋蛋緊張地屏住了呼吸。

「你是說，」她問，「你知道了那個凶手是誰？」

「可以那麼說，小姐。」

「那麼……那麼，你知道一切了？」

白羅搖了搖頭。

「不，正相反，我什麼也不知道。因為，我並不知道史蒂芬·巴賓頓是怎麼被殺的。在我什麼也不能證明以前，我什麼都不知道。一切都圍繞著一個關鍵——將史蒂芬·巴賓頓置於死地的動機……」

有人在敲門，一個侍從端著托盤走了進來，上面放著一份電報。

白羅打開電報，他的臉色頓時變了。他將電報遞給查爾斯爵士。蛋蛋靠在查爾斯爵士的肩頭上看著電報，並大聲地讀了出來：

速來見我，可告知關於巴塞羅繆·史全奇死亡的重要線索。

瑪格麗特·拉許布里傑

「德·拉許布里傑太太！」查爾斯爵士叫了起來，「我們還是猜對了。她與案件有關。」

12 出訪吉靈

他們展開一場熱烈的討論，制定了每一步行動的計畫。大家決定，乘早班火車比開汽車去更好。

「終於，」查爾斯爵士說，「我們就要解開這個疑團最奧祕的部分了。」

「你認為其中的奧祕是什麼？」蛋蛋小姐說。

「我無法臆測。但一定要弄清楚巴賓頓的案情。如果托利像我感覺的那樣，有意把那些人聚在一起，那麼他說要令客人們『震驚』的事情，一定跟那個叫拉許布里傑的女人有關。我認為我們可以這樣來推斷，你說對吧，白羅？」

白羅搖搖頭，露出一種難以理解的神態。

「電報使案情更加錯綜複雜。」他喃喃地說，「但我們必須加快腳步——要非常快。」

沙特衛不明白要加快腳步的原因，但他禮貌地表示同意。

「顯然，我們要乘早晨第一班火車。呃……那就是說，我們全部都得去。」

「查爾斯爵士和我已經做了去吉靈的安排。」蛋蛋說。

「我們可以緩一緩。」查爾斯爵士說。

「我認為我們不應該暫緩任何事情。」蛋蛋說，「我們四個人沒有必要全都去約克郡。一群人都去，那是很可笑的。白羅和沙特衛去約克郡，查爾斯爵士和我去吉靈。」

「我希望去調查拉許布里傑的事情。」查爾斯爵士說話時流露出一種渴望的神情。「你知道，我，呃，我以前告訴過護士長，我說我要登門拜訪。」

「所以說，你最好離那兒遠一點。」蛋蛋說，「你自己編造了一大堆謊言，既然這位拉許布里傑女士已經清醒過來，你這大騙子不就形跡敗露了？你去吉靈才是必要。如果我們去探望米蕾小姐的母親，她會敞開心扉，對你談起很多她不對別人談的事情，你是她女兒的主人，她會對你深信不疑。」

查爾斯爵士凝視著蛋蛋那張容光煥發、誠實懇切的臉。

「我還是去吉靈吧。」他說，「我想你的意見是很正確的。」

「我知道自己是對的。」蛋蛋說。

「在我看來，這安排妙極了。」白羅高興地說，「正如蛋蛋小姐所說，查爾斯爵士是會見米蕾太太最合適的人選。你們從她那兒得到的情況，也許比我們從約克郡得到的還要重要許多。」

事情就這樣安排妥當了。第二天一早，查爾斯爵士帶著蛋蛋於九點四十五分駕車出發了。那時白羅和沙特衛已經乘火車離開了倫敦。

這是一個涼爽的早晨，迷濛的霧氣觸手可及。車子開到了泰晤士河南岸，查爾斯爵士憑自己的經驗，駕車行駛在各種捷徑的小道上，蛋蛋感到精神振奮。

他們終於飛馳在福克史東大道上。穿過梅德史東時，查爾斯爵士查看了地圖，他們離開大道，在鄉村小路上蜿蜒行駛了一會兒。大約十一點四十五分，他們終於到達了目的地。

吉靈是一個被世界遺忘的村莊。有個老教堂，一幢教區牧師的住宅，兩三間小店，一排茅屋，三、四間新建的郡政府大樓，一片極其誘人的鄉間草地。

米蕾小姐的母親住在教堂草坪對面的一間小屋子裡。

當汽車停下來時，蛋蛋問道：「米蕾小姐知道你要來看望她的母親嗎？」

「哦，是的。她已經寫了信，要老太太做好準備。」

「你認為這樣好嗎？」

「親愛的，有什麼不好？」

「哦，我知道……但你並沒有把她帶來。」

「事實上，我認為她會限制我的才能。她比我能幹多了，也許會一直在旁邊指使我。」

蛋蛋笑了起來。

米蕾太太跟她女兒兩人實在是南轅北轍。米蕾小姐很嚴厲，她卻很溫柔。米蕾小姐瘦骨嶙峋，她卻又圓又胖。米蕾太太就像一個巨大的麵糰，她躺在扶手椅中簡直不能動彈。由於座位安置得恰到好處，所以她可以透過窗口觀看外部世界發生的一切。

看來客人們的到來使她非常雀躍。

「您太好了，查爾斯爵士，我從懷歐麗那兒聽了很多你的事（懷歐麗！這個名字與米蕾小姐多不相稱）。你不知道她是多麼崇敬您！這些年來她能為您工作實在太幸運了。坐吧，莉頓．戈爾小姐。請原諒，我不能站起來，我的腿已經很多年不中用了。這是神的旨意，我不會怨天尤人，我要說的是，人能夠習慣一切。你們開車一定餓了吧，要不吃一點東西？」

查爾斯爵士和蛋蛋小姐都說不用，但是米蕾太太不聽他們的。她用東方人的方式拍了拍手掌，茶和餅乾很快就送到。在他們嚼餅乾、喝茶時，查爾斯爵士說明了來訪的目的。

「米蕾太太，我相信你已經聽說了巴賓頓先生的死亡悲劇吧？他曾經在這兒擔任過教區牧師？」

這位胖得像麵糰的女人點頭表示同意。

「對，是這樣，我讀了報上所有關於驗屍的報導，我不曉得誰會想要把他毒死。他是一個非常好的人，這兒的人都喜歡他，也喜歡他的夫人、他們的小孩。」

「這事非常離奇。」查爾斯爵士說，「我們大家都絕望了。說實在的，我們很想知道你是否能提供一些有用的東西。」

「我？可是我已經很久沒見過巴賓頓一家了啊，讓我想想……已經有十五年了。」

「我知道，但是我們有一個想法，就是有些往事，也許跟他的死有關。」

「我不知道有什麼事跟那有關。他們那時過著平靜的生活。這個可憐的家庭，還有一堆孩子，經濟狀況並不好。」

米蕾太太很樂意回首往事，但是她的回憶對他們急需解決的問題卻無濟於事。

查爾斯爵士拿一張放大的照片給她看，照片裡包括戴克斯一家。他還拿出一幅安琪拉．薩克利夫早年的肖像，和一張從報上剪下來的威爾斯小姐的相片。米蕾太太津津有味地注視著這些人像，可是沒有跡象表明她認識誰。

「我記不起他們中的任何一個人。當然，這都是很久以前的事了，這個小小的地方，不會有多少事發生。安格努家的女孩子們，就是醫生的女兒們，她們都結婚了，一個個都在外地。我們現在的醫生卻是一個光棍，他有個年輕的夥伴。還有凱利家的小姐們，那時她們常坐在教堂的長凳上，現在都死了很多年了。還有理查森一家，他死後，理查森夫人便到了威爾斯。當然，還有村裡的人們。只是那時沒有太多變化，我相信，我能告訴你的，懷歐麗都可以告訴你。那時她還是個小女孩，常常跑到教區牧師住宅去玩。」

查爾斯爵士無法想像米蕾小姐還是一個小女孩的樣子。

他問米蕾太太是否記得一個叫拉許布里傑的人，但這名字沒有引起任何反應。

最後，他們再度啟程。

接著，他們在麵包店匆匆地吃了一頓午餐。查爾斯爵士渴望在別的地方吃點肉類，但是蛋蛋認為，在這兒，他們可能會聽到當地人的閒談。

「吃一次煮蛋和烤餅，對你的身體不會有害。」她嚴肅地說道，「男人們太斤斤計較食物了。」

「我覺得吃蛋總是讓人沮喪。」查爾斯爵士心平氣和地說。

端菜的女人十分健談，她也讀了報上關於驗屍的報導。當她發現上面所說的就是那個「老牧師」時，自然被嚇得驚恐萬狀。

「我那時還是個小孩，」她解釋說，「但是我還記得他。」

然而，她沒有告訴他們多少東西。

午餐後，他們來到教堂查閱出生、結婚和死亡登記簿，仍然沒有得到任何有用的線索。他們走到教堂的院子裡，在那兒徘徊。蛋蛋讀著墓碑上的名字。

「都是些很怪的名字。」她說，「看，這兒有一家姓史特夫潘尼的。這兒有一位瑪麗・安・史提克派斯。」

「沒有哪個名字像我的那樣古怪。」查爾斯爵士咕噥著。

「卡萊特？我認為這個姓氏沒有什麼奇怪的啊。」

「我不是說卡萊特。卡萊特是我的藝名，我後來把它用作法定的姓。」

「你本來姓什麼？」

「我不能告訴你。這是我感到不安的祕密。」

「會有那麼可怕嗎？」

「別說可怕，我寧願說它幽默。」

「哦……告訴我吧。」

「一定不能告訴你。」查爾斯爵士肯定地說。

「求求你。」

「不。」

「為什麼不？」

「你會笑我。」

「我不笑。」

「你會忍不住笑我。」

「哦，告訴我吧。拜託，拜託，拜託啦。」

「你真是死皮賴臉，蛋蛋，你為什麼想要知道呢？」

「因為你不願意告訴我。」

「你這個討人喜歡的小孩。」查爾斯爵士有點招架不住了。

「我不是小孩。」

「你不是小孩嗎？我有些存疑。」

「告訴我嘛。」蛋蛋嬌柔地說。

一種滑稽而充滿憐恤的笑容使查爾斯的嘴唇扭曲了。

「好吧，我說。我父親的姓是馬格（Mugg）。」

「不會吧？」

「千真萬確。」

「唔，」蛋蛋說，「這姓有點不好。像『笨蛋那樣混日子』[20]那種……」

「對，不過這姓沒有用多久。」查爾斯像是在作夢一樣繼續說，「我記得，我自己想了個名字，叫盧多維克・卡斯提里歐尼，那時我還年輕。後來，我終於屈服了，按英語的頭韻改名為查爾斯・卡萊特[21]。」

「你的原名真的是查爾斯嗎？」

「是的，我的教父教母可以為我作證。」他猶豫了一會兒又說，「為什麼你叫我名字的時候不去掉『爵士』？」

「我會的。」

「昨天你就是這樣叫我的。那是當……當你認為我已經死了的時候。」

「啊，那時候！」蛋蛋竭力使自己的聲音保持平靜。

查爾斯爵士唐突地說：「蛋蛋，從某種角度來看，這次謀殺事件似乎不再是真實的了。特別是今天，它看起來實在是不可思議。我是說，必須把它弄個水落石出。我對這件事總是很迷信。我把這次辦案成功與另外一件事的成功聯繫在一起。唉，該死，我何必要拐彎抹角地說呢？我在舞台上談情說愛，大膽放肆，而在現實生活中卻變得顧慮重重……你究竟中意的是我，還是小曼德斯？我必須要知道。昨天，我覺得是我……」

「你是對的……」蛋蛋說。

「你這個美妙的天使！」查爾斯爵士叫了起來。

「查爾斯，查爾斯，你可不能在教堂的院子裡吻我……」

「只要我高興，我在任何地方都可以吻你……」

§

「我們什麼也沒發現。」當他們向倫敦駛去的時候，蛋蛋說。

「胡說，我們發現了最值得發現的一件事……我關心死去的牧師或醫生做什麼呢？你才是我唯一要關心的人。你知道，親愛的，我比你大了三十歲……你確定這沒關係嗎？」

蛋蛋溫柔地捏了捏他的胳膊。

20 Mug在英文裡有「笨蛋」之意。

21 查爾斯和卡萊特的第一個音節中的首音都是K。

「別傻了。不知道另外兩位是否發現了什麼。」

「隨他們的便吧。」查爾斯爵士滿不在乎地說。

「查爾斯，你過去總是一絲不苟。」

但是，查爾斯爵士此刻不再扮演大偵探的角色了。

「好啦，這是我自己的演出。現在我已經把事情移交給大鬍子白羅了。」

「你認為他真的知道誰是凶手嗎？他可是這麼說啊。」

「也許連個鬼影子也沒有，不過他得保住他在這一行的名聲。」

蛋蛋不說話了。查爾斯爵士說：「你在想些什麼，親愛的？」

「我在想米蕾小姐的事，那天晚上，她的舉止非常古怪，我曾經告訴過你的。她買了一份有驗屍報導的報紙。她說她不知道該怎麼辦。」

「胡說。」查爾斯爵士愉快地說，「那個女人永遠都知道該做什麼。」

「認真一點吧，查爾斯。她的話聽起來……有點憂心的樣子。」

「蛋蛋，我親愛的，我們為什麼要去關心米蕾的煩惱呢？除了你和我，我們為什麼要關心別人的事呢？」

「你最好注意點，別撞上這些電車啊！」蛋蛋說，「我可不想還沒結婚就守寡。」

他們回到查爾斯爵士的住宅去吃茶點。米蕾小姐出來迎接他們。

「有你的一份電報，查爾斯爵士。」

「謝謝你，米蕾小姐。」他大笑起來，那是一陣神經質的童稚笑聲。「你聽著，我要宣布個好消息，莉頓．戈爾小姐和我就要結婚了。」

米蕾小姐愣了一下，接著說：「哦！我相信，我相信你們會非常幸福。」

她的聲音有一種奇怪的腔調。蛋蛋注意到了這一點，但是，她還來不及思索她的反應，查爾斯．卡萊特已經拿著電報在她眼前揮動，同時發出一陣短促的尖叫。

「天啊，你看看這個，蛋蛋，是沙特衛發來的。」

他將電報塞進她的手中，蛋蛋讀著，眼睛睜得老大。

13 拉許布里傑太太

趕去搭火車之前，赫丘勒・白羅和沙特衛與巴塞羅繆・史全奇的祕書林登小姐進行了一次簡短的談話。林登小姐非常樂意幫忙，可是並沒有告訴他們任何有價值的訊息。德・拉許布里傑太太的名字，只是在巴塞羅繆爵士的病例登記簿裡按慣例登記。巴塞羅繆爵士只用醫學術語寫到她，除此之外，從來沒有再提過。

大約十二點左右，兩人抵達療養院。開門的女僕很緊張，臉也紅了。沙特衛首先要求見見護士長。

「我不知道她今天上午是否能見你們。」她含糊地說。

沙特衛撕下一張紙片，在上面寫了幾個字。

「請把這個交給她。」

他們被帶進一間候診室。五分鐘後，門開了，護士長走了進來。她現在看起來完全不像平時那樣輕鬆俐落。

沙特衛站了起來。

「希望你還記得我。」他說，「我和查爾斯爵士在巴塞羅繆．史全奇爵士去世之後，來過這兒。」

「是的，沙特衛先生，我當然記得你。而且，查爾斯爵士又來問過拉許布里傑太太的情況。這好像是一種巧合。」

「容我介紹一下，這位是赫丘勒．白羅先生。」

白羅鞠了個躬，護士長心不在焉地還了禮。她繼續說：「我不明白你們怎麼會接到那個電報。整件事變得非常離奇古怪。不管怎麼說，它顯然不可能與醫生的死有關，對吧？一定有個瘋子在搞鬼，這就是我唯一的想法。警察也來這兒了，一切都亂七八糟，真是可怕。」

「警察？」沙特衛驚訝地說。

「是的，十點以後，他們就一直待在這兒。」

「警察嗎？」赫丘勒．白羅說。

「也許我們可以去看看德．拉許布里傑太太了。」沙特衛提出要求。「既然她要我們來……」

護士長打斷了他的話。「哦，沙特衛先生，這麼說來，你們還不知道？」

「知道什麼？」白羅趕緊追問道。

「可憐的德·拉許布里傑太太已經死了。」

「死了？」白羅叫了起來。「Mille Tonnerres[22]！這下子再再清楚不過了，我早該發現的……」他中斷了喃喃自語，「她怎麼死的？」

「十分奇怪。有人送了一盒巧克力給她——酒心巧克力，是郵寄來的。她吃了一大塊。一定非常難吃，但是她仍詫異地嚼著，而且還把它吞了下去。人們總是不願意把吃下去的東西吐出來。」

「呀呀，如果酒突然流進你的喉嚨裡，要吐出來是很困難的。」

「所以她吞了下去，大聲叫喊著。護士衝了進去，但是我們已無能為力。兩分鐘之後，她便死了。醫生報了警，警察來了，檢查了巧克力。上面那層的每一塊都被動過，但裡面都是好的。」

「有人下了毒？」

「他們認為是尼古丁。」

「對。」白羅說，「又是尼古丁。多麼毒辣的手段！多麼肆無忌憚！」

「我們來遲了一步，」沙特衛說，「我們再也不會知道她要告訴我們什麼，除非她……除非她轉告了別的人。」他說著，疑惑地看著護士長。

白羅搖搖頭。

「你會發現，我們將一無所獲。」

「我們可以問問看，」沙特衛說，「也許會有護士知道。」

「就問吧。」白羅說，但他的聲音裡沒有流露出任何希望。

沙特衛轉身向護士長，她立即叫來兩個護士。她們曾分別值日夜班，負責照料德·拉許布里傑太太。但是，她們倆都沒有提供更多的線索。德·拉許布里傑太太從來沒有提起過巴塞羅繆爵士的死，她們甚至不知道發電報的事。

應白羅的要求，他和沙特衛被帶到死者的房間。他們看見跨區警官正在忙著。沙特衛將他介紹給白羅。

他們走到床邊，認真地查看這個女人的屍體。她約莫四十歲，黑頭髮，皮膚蒼白，面部不安詳，顯然死前極度痛苦。

沙特衛緩緩地說：「可憐的人……」

他看看對面的赫丘勒·白羅。在這位矮個子比利時人的臉上，有一種奇異的表情。那神態使沙特衛不寒而慄。

沙特衛說：「有人知道她要說話，所以殺了她。滅口……」

白羅點了點頭。

22 法語，意思是「青天霹靂」。

「是的，正是這樣。」

「謀殺她是要避免她告訴我們真相。」

「或許她其實什麼都不知道。我們別耽誤時間，有許多事要做。絕不能再有人死亡了。我們必須謹慎。」

沙特衛好奇地問道：「這符合你對凶手的判斷嗎？」

「是的，完全相符。但是，我意識到一件事情，凶手比我想的還要危險……我們必須小心行事。」

跨區警官跟隨著他們走出屋子，了解他們接到電報的相關情況。電報是交到梅爾福特郵局的。經查詢，電報是由一個小男孩交來的，那天當班的小姐還記得這事，因為電報內容使她非常驚慌，上面提到了巴塞羅繆．史全奇爵士的死。

他們與警官一起吃了午飯，又給查爾斯爵士發了一封電報。新的偵查又開始了。

傍晚六點，遞交電報的小男孩找到了，他很快地說了事情經過。是一位穿著破舊的男人交給他這份電報稿，並告訴他，電報稿是「公園裡那幢房子」的一個「瘋子太太」給他的。他說她從窗口扔下電報稿，麵包裡裹著兩個半克朗舊銀幣。這男人說怕誤了自己的急事，他要去的地方又與郵局方向相反，於是他給男孩兩先令六便士，要他發出電報，不用找錢。

應當追查這個男人。他們在這兒已無事可做，於是，白羅與沙特衛只好趕回倫敦。

他們兩人回到倫敦時，時間已臨近午夜，蛋蛋已經回去她母親那兒。查爾斯爵士來和他們碰頭。三個男人開始討論事態的發展。

「我的朋友，」白羅說，「照我說的去做。查清這個案件的唯一要素是動動大腦中的灰色小細胞。要跑遍英國，找到這個人，要他告訴我們他想知道什麼——這些手段是半路出家的人做的事，手法粗劣。真相只能從內部發現。」

查爾斯爵士顯得有點迷惑不解。

「那麼你要做什麼？」

「我要進行思考。我要求你給我二十四個小時去想問題。」

查爾斯爵士面帶微笑搖起頭來。

「難道思考能讓你知道，那女人如果活著會告訴你什麼嗎？」

「我相信可以。」

「這看起來幾乎是不可能的。不管怎麼說，白羅先生，你儘管用自己的方式達到目的。如果你能看穿這個疑團，那我認了，而且會接受這一切，因為這已超出了我的能力範圍，何況我另有要事。」

也許他希望他們向他提出問題，若真是這樣，他的期望眼看是落空了。沙特衛警覺地抬起頭來，但白羅已經陷入了沉思。

「好吧，我得走了。」演員說，「哦，還有一件事。我相當擔心……威爾斯小姐。」

「她怎麼樣了？」

「她走了。」

白羅瞪著他看。

「走了？去哪兒？」

「沒人知道。自從我收到你們的電報以後，我一直在思索。正如我那次告訴你的一樣。我確信，有件事情那女人沒有告訴我們。我當時想，我要做最後一擊，從她口中把那件事套出來。我開車去她家，到那兒已經晚上九點半了。

「我要求見她。他們說今天早晨她已經離開家了，據她自己說是去倫敦住一天。傍晚，她的家人得到一封電報，說她不回家了，要在外面住一兩天，不用擔心。」

「他們擔心嗎？」

「我想他們一定很擔心。她什麼行李也沒帶。」

「怪了。」白羅喃喃地說。

「我知道。好像……感覺真怪，讓人不安。」

「我警告過她。」白羅說，「我警告過每一個人。你還記得我對大家說的話嗎？我說，現在該說了。」

「是的，是的。你認為她也是……」

「我自有主張。」白羅說，「現在我不想討論這件事。」

「首先是管家埃利斯，然後是威爾斯小姐。埃利斯在哪兒？真不可思議，警察一直抓不到他。」

「他們還沒有在正確的地方尋找他的屍體。」

「那麼你是同意蛋蛋的看法，認為他已經死了？」

「埃利斯是不會活著被發現的。」

「我的天啊！」查爾斯爵士突然叫起來。「這是一場惡夢。整個案件完全不可思議。」

「不，不，正相反。事情完全符合情理，也符合邏輯。」

查爾斯爵士凝視著他。

「你這麼覺得嗎？」

「是的。因為我具有條理清晰的思維。」

「我不懂。」沙特衛先生好奇地看著矮個子偵探。

「那麼我具有什麼樣的思維呢？」查爾斯爵士問這話時帶有一點譏諷。

「你具有演員的思維，查爾斯爵士，富於創造性，別出心裁，看待一切總是從戲劇觀點出發。沙特衛先生具有戲迷的思維，他觀察性格，有感受氣氛的特質。但是我，我的思維講究實際，毫無詩意。我只看事實，不需要舞台上的布景和燈光。」

「那麼，我們要讓你一個人去思考了。」

「我希望如此，而且需要二十四個小時。」

「那麼，祝你好運。晚安。」

當他們同時離開白羅時，查爾斯爵士對沙特衛說：「那傢伙只想到他自己。」

他說話的口氣相當冷淡。

沙特衛笑了。演員的本質出現了，原來是這麼回事。他說：「你說你另有要事，這是什麼意思，查爾斯爵士？」

查爾斯爵士臉上出現了一種羞怯的表情，這使得沙特衛確信，他就要在漢諾威廣場參加某人的婚禮了。

「這個，其實……呃，蛋蛋和我……」

「真是令人欣喜的好消息。」沙特衛說，「恭喜你。」

「當然，我比她年長很多歲。」

「她不會在意的。她的決斷很正確。」

「你真好，沙特衛。你知道，我過去一直以為她對小曼德斯感興趣。」

「真奇怪，你為什麼會那樣想。」沙特衛天真地說。

「不管怎麼說，」查爾斯爵士肯定地說，「她對他並沒有興趣……」

14 米蕾小姐

白羅決意用來思考問題的二十四小時，還是被中斷了。

第二天十一點二十分，蛋蛋出乎意料地走了進來。令她驚訝的是，她看見大偵探正在聚精會神地玩著用紙牌蓋房子的遊戲。她臉上立刻顯露一種輕蔑的神情，使得白羅不得不為自己辯解。

「小姐，並不是我這麼大的年齡還玩小孩的遊戲。絕不是。我早就發現，用紙牌蓋房子對思維有很大的刺激和啟發作用。這已經成為我的老習慣。今天上午，我做的第一件事就是出去買一盒卡片。不巧，我犯了一個錯誤，它們不是真正的紙牌。不過它們也可以代替。」

蛋蛋注意看著桌子上聳立的建築物。她大笑起來。

「天啊！他們賣給你的是『快樂家庭』。」

「你說什麼？『快樂家庭』？」

「是的，這是一種遊戲。是小孩子在托兒所玩的。」

「哦，也好，我可以用同樣的方式建構房子。」

蛋蛋從桌子上拿起幾張卡片，津津有味地看著它們。

「胖師傅，就是麵包師的兒子，我總是很喜歡他。還有一個馬格太太，是送牛奶先生的妻子——啊，天哪！我想這就是我。」

「為什麼這麼滑稽的圖片是你，小姐？」

「因為這名字。」

蛋蛋看著他那張迷惑不解的臉笑了起來，然後向他解釋這名字的來龍去脈。聽蛋蛋講完以後，他說：「哦，這就是昨天晚上查爾斯爵士那句話的意思。我不太明白，mug……哦，對了，人們在俚語中會用到，但不太常用。說某某人是一個mug，意思是說他是個笨蛋，對吧？自然他要改名字。你也不喜歡人家叫你笨蛋太太吧？」

蛋蛋笑起來。她說：「好啦，祝我幸福吧。」

「我衷心祝你幸福，小姐。不是青年時期的短暫幸福，而是持久的幸福，是建築在磐石般基礎上的幸福。」

「我要告訴查爾斯，你把他叫作『磐石』，」蛋蛋說，「今天我來你這兒的目的是，我非常非常擔心從奧利佛皮包裡掉出來的那張剪報，你知道吧，就是威爾斯小姐拾起來的那個東西。在我看來，奧利佛說他不記得報紙在皮包裡，要不是說謊，就是從未放在那兒——或許他只是掉了一張奇怪的剪報，那個女人便瞎說那上面是有關尼古丁的報導。」
「為什麼她要那樣做呢，小姐？」
「因為她想開脫罪責，把它栽贓給奧利佛。」
「你是說她是罪犯？」
「是的。」
「她的動機是什麼？」
「問我沒用。我只能推測，她是個精神病患，聰明的人往往有些瘋瘋癲癲。我還找不出其他原因。實際上，我至今仍沒發現任何動機。」
「那一定是此路不通。我不該要求你去猜犯案動機。我一直不停地問我自己這個問題：將巴賓頓先生置於死地的動機是什麼？一旦我能回答這個問題，這個案子也就破了。」
「你認為不是精神病……」蛋蛋提醒他說。
「不，小姐。不是你說的那種精神病。這當中有某種原因。我必須發現這種原因。」
「好吧，再見了。」蛋蛋說，「對不起，打擾你這麼久。只是我剛剛冒出這個看法，我就想趕快告訴你。我要跟查爾斯爵士去看《小狗笑了》的彩排，這是威爾斯小姐為安琪拉·薩克利夫小姐寫的劇本，明天晚上就是首演。」
「我的天啊！」白羅叫道。
「什麼？發生了什麼事？」

「是的，確實發生了一件事。一種思想、一個精采的念頭。哦，但我真是盲目，我真是瞎了眼。」

蛋蛋注視著他。白羅似乎意識到他的反常情緒，很快控制住自己。他拍了拍她的肩膀。

「你會認為我瘋了，但不是的。我聽到你說什麼了。你剛才說要去看《小狗笑了》，薩克利夫小姐在劇中扮演主角。你們去吧，對我說的話不要在意。」

蛋蛋疑慮重重地離開了，只留下白羅一個人。他在屋裡快步地走來走去，伴隨著他的呼吸和竊竊私語。他的眼睛像貓一樣閃著綠光。

「這就對了……這就可以解釋一切了。一個古怪的動機，非常稀奇古怪的動機。這樣的動機我從來都沒有碰見過，然而卻是合乎情理的。在一定環境下，這也是自然而然的，儘管這確是一樁非常離奇古怪的案件。」

他走過餐桌，他的紙牌樓房還聳立在那兒。他隨手一揮，桌上的紙片全都被他掀倒了。

「快樂家庭，我不再需要它了。」他說，「難題已經解決，就等著行動了。」

他抓起帽子，披上大衣，走下樓來，侍從為他叫來了一輛計程車。白羅告訴司機查爾斯爵士住宅的地址。

到了那兒，他付了車費，逕自走進大廳。開電梯的服務生不在，白羅只好走上樓去。當他到了二樓，查爾斯爵士房子的門打開了，米蕾小姐走了出來。

她一見白羅就說：「是你！」

白羅笑了。

「是我！不是嗎？我又來了！」

米蕾小姐說：「恐怕你找不到查爾斯爵士了。他和莉頓．戈爾小姐去巴比倫劇院了。」

「我找的不是查爾斯爵士。我想，有一天我把手杖掉在這兒了。」

「哦，是這樣。好吧，你摁鈴，達珮會給你找手杖。對不起，我不能待在這兒，我正準備去趕火車。我要去肯特郡，到我母親那兒。」

「我了解。我不會耽誤你的，小姐。」

他站在一旁，米蕾小姐提著一個小皮箱，匆匆經過他身邊走下樓梯。

她離開後，白羅似乎忘記了他的來意。他沒有繼續走上樓梯平台，而是轉身回到樓下。他走到大門口，正好看見米蕾小姐走進一輛計程車。另一輛計程車沿著小路邊慢慢開來，白羅把手一伸，它便停了下來。他鑽了進去，要司機緊跟剛才那輛車。

第一輛計程車往北駛去，最後在派汀頓火車站停下。雖然從派汀頓車站坐車前往肯特郡顯然有些奇怪，但白羅臉上並沒有驚訝的表情。他走到頭等車廂售票窗口，買了一張去魯茅斯的來回車票。五分鐘後，火車準點出站。他安坐在頭等車廂的一個角落，由於天氣寒冷，他把大衣領拉到耳邊。

大約五點鐘，火車到達魯茅斯的小車站。天色已經暗下來。白羅站在靠後的地方，他聽見一個侍者友善地向米蕾小姐打招呼。

「好吧，小姐，沒有想到你會來。查爾斯爵士要來嗎？」

米蕾小姐回答說：「我來這兒一定出乎你們預料。明天一早我就回去。我來拿點東西。不，我不想乘計程車，我沿岸邊的石頭小路走上去。」

天色更黑了。米蕾小姐快步走上陡峭的崎嶇小路，白羅隱蔽在後面的路上緊緊跟隨。他腳步輕盈，像貓一般。到達鴉巢屋時，米蕾小姐從提包裡拿出鑰匙，穿過側門，並讓它半開著。一兩分鐘後，她又走了出來，手裡拿著生鏽的鑰匙和一支手電筒。白羅往後一退，躲在茂盛的灌木叢後面。

米蕾小姐繞過樓房後面，爬上一條雜草叢生的小道，赫丘勒．白羅跟著她。她不斷地往上爬，最後突然在一個古老的石塔前停下。這種石塔在海岸邊很常見，但這個塔比較矮小。然而，滿是灰塵的窗子裡有一塊窗簾遮蓋。米蕾小姐把鑰匙插進大木門上的鎖裡。

鑰匙轉動時喀嚓作響。門開了，鉸鏈發出一陣呻吟。米蕾小姐打開手電筒走了進去。

白羅快步跟上，他也同樣輕手輕腳地穿過大門。米蕾小姐手裡的手電筒不安地閃著微光，照著周圍的玻璃蒸餾器、本生煤氣燈，還有各種各樣的儀器。

米蕾小姐拾起一根鐵棍，把它舉起來，正準備往下面的玻璃儀器打去。突然有一隻手抓住她的手臂。她倒吸了一口氣，轉過身來。

白羅那雙貓一樣的綠眼睛直瞪瞪地盯著她。

「你不能那麼做，小姐。」他說，「因為你企圖破壞的是犯罪證據。」

15 落幕

赫丘勒．白羅先生坐在一張很大的單人沙發裡。壁燈已經關掉，只有一盞玫瑰色的燈照在沙發裡的他身上。這似乎有某種象徵意義。他獨自坐在燈光之下，另外三個人是白羅的聽眾——查爾斯爵士、沙特衛和蛋蛋．莉頓．戈爾，他們坐在燈光外的黑暗裡。

赫丘勒．白羅的聲音朦朧如夢，他似乎在對著空中而不是對著他的聽眾演講。

「弄清犯罪真相是偵探的目的。為了弄清犯罪真相，人們必須累積一個又一個的事實，正如我們在玩紙牌蓋房子遊戲時堆積一張又一張的卡片。如果事實不成立，就如卡片失去了平衡。於是，你必須重新開始，否則它就會倒塌。

「正如我前兩天說的，有三種不同類型的思維：有戲劇性的思維，即創造性思維，它主張現實可以用機械的設備製造出來。還有一種對戲劇表演反應敏捷的思維或青春浪漫型的思維。最後一種，朋友們，那就是現實性的思維，這種思維看見的不是藍色的大海和含羞草，而是舞台背景上繪製的黑布。

「於是我來了，我的朋友們，來偵查八月謀殺史蒂芬．巴賓頓的案件。那天晚上，查爾斯．卡萊特爵士提出了他的觀點：史蒂芬．巴賓頓是被謀殺的，我當時不同意這個觀點，第一，我不相信像史蒂芬．巴賓頓這樣一個人會被謀殺。第二，我不相信，在那天晚上的客觀環境下，能有機會對某個特定的人下毒。

「現在，在這兒，我承認查爾斯爵士是對的，是我錯了，錯就錯在我是從一個完全錯誤的角度來看待這次犯罪。就在二十四小時之前，我突然發現了正確的視角。現在我要說，從這個角度來看，史蒂芬．巴賓頓被謀殺既是合情合理的，也是可能的。

「不過，我想把這事暫時先擱著，先帶你們沿著我踏過的小路一步一步往下走。我把史蒂芬．巴賓頓之死叫作我們演出的第一幕。當我們從鴉巢屋退場時，幕也就落下了。

「這場戲的第二幕，是從沙特衛先生給我看巴塞羅繆爵士的死亡報導時開始的。當下事實頓時明朗，查爾斯爵士判斷正確，我判斷錯誤。史蒂芬．巴賓頓和巴塞羅繆．史全奇爵士都是被謀殺的。兩次謀殺是同一個犯罪案件的兩次做案。後來，第三次謀殺——殺害德．拉許布里傑太太完成了整個做案系列。因此，我們需要形成一個非常理性的觀點，就是把三次死亡事件聯繫在一起，形成一個合情合理、一目了然的觀點。這個觀點就是：三次謀殺都是同一個人所為，而且，謀殺對這個人有利可圖。

「現在我得說，困擾我的是，為什麼謀殺巴塞羅繆．史全奇爵士會安排在謀殺史蒂芬．

巴賓頓之後。如果按時間和地點的差異來觀察這三次謀殺，很有可能巴塞羅繆．史全奇的謀殺案，包含著我們可稱之為『中心犯罪事實』，或者『主要犯罪事實』，其他兩次謀殺案在性質上可稱為『次要犯罪事實』。那就是說，這個結論是從這兩個人與巴塞羅繆．史全奇爵士的關係中得出的。然而，正如我之前所說的那樣，人們犯罪都不是隨心所欲的。史蒂芬．巴賓頓先被謀殺，因而第二次謀殺好像是緣於第一次謀殺。據此，第一次謀殺似乎是整個事件的關鍵。

「到那時為止，我仍然傾向於概括論的觀點，以致一種錯誤的想法在我腦袋裡形成。是否有這種可能：巴塞羅繆是被預謀殺害的第一個犧牲者，而巴賓頓先生中毒只是一個失誤？然而，我被迫放棄了這種觀點。凡是認識巴塞羅繆．史全奇爵士的人，不管對爵士熟悉到什麼樣的程度，都會知道他有厭惡雞尾酒的習慣。

「另一個觀點是，凶手毒害的對象是第一次宴會的另外一個人，卻錯把史蒂芬．巴賓頓給毒死了。我找不到支持這個意見的任何證據，因此，我不得不回到原來的結論，即殺害史蒂芬．巴賓頓必定是有預謀的。但我立刻又遇到了一塊很大的絆腳石——這個結論明顯是不可能成立的。

「人們總是帶著最簡單、最明顯的觀點去開始查詢。假設史蒂芬．巴賓頓喝下了有毒的雞尾酒，那麼是誰才有機會在雞尾酒裡下毒呢？乍看之下，我以為能幹這件事的只有兩個人，比如說調酒和拿酒杯的人：即查爾斯．卡萊特爵士自己和接待女僕達珮。儘管他們兩個人都有可能將毒品放入酒杯，但他們兩人沒有誰有機會安排好將那個酒杯送到巴賓頓手中。達珮可以熟練地由托盤遞送酒杯，最後剩下那個有毒的酒杯，然後遞給他，因此她可能做案（不容易，但可以做得到）。查爾斯爵士可以別有用心地拿起那個酒杯，然後遞給他，因此他也可能做案。但兩種情況都沒有發生。看起來，好像是偶然的，只有偶然的機遇才會把那杯有毒的酒送到史蒂芬．巴賓頓手中。

「查爾斯．卡萊特爵士和達珮都接觸過那些雞尾酒。但他們兩人有誰參加了梅爾福特修道院的宴會？都沒有。誰最有可能調換巴塞羅繆的葡萄酒杯？是潛逃的管家埃利斯以及他的助手接待女僕。然而，客人中有人做案的可能性，無論如何都不能排除。這得冒很大的險，但不無可能，因為參加宴會的任何一個人都有可能溜進客廳，將尼古丁放進葡萄酒杯中。

「當我在鴉巢屋加入你們的行列時，你們已經整理出參加過鴉巢屋和梅爾福特修道院兩次宴會的客人名單。現在我可以說，列在最前面的四個名字：戴克斯船長及夫人，薩克利夫小姐和威爾斯小姐，我立刻就排除了。

「這四個人事先絕不可能知道他們會在宴會上碰見史蒂芬．巴賓頓。施放尼古丁毒品的手法是經過精心策畫的，絕不可能一時心血來潮就能做到。名單上還有三個人——瑪麗．莉頓．戈爾夫人、莉頓．戈爾小姐和奧利佛．曼德斯先生。雖然可能性不大，但還是有可能。他們都是當地人，可以想像都有除掉史蒂芬．巴賓頓的動機，而且可能選定召開宴會的那天晚上將他們的陰謀付諸實踐。

「但另一方面，我並沒有發現任何證據顯示他們犯了案。

「我想，沙特衛先生的推理在很大程度上跟我的一樣，他把嫌疑放到奧利佛．曼德斯身上。可以說，小曼德斯在當時還是最有可能的嫌疑人選。在鴉巢屋那天晚上，有種種跡象顯示，他處於高度的精神緊張之中。由於他個人處境艱難，對生活有某些扭曲的觀點，又正值不穩定的年齡。事實上，他曾經與巴賓頓先生爭吵過，或者說他對巴賓頓先生表現出一種憎惡的情緒。然後，梅爾福特修道院發生的事情讓人感到奇怪。接著又有他收到巴塞羅繆．史全奇來信那個不可思議的故事，還有威爾斯小姐證實他持有一張尼古丁中毒的剪報。

「就這樣，奧利佛．曼德斯的名字顯然被排在七個嫌疑人的名單之首。

「但後來，我的朋友們，一種奇妙的感覺出現在我的腦袋裡。那個做案的罪犯必定是兩次宴會都在場的人，這是顯而易見的事，也是合乎邏輯的。換句話說，他出現在七人名單之列。不過，我有一種感覺，這是有人刻意安排得如此明顯。這是一位頭腦清楚、思維縝密的人才有可能想到的。我猜我看到的不是現實，而是一塊藝術加工繪製而成的布景。這個確實精明的罪犯非常了解出現在名單上的任何人都必然會成為嫌疑人。因此，他，或者她，就有意不讓自己出現在名單上。

「換句話說，殺害史蒂芬．巴賓頓和巴塞羅繆．史全奇爵士的凶手，兩次宴會都在場，但又沒讓人發現。

「第一次在場的人，有誰第二次沒出現？查爾斯．卡萊特爵士、沙特衛先生、米蕾小姐和巴賓頓太太。

「在這四個人當中，有誰比其他人更有可能在第二次宴會上出現呢？查爾斯爵士和沙特衛先生已經去了法國南部，米蕾小姐在倫敦，而巴賓頓太太在魯茅斯。那麼，四個人之中，米蕾小姐和巴賓頓太太看來是眾矢之的。但是，米蕾小姐怎麼可能在梅爾福特修道院的宴會上露面而不被客人們認出來呢？米蕾小姐有讓人印象深刻的外貌，難以偽裝，也難以被人遺忘。我確信米蕾小姐不可能出現在梅爾福特修道院而不被人認出來。巴賓頓太太的情況也跟她類似。

「同樣的問題，沙特衛先生和查爾斯．卡萊特爵士可能在梅爾福特修道院出現而不被認出來嗎？沙特衛先生雖有這個可能，但是，我們再想到查爾斯．卡萊特爵士時，我們就會茅塞頓開。查爾斯爵士是個演員，習慣於扮演角色。但他會扮演什麼角色呢？

「我們想到了管家埃利斯。

「埃利斯是個非常神祕的人物。他在案件發生兩週前，從一個不知名的地方來到這兒，然後在案件之後消失得無影無蹤。為什麼埃利斯可以如此為所欲為？因為埃利斯這個人根本不存在。埃利斯是一張紙板像，一幅畫，或者一塊舞台布景——埃利斯不是真的。

「但這可能嗎？畢竟，梅爾福特修道院的僕人們都是認識查爾斯．卡萊特爵士的，因為他是巴塞羅繆．史全奇爵士的好友。我曾經輕而易舉地試探過那些僕人，假扮管家是不用冒任何風險的，為什麼呢，因為萬一僕人認出了他，那也是無關緊要，可以當作一場惡作劇一笑了之。另一方面，如果兩週之後沒有引起任何懷疑，那正好，一切都順理成章。我回憶起僕人們描述管家的談話：他有紳士般的風度，曾受雇於有地位的人家，知道許多軼聞趣事。這都是再簡單不過的事。但接待女僕艾麗斯提供了一個非常有價值的陳述。她說：『他處理事情跟我見過的其他管家完全不同。』我反覆思考這句話，開始確認我的觀點。但是，巴塞羅繆．史全奇的案子又是另外一回事了。簡直難以想像，他的朋友竟會向他下毒手。他必定是知道了他裝扮管家的事。對此我們有證據嗎？有的。觀察敏銳的沙特衛先生，在事件剛開始就抓住了一個重要細節——就是巴塞羅繆爵士開玩笑的那句話（這話完全不像他平常對僕人們所說的）：『埃利斯，你真是一流的管家。』如果管家是查爾斯爵士裝扮的，這就完全可以理解了，因為巴塞羅繆是在開玩笑。

「毫無疑問，巴塞羅繆爵士看出了問題。但他誤認為裝扮埃利斯只是一場惡作劇，甚至可能是一次打賭。於是成功的騙局被設計成這次宴會的高潮，因此出現了巴塞羅繆爵士表示驚訝和幽默的那些話。還必須注意，那時仍有時間放棄做案。如果那天晚上參加宴會的人也能察覺出餐桌邊的查爾斯，那麼一切就會改變，整件事會被當作一場惡作劇而結束。可惜誰也沒注意這位彎腰駝背的中年管家，沒有人注意他那茄色的黑眼睛、落腮鬍子和畫在手腕上的胎記。這胎記是一個能鑑別真相且非常細微的特徵。由於善良的人們缺乏觀察，他們完全不能識別出來。這胎記是有意塗成一大塊，用於日後對埃利斯的描述。可是整整兩週竟然沒人注意到！發現這胎記的只有目光敏銳的威爾斯小姐，我們等一會兒還要談到她。

「接著發生了什麼呢？巴塞羅繆爵士死了。這次的死亡再沒有人認為是自然死亡。警察來了。他們查問埃利斯和其他的人。接著，就在那天晚上，『埃利斯』從祕密通道逃走了，他恢復本來的自我。兩天後，他已在蒙地卡羅的花園裡漫步，準備在接到他朋友的死亡噩耗時表現出驚恐萬狀的神色。

「請記住，這就是我全部的判斷。我並沒有實際去證明，但是所發生的一切都能支持我的這些判斷。我用紙牌修建的房子又穩又牢。在埃利斯屋裡找到的那些敲詐信件是怎麼回事呢？那不過是查爾斯爵士自己發現的！

「那麼所謂巴塞羅繆爵士要求小曼德斯製造一起事故，又是怎麼回事呢？這個，假冒巴塞羅繆的名義寫那樣一封信，對於查爾斯爵士來說是何等容易。假如曼德斯自己不毀掉那封信，裝扮成埃利斯的查爾斯爵士在等候這個年輕紳士時，也很容易毀掉它。同樣地，那張剪報也是由埃利斯輕而易舉地塞入奧利佛的提包裡。

「現在，讓我們來談談第三個犧牲者——德·拉許布里傑太太。我們是什麼時候第一次聽到德·拉許布里傑這個名字？就是在埃利斯剛剛被稱為『一流的管家』這句打趣的話之後。這種話也和巴塞羅繆·史全奇爵士平時的言辭極不相稱。無論如何，必須把視線從巴塞羅繆的言談舉止轉向他的管家。查爾斯爵士問過管家帶來了什麼樣的消息？這是關於那個女人的——她是醫生的病人。查爾斯爵士立即使出渾身解數，竭力將我們的注意力從管家那兒移開，轉向那位不為人所知的女人身上。他到了療養院，詢問護士長。他圍繞拉許布里傑太太太做文章，以引開別人的視線。

「我們現在來觀察一下威爾斯小姐在這齣戲裡所扮演的角色。威爾斯小姐生性好奇，她是一個不會引起外界注意的人。她既不漂亮、不俏皮，也不靈巧，甚至沒有同情心，她是個極其普通的人。但是她的觀察力非常敏銳，智商極高，她用自己的筆向世界報復，在紙上創造人物她有很高的技巧。我不知道管家身上有什麼使威爾斯小姐印象深刻及感到異常之處，但是我認為她是餐桌上唯一注意到他的人。謀殺之後的第二天，她那永不滿足的好奇心驅使她到處打聽，東張西望，正如那女僕說的那樣。她溜進戴克斯的房間，穿過呢布簾門，進入僕人的臥室。我想，她是出於一種貓鼬式的本能，企圖發現其中的祕密。

「她是唯一能夠引起查爾斯爵士不安的人。這就是為什麼他急於要成為調查她的人。直到進行訪談之後，他好不容易才放下心來，而且對她注意到胎記的事實感到心滿意足。不過好景不長，在那之後，我沒有意識到，威爾斯小姐已經將管家埃利斯與查爾斯．卡萊特爵士聯繫在一起了，我以為她只是模模糊糊地感到埃利斯與某個人有某種相似之處。但是她可真是個觀察家，當菜盤遞到她跟前的時候，她情不自禁地注視著端菜的那雙手，而不是臉。

「她那時還沒有想到埃利斯就是查爾斯爵士。但是，當查爾斯爵士後來和她談話時，她猛然意識到查爾斯爵士就是埃利斯！於是，她要求他假裝遞給他一盤蔬菜。使她感興趣的不是胎記在右手腕還是左手腕。她只是想找個藉口去觀察他的手，觀察他擺放的姿勢，那正是管家埃利斯的手。

「就這樣，她接近了真相。然而，她是一個特殊的女人，她只為自己的寫作而追求知識。此外，她無論如何也沒想到，查爾斯爵士會謀殺他的朋友。他假裝成管家，是的，但這未必會使他成為凶手。很多無辜的人保持沉默，只是因為擔心說多了話會讓自己陷於困境。

「於是威爾斯小姐隱瞞了她的想法，自己一個人欣賞。但是查爾斯爵士可著急了。他討厭他離開客廳時她臉上的那種惡意的滿足感。她知道了什麼呢？對他有影響嗎？他一無所知。但是他感到那只是與管家埃利斯有關的事情。先是沙特衛先生，現在是威爾斯小姐。必須將他們的注意力從這個致命的事情上引開，焦點必須對準別的地方。於是他想出了一個計畫，既簡單又大膽，而且正如他想像的那樣，具有明顯的欺騙性。

「在我舉行雪利酒會那天，我知道查爾斯爵士一定起得很早。他到了約克郡，化了裝，穿著破舊的衣服，叫了一個小孩去發電報。然後他及時趕回城裡，面對客人們，根據我的小小劇本的要求，演出了那場戲。他多做了一件事：他寄了一盒巧克力給他從來未見過、也一無所知的女人。

「你們都知道那天晚上發生的事情。從查爾斯爵士的不安，我確信威爾斯小姐已經對他有所懷疑。當查爾斯爵士『倒地身亡』時，我看著威爾斯小姐的臉。我看見她的臉上出現了一種驚訝的神色。那時我就知道，威爾斯小姐必定懷疑查爾斯爵士是那個凶手。當他演到自己也像前面的人一樣中毒死亡時，她以為她的推斷一定是錯了。

「如果威爾斯小姐懷疑查爾斯爵士，那麼她就會處於嚴重的危險之中。一個已殺了兩個人的凶手，會再次殺人，因而我發出十分嚴肅的警告。後來，就在那個晚上，我透過電話跟威爾斯小姐交換了意見。第二天，她便按我的忠告突然離開了家。從那以後，她一直住在這家旅館裡。後來的事實證明了我的明智之舉。第二天，當查爾斯爵士從吉靈回來以後，又連夜趕到圖廷。他太遲了，鳥兒已經飛了。

「與此同時，按照他的盤算，計畫進行得十分順利。拉許布里傑太太有重要的事要告訴我們，卻在她說話之前被殺。多麼富有戲劇性！多麼像偵探小說、偵探話劇和偵探電影！同樣是舞台上的紙板、華麗的裝飾和繪製的布景。

「但是我，赫丘勒．白羅，沒有被矇騙。沙特衛先生對我說，她被殺了，她再也不會說話了。我同意，他繼續說，她在說出她知道的祕密之前被人殺了。我說：『或許她什麼都不知道。』我相信他一定很迷惑，但他當時應當看出事實。實際上，德．拉許布里傑太太根本不可能告訴我們任何事情，因為她與凶殺案沒有絲毫關聯。但如果她被選中充當了查爾斯爵士轉移視線的目標，她只能是死路一條。於是，德．拉許布里傑，一個無辜的陌生人，就這樣被殺害了……

「然而，就在這樣一個暫時的勝利中，查爾斯爵士還是犯了一個極大的錯誤，一個幼稚的錯誤！那個電報是發給我白羅的，那時我住在麗緻飯店。但是，德．拉許布里傑太太絕對不曾聽說過我在辦這個案子！那兒所有的人沒有一個知道這件事！犯了這樣一個幼稚的錯誤，簡直令人難以置信。

「就這樣，我有了很大的進展，知道凶手的本來面目，但我還不清楚犯罪的原本動機。

「我沉思了許久。我再一次更加清楚地把巴塞羅繆．史全奇爵士的死，看作是原本的、有預謀的凶殺案件。是什麼原因促使查爾斯．卡萊特爵士要殺害他的朋友呢？我是否可以找出一個動機？我想我能。」

有人在深深嘆息。查爾斯．卡萊特爵士慢慢地站起來，邁步走向壁爐邊。他站在那兒，一隻手背在後面，朝下看著白羅，那姿態就像伊格爾蒙特勳爵鄙視地看著將欺詐罪強加給他的無賴律師一樣，眼睛裡射出高傲和憎惡的目光。他儼然是個堂堂貴族，正俯視著下面的芸芸眾生。

「你的想像力非同一般，白羅先生。」他說，「毋須我白費口舌，在你編造的故事裡，簡直沒有一句真話。你竟然這樣肆無忌憚，把我一無所知的荒唐故事編造得如此栩栩如生。不過，你儘管往下說，我會感興趣的。你說，謀殺一個我從不認識的人，其動機是什麼？」

赫丘勒．白羅，這個小中產階級者，仰面看著貴族，開始迅速而又堅定地說：「查爾斯爵士，我們有一句諺語說：『cherchez la femme[23]。』正是從這兒，我們發現了你的動機。我見你常與莉頓．戈爾小姐在一起，顯然，你愛她，以一種引人注目的駭人狂熱愛著她，這種愛情來自一個中年男子，是由一個天真無邪的年輕小姐煽動起來的。你愛她，我可以看得出來，她像崇拜英雄一樣崇拜著你。你一開口，她就會投入你的懷抱。但是你沒有說出來。為什麼？

「你騙你的朋友沙特衛先生說，你是一個愚蠢的愛人，不能辨別情人回報的戀情是真是假。你假裝以為莉頓．戈爾小姐愛上了奧利佛．曼德斯。但是我要說，查爾斯爵士，你是一個老練世故的人，是個擅長與女人周旋的人，你不可能被任何人欺騙。你非常清楚地知道，莉頓．戈爾小姐很在乎你。你是想娶她的。那麼，為什麼你不娶她呢？

「這事必定有某種障礙。是什麼障礙呢？唯一的現實是，你已經有了一個妻子。但是一談到你，誰也不會把你看作是個已婚男人，你一直是以單身漢的身分在過日子。你在很年輕的時候就結了婚，那是在你成為著名的青年演員之前的事。

「你的妻子怎麼了？她還活著嗎？為什麼沒人認識她？假如你們倆分居了，那麼這也可以成為事實上的離婚。如果你的妻子是一個天主教徒，或者一個不同意離婚的人，人們也會知道她與你分居了。

「然而，出現了法律上無法避免的悲劇。跟你結婚的女人可能在某個監獄裡被終身監禁，或者在一個精神病院被管制著，不管是哪一種情況，在法律上，你都不可能獲准離婚。但如果這事發生在你的少年時期，就不會有人知道。

「如果無人知道這事，你就可以跟莉頓．戈爾小姐結婚，而不告訴她事實的真相。但假

23 法語，意思是「去找女人」。

如有個人知道真相，他又是從小就跟你相識，那怎麼辦呢？巴塞羅繆．史全奇爵士是一個有名望的正直醫生，他可能非常同情你，甚至會同情你與人私通等不正當的行為，但是，當他看見你就要與一個天真無邪的女孩結婚時，他對你的重婚罪卻不能視若無睹。

「在你得以跟莉頓．戈爾小姐結婚之前，你必然要除掉巴塞羅繆．史全奇爵士……」

查爾斯爵士大笑起來。

「還有親愛的老巴賓頓呢？難道他也知道這一切嗎？」

「一開始我也是這樣想的。但是我很快就發現，沒有任何證據證明這種結論。此外，我原來的絆腳石仍然存在。即使是把尼古丁放入雞尾酒杯裡，你也不可能保證毒酒被送到他的手中。

「這是我的一道難題。是莉頓．戈爾小姐偶然之間說的一句話啟發了我。

「毒酒不是特意要交給史蒂芬．巴賓頓的，而是要送給當時在場的任何一個人，但有三個例外，那就是莉頓．戈爾小姐，你非常小心地遞給她一杯無毒的酒，另外兩杯則給了你自己以及巴塞羅繆．史全奇，你知道他是不會喝雞尾酒的。」

沙特衛叫了起來。「真是無稽之談！這有何意義？沒有呀！」

白羅轉身對著他，聲音裡帶著勝利者的語氣。

「哦，不對。目的是有的，一個奇怪的目的，非常奇怪的目的。這是我第一次碰到的謀殺動機。殺害史蒂芬．巴賓頓是個不折不扣的彩排。」

「什麼？」

「是的，查爾斯爵士是個演員，他遵循演員的本能。他在正式做案前要試試他的謀殺會不會被懷疑。這些人當中無論死了誰，從各個方面來說都對他不利。再者，正如每個人都承認的那樣，沒有什麼能證明是他有意地毒死某位客人。朋友們，彩排進行得很順利，巴賓頓先生死了。這場謀殺的暴行甚至無人質疑，反而是查爾斯爵士提出了懷疑。對了，我們沒能認真對待此事，他感到洋洋得意。替換酒杯也同樣進行得十分順利，沒有遇到任何障礙。事實上他堅信，當真正表演的時候，一切都會很順利。

「正如你們所知，事情的發展稍稍有點變化。在第二次事件中，在場的一個醫生立即懷疑有人下毒。這時查爾斯爵士大肆渲染巴賓頓的死，因為這對他大有好處。巴塞羅繆爵士的死被看成是第一次謀殺的延續。於是人們的注意力就必然會集中在謀殺巴賓頓的動機上，而不會考慮除掉巴塞羅繆爵士的根本動機。

「但是，有件事查爾斯爵士沒有意識到，那就是米蕾小姐敏銳的觀察力。米蕾小姐知道她的主人在花園的小塔裡進行化學試驗的事。米蕾曾經洩漏過，她曾付款買過玫瑰花噴劑。她發現，有很大一部分噴劑莫名其妙地不見了。當她讀到巴賓頓先生死於尼古丁中毒的消息時，她那聰明的頭腦一下子得出了一個結論：查爾斯爵士從玫瑰花噴劑中提煉出了生物鹼。

「米蕾小姐不知道該怎麼辦，因為她從還是小女孩的時候起就認識巴賓頓先生，然而她一心一意默默愛著她那位迷人的主人查爾斯爵士——一個其貌不揚的女人也只能如此。

「最後，她決心破壞查爾斯爵士的儀器。查爾斯爵士對他的成功得逞深信不疑，以致他從來沒有想到要毀掉那些東西。她前往康沃爾郡，我尾隨其後。」

查爾斯爵士又一次大笑起來。他比任何時候看起來都像一個老鼠裝扮的高貴紳士。

「那些陳舊的化學儀器就是你的證據嗎？」他輕蔑地問道。

「不。」白羅說，「那兒有你的護照，標明你回到英國和離開英國的日期。還有，在哈佛頓郡的精神病院有個女人，叫葛蘭蒂絲·瑪麗·馬格，她就是查爾斯爵士的妻子。」

蛋蛋小姐一直坐在那兒，一聲不吭，像個冰凍的塑像。她突然一愣，從喉嚨裡發出一聲微弱的驚叫，就像在呻吟。

查爾斯爵士瀟灑地轉過身去。

「蛋蛋，你不要相信這個荒唐故事裡的任何一句話，好嗎？」

他笑著，把雙手往前伸開。

蛋蛋慢慢向前走了幾步，彷彿進入了催眠狀態。她的眼睛，充滿著懇求的目光，無限痛苦地凝視著她的情人。這時，就在她走到他的身邊以前，她的身體搖晃著，眼睛下垂，就這樣又邁了幾步，好像在尋找安全的地方。

接著，她大叫一聲跪倒在白羅腳下。

「這是真的嗎？是真的嗎？」

他將雙手放到她的肩上，堅定而慈祥地撫慰著她。

「是真的，小姐。」

此時，除了蛋蛋的抽泣聲外，一點聲音也沒有。

查爾斯爵士突然蒼老了許多。那是一張老人的臉，一張半人半鬼的邪惡之臉。

「天殺的！」他說。

在他的表演生涯中，他從未脫口說出這樣凶惡的話來。

然後他轉身走出屋子。

沙特衛差不多是從沙發裡跳起身來，但白羅對他搖搖頭，他的一隻手仍然在撫慰著哭泣的蛋蛋小姐。

「他會逃跑。」沙特衛說。

白羅搖搖頭。

「不，他只是在退場。若不是在眾目睽睽之下慢步退場，就是快速地離開舞台。」

門慢慢打開了，一個人走了進來。這是奧利佛．曼德斯。他平時那種蔑視一切的表情不見了。他面色蒼白，充滿憂傷。

白羅彎向蛋蛋小姐。

「你看，小姐，」他輕輕地說，「有個朋友來接你回家。」

蛋蛋站起身來。她疑惑不定地看著奧利佛，接著搖搖晃晃地向他邁了一步。

「奧利佛……帶我回媽媽那兒去。啊，帶我回媽媽那兒去。」

他用手臂挽著她，把她扶向門邊。

「是的，親愛的，我帶你去。走吧。」

蛋蛋的雙腿在顫抖，幾乎不能走路。奧利佛和沙特衛站在她兩側，扶著她往前走。走到門邊，她站住了，突然回過頭來。

「我沒事。」

白羅做了一個手勢。奧利佛回到屋子裡。

「好好對待她。」白羅說。

「我會的，先生。她是我在這個世界上最在乎的人。你是知道的，因為她愛他，使我變得冷漠和玩世不恭。但是我將會改變自己。我要遵守諾言。也許，有一天……」

「我相信。」白羅說，「我想，當查爾斯接近她並使她頭暈目眩時，她其實已開始關注你了。崇拜明星對青年人來說是很可怕、很危險的。有一天，蛋蛋會愛上一個真正的朋友，她會將自己的幸福建立在磐石般堅固的基礎之上。」

當年輕人離開屋子的時候，白羅充滿仁慈地目送著他們。

現在，沙特衛回到屋裡。

「白羅先生，」他說，「你真棒，實在棒極了。」

白羅的眼睛裡閃爍著謙遜的目光。

「這沒什麼，沒什麼。這是一場三幕悲劇，現在該是落幕的時候了。」

「請原諒我打擾你……」沙特衛說。

「是的，有些事我得向你解釋清楚，對吧？」

「有件事，我想弄清楚。」

「問吧。」

「為什麼你有時候說英語很標準，有時候卻很蹩腳呢？」

白羅笑了起來。

「哦，我來解釋。確實，我可以說得很準確，可以說一口道地的英語。但是，我的朋友，能說蹩腳的英語是一件珍貴的法寶，它能讓人們瞧不起你。他們會說，一個外國佬，他連英語也說得不正確，還能破案嗎？這是我迷惑別人的策略，我反而想惹起他們善意的嘲笑。我也要說點大話！英國人常常說：『一個自以為是的人，是區區小人。』這是英國人自己的觀點。但根本不是事實。所以，你瞧，我已經讓人們放鬆了警惕。」他補充道，「我已經習以為常了。」

「天哪，」沙特衛說，「好一條陰險的蛇。」

他沉默了一會兒，回顧著這個案件。

「恐怕我還沒有理解案件的全部情況。」他煩躁地說。

「正相反，你注意到了一個重要的線索：巴塞羅繆爵士嘲笑管家的那句話；你也注意到威爾斯小姐敏銳的觀察力。事實上，假如你對戲劇沒有那種戲迷般的反應，你早就能查清一切了。」

沙特衛顯得興高采烈。

突然，在他腦子裡猛然閃現一個想法，嘴巴也大大張開了。

「天哪！」他叫了起來，「我現在才想起來，那個惡棍帶著一瓶有毒的雞尾酒！任何人都有可能喝下它。有可能是我喝的呀。」

「你同樣沒有想到，還有一種情況更令人恐懼。」

「什麼？」

「喝那杯酒的人，也可能是我啊。」赫丘勒．白羅說。

專文推薦

藏在日常細節中的冒險

楊照（作家）

一開始，就都在那裡了。

一九二〇年，阿嘉莎．克莉絲蒂出版了《史岱爾莊謀殺案》，神探白羅就已經退休了。而且在這個案子裡，藉由敘述者海斯汀的轉述，就鋪陳出克莉絲蒂小說最基本的偵探原則：

「那些看來或許無關緊要的小細節……它們才是重要的關鍵，它們才是偉大的線索！」

「豐富的想像力就像洪水一樣，既能載舟亦能覆舟，而且，最簡單直接的解釋，往往就是最可能的答案。」

「沒有任何謀殺行為是沒有動機的。」

還有，一個不討人喜歡的死者，一群各有理由不喜歡死者、因而也就都有殺人動機的人，這些人彼此之間構成複雜的關係，有的互相仇視，有的互相愛戀，麻煩的是，有些愛人其實貌合神離，有些仇人其實私下愛慕；更麻煩的是，不論是愛或是仇，都有可能是扮演出來的。

一個外來的偵探必須周旋在這些嫌疑者之間，從他們口中獲取對於案情的了解，換句話說，他必須在很短的時間內，搞清楚誰是誰、誰跟誰吵架、誰跟誰偷情，然後判斷誰說的哪一句是實話、哪一句是謊言。常常謊言比實話對於破案更有幫助。

再偷偷透露一下，如果要和小說裡的凶手及小說背後的作者鬥智，就像克莉絲蒂對英國社會的了解，祕訣就在於要去追究小說裡的人物背景，尤其是他們的階級地位。基本上，階級地位愈高、權力愈大、愈有錢者，說的話就愈不要相信。例如在《史岱爾莊謀殺案》中，僕人、園丁說的話遠比有頭有臉的人說的要可信多了。就算要說謊，他們的謊言也比較天真，而且往往出於善良動機。當你歸納線索時，就會知道他們並非故意說謊，那是因為他們的認知受到蒙蔽或誤導，而你慢慢就從這蒙蔽或誤導中被引導到真相。

《史岱爾莊謀殺案》出版那年，克莉絲蒂三十歲，但書稿其實早在五年前就寫好了，畢竟要找到有人願意出版一個看來再平凡不過的家庭主婦寫的小說，並不是那麼容易。

所有和克莉絲蒂接觸過的人，都對於她的「正常」留下深刻印象。她看起來就和她那個年紀的典型英國家庭主婦一樣，害羞、靦腆，只能在社交場合勉強跟人聊些瑣事話題，完全無法演講，甚至連只是站起來對眾賓客說幾句客套話，請大家一起舉杯，她都做不到。她不演講，也很少答應接受採訪，就算採訪到她也很難從她口中得到有趣的內容。她會講的，幾乎都是記者本來就知道、或者自己就可以想得出來的。

例如說白羅這個神探的來歷。克莉絲蒂回答：他應該是個外國人，這樣就能在英國日常生活中看出英國人自己看不出的線索。她自己碰過的外國人，只有第一次大戰剛爆發時到英國避難的比利時人。比利時警察怎麼能跑到英國來？那一定是因為他已經退休了。他有潔癖，所以對於現場會有特殊的直覺，馬上感受到不對勁的地方。一個有潔癖的人，好像應該長得矮小些才相稱，一個矮小有潔癖的人最適當的名字，就是希臘神話裡的大力士「赫丘勒斯（Hercules）」，製造出荒唐的對比趣味。那白羅這個姓是怎麼來的呢？克莉絲蒂很誠實地說：「我不記得了。」

一切都如此順理成章，一切都如此合邏輯，不是嗎？有記者問她怎麼看自己的舞台劇〈捕鼠器〉，創下了英國劇場、甚至全世界劇場連演最多場紀錄的名劇？克莉絲蒂的回答也還是中規中矩，合理合節：那是一齣小戲，在一個小劇院演出，成本很低，任何人想到了都可以帶家人或朋友去看，老少咸宜，並不恐怖，也不特別荒謬打鬧，可是又什麼都有一點，包括恐怖和荒謬打鬧的成分。

她的身上找不出一點傳奇、怪誕色彩，那她為什麼能在五十年間持續寫偵探小說，創造了那麼多謀殺，還創造了那麼多詭計？

首先因為她是女性，以及她的身世，包括她的階級身分，使得她在描寫故事場景時比一般男性作者來得敏感。因為在她之前的偵探推理小說男性作家的階級身分都是高高在上，基本上他們會從較高的角度看社會，比較看不到底層的感受。

而她的婚變以及婚變中遭逢的痛苦，都使她更能體會與觀察，將英國社會的複雜細節融入小說的核心情節，讓探案與線索分析結合在一起。

克莉絲蒂一生結過兩次婚，第一次在一九一四年，婚後不久，丈夫就參加了歐戰，是英國皇家空軍最早一批飛行員。一九二六年，這個丈夫有了外遇，直率地向克莉絲蒂要求離婚，在那之前，克莉絲蒂的媽媽才剛過世，雙重打擊之下，又遇到車子無法發動，克莉絲蒂崩潰了，她棄車而走，忘記了自己究竟是誰，躲進一家鄉間旅館，登記時寫了她心裡唯一有印象的名字——她丈夫情婦的名字。

離婚後，一次在晚宴中，有人提起近東烏爾考古的最新收穫，克莉絲蒂就取消了原定要去西印度群島的計畫，改訂了跨越歐洲到君士坦丁堡的「東方快車」，是的，就是這趟旅程給了她寫《東方快車謀殺案》的靈感。不過更重要的是，在烏爾，她認識了一位年輕的考古學家，比她小十四歲，這個人後來成了她的第二任丈夫。

這位考古學家陪她去參觀在沙漠中的烏克海迪爾城，卻在沙漠中迷路困陷了。幾小時中克莉絲蒂卻沒有一點驚慌不安，當下考古學家就決定要向她求婚。

原來，克莉絲蒂的內心是有這種冒險成分的。要不然她不會兩次選到的，都是喜愛冒險的丈夫，而她本身大概也不會吸引一個在各種危險情境下挖掘古代寶藏的人，讓他願意向一個大他十四歲的女人求婚。

這樣說吧，維多利亞時代後期的英國環境，壓抑限制了克莉絲蒂冒險、追求傳奇的內在衝動，她只好將這樣的衝動寄託在丈夫和寫作上。她一邊陪著第二任丈夫在近東漫走，一邊在小說中寫各式各樣的謀殺與探案。謀殺和探案都是冒險，還有，偵探偵查中做的事——蒐集線索，還原命案過程——其實和考古學家的考掘，如此相似！

克莉絲蒂寫得最好的，正是「藏在日常中的冒險」。她個性中的雙面成分，造就了特殊的偵探魅力。既嚮往非常傳奇，卻又有根深柢固的日常邏輯信念，兩者都在克莉絲蒂的小說中扮演了重要角色。她的謀殺案幾乎都和日常習慣緊密編織在一起，日常環境成了凶手最重要的掩護。有些日常規律明顯地被破壞了，讓我們很自然以為那會是謀殺的線索，沿著這些線索形成了閱讀中的推理猜測，然而白羅早就提醒了，真正重要的反而是那些「細節」，也就是看來像是依隨日常邏輯進行的事，或說藏在日常邏輯中因而不被看重的事，那裡要嘛藏著凶手的核心詭計、煙幕，要嘛藏著凶手致命的破綻。

凶案的構想，就是如何讓異常蓋上日常、正常的面貌，又如何故意將日常、正常予以扭曲，製造假象；那麼偵探要做的，就是如何準確地在日常中分辨出真正的異常，將假的、明顯的異常撥開來，找出細節堆疊起來的異常真相。

此外，克莉絲蒂的小說裡隱藏著極其曖昧的情感價值觀，最典型、最有名的就是《東方快車謀殺案》。透過追查過程，讓讀者知道為什麼凶手要訴諸於這種手段，其動機具有可同情之處，再加上克莉絲蒂對身分階級的觀察，她比較相信或讓讀者相信那些沒有權力、地位的人，隨著偵查節奏去認識可能或必須懷疑的人。克莉絲蒂最擅長營造「多重嫌疑犯」的小說特質，因為讀者在閱讀時必須被迫去認識很多不一樣的人。在她最受歡迎的作品，大概都具備這樣的特質。

當然，她的作品中還有兩個最突出的神探，即白羅和瑪波。白羅是比利時人，但為什麼必須是外國人？這是因為英國人具有高度階級意識，這種觀念一路滲透到所有互動細節，包括人與人之間如何說話。而白羅因為不是英國人，他會發現一般英國人不太看得出來的東西，以及兩個人互動的方法哪裡不正常。至於瑪波為什麼得是老太太？她一如那個年代的老人家，總是靜靜坐著打毛線，因為不起眼，自然讓人放鬆防備，所以瑪波探案的線索都是來自於這樣的互動模式。

然而，白羅有很明顯的優勢，瑪波的身分使她基本上只能進行「靜態」的辦案，案子的空間受到侷限，白羅卻可以跨越各種空間，恣意揮灑。而且白羅擁有警官身分，可以合理出現在各種犯罪現場，瑪波能出現的地方，相形之下就勉強、不自然多了。白羅是明白的outsider，在英國，只要他出現，就會覺得有外人在而感到緊張，於是很容易露出平常不會表現的行為；瑪波則看起來是insider，但實質上是outsider，因為總是沒人發現她、當她空氣人。這兩人的探案，是兩個極端。雖然讀者最愛白羅，但克莉絲蒂自己偏愛瑪波勝於白羅。

不管後來的偵探、推理小說發展了多少巧妙詭計，克莉絲蒂卻不會過時，因為她的推理如此密切地和日常纏繞在一起；活在日常中，我們就無可避免被克莉絲蒂的「日常細節推理」吸引，隨時讀來都充滿驚奇趣味。

名家盛讚克莉絲蒂（依推薦時間排序）

金庸（作家）

克莉絲蒂的寫作功力一流，內容寫實，邏輯性順暢，也很會運用語言的趣味。閱讀她的小說，在謎底沒有揭露之前，我會與作者鬥智，這種過程非常令人享受。其作品的高明之處在於：布局的巧妙完全意想不到，而謎底揭穿時又十分合理，讓人不得不信服。

詹宏志（作家、PChome 網路家庭董事長）

推理小說在從先輩柯南．道爾等人的發明中出現力量時，誕生了一位《天方夜譚》故事中每天說故事說個不停的王妃薛斐拉．柴德，也就是「謀殺天后」克莉絲蒂，整個世界對聽這些故事才有如此的熱情。他們捨不得睡覺，每天問後來還有嗎、還有嗎，永遠不肯離去，這就是克莉絲蒂對推理小說的最大貢獻。

可樂王（藝術家）

所謂「克莉絲蒂式」的推理小說，就是一場和一個天才的寫作者或高明的恐怖份子在紙上捕掠捉殺的戰事。即便是一列火車、一處飯店或一間酒吧，在克莉絲蒂寫來皆充滿神祕和猜謎。在人生適合的下午裡，我總是一面嚼著口香糖，一面跟著矮子偵探白羅穿梭謀殺現場，克莉絲蒂的推理作品無疑是推理世界中最充滿「魔術性」的小說。

吳若權（作家、節目主持人）

我從小就對推理小說情有獨鍾，克莉絲蒂一系列的作品尤其令我愛不釋手。多年來，閱讀推理小說的經驗讓我覺悟：讀者在文字情節中推展開來的驚嘆，不只是因緣於故事的本身，而是自我性格的投射。從這個觀點來看克莉絲蒂一系列的作品，她簡直就是洞徹人性的算命師。而讀者，在她的文字中，發現了自己無可奉告的命運。

藍祖蔚（國家電影及視聽文化中心董事長）

做過藥劑師，難免懂得毒藥；嫁給考古學家，難免也就嫻熟文明的神祕；再加上曾經失蹤九天，一切不復記憶的離奇經驗，的確提供了寫作靈感，但若少了想像力，那些片羽靈光縱使辛辣如辣椒，卻不足以成菜。

推理小說重布局、重人物描寫，克莉絲蒂最厲害的卻是犀利的人性觀察，她一手創造的白羅探長，潔癖個性完全和她相反，更將她所憎厭的人格特質集於一身，殊不知，唯有不對著鏡子寫作，才能夠跳出框架與制式反應，開闢無限寬廣的新世界，建構多面向的詭異迷宮。

看完她的小說，你只會更加訝異，到底是什麼樣的心靈才能成就這般視野？

李家同（作家、前暨南大學校長）

克莉絲蒂的整體布局十分細膩，最後案情也都講解得非常詳細，回頭去看，在書中都找得到線索。故事的情節與內容也很好看，不是像一個流氓在街上被殺掉那麼單調。……看小說應該要花腦筋、要思考，從小就要養成思辨的能力，看她的小說，就是對邏輯思考能力極佳的訓練。

袁瓊瓊（作家）

雖然被公認是冷靜理性的謀殺天后，但是在理性之下，克莉絲蒂的底色依舊是感情。克莉絲蒂很明白，所有的慾望之後，都無非是某種愛情。在以性命相搏的犯罪世界裡，凶手以終結他人的性命來遂私欲，不過是為了成全自己的愛，或者是成全自己的恨。

鄧惠文（精神科醫師）

以推理小說作家而言，克莉絲蒂的風格相當獨樹一格。她的偵探在辦案時，靠的不光是科學證據的搜集，而是大量運用犯罪心理學，及對人性的深刻了解。例如在《五隻小豬之歌》中，白羅便是藉由聽取嫌疑犯訴說案情時所不自覺顯露的主觀意識及中心思想，而看出其中破綻，找出真凶。白羅是靠腦袋辦案，以心理層面去剖析案情，即使人們敘述的是同一件事，他可以聽出不同角色因出發點及看待角度不同所透露的情緒觀感，從而抽絲剝繭，還原事實真相。

克莉絲蒂所塑造的人物也生動且各具特色，不同個性所出現的情緒反應描寫，皆細膩而準確，讓讀者產生豐富的想像空間，一展卷便欲罷而不能。

吳曉樂（作家）

克莉絲蒂使用的語言平易近人，主要是以角色與情節的對應來斧鑿出故事的深度，堆疊出讓讀者回味的迂迴空間。而她筆下的角色往往性別、階級、性格、族群各異，塑造出多元又豐富的人物群像。

文學作品不問類型，若要流傳於世，最終仍得上溯至「人性」的理解與反思。而阿嘉莎．克莉絲蒂的作品中，我們可以看到人類屢屢得和自己的人生討價還價，或千方百計讓主觀意識與客觀條件達成某種程度的整合，讀者在重建人物的心理軌跡時，也見識到自身的是非成敗，我認為，這也是克莉絲蒂的作品能夠璀璨經年、暢銷不衰的主因。

許皓宜（心理學作家）

克莉絲蒂筆下的故事看似在談人性的醜惡，實則像一位披著小說家靈魂的心靈引導者，用她的文字訴說著人們得不到「愛」時的痛苦。於是在故事終了的剎那，你不得不對人生多了幾分「看透感」：原來，我們心裡的那些痛苦、報復與自我折磨的慾望，不是因為「憤恨」，而是起於對「愛的失落」。這或許是我們在情感世界中最珍貴且深刻的一種覺察了。

推理小說荒謬驚悚嗎？不，它其實很寫實。它幫我們說出心裡的苦、怨、醜陋的慾望，於是，我們可以重新學習愛了。

一頁華爾滋 Kristin（影評人）

從有記憶以來，閱讀克莉絲蒂最迷人之處往往不在真正的凶手是誰，而是在於「Why」（為什麼）與「How」（如何進行），在於人性與心理描摹的故事肌理。依循其書寫脈絡，會發覺不只是邏輯清晰、布局縝密、著重細節，她總能完美掌握敘事節奏，書中人物彷彿真實存在般鮮明躍然紙上，讀者情緒會隨精準文字保持流轉、跳動、收放，掩卷時並無太多真相水落石出的暢快，反倒淡淡的惆悵化為餘韻襲上心頭，原來還是種種意料之外，卻屬情理之中的人性盲目使然。私以為，那成就了克莉絲蒂的推理故事之所以無比迷人的主因之一。

冬陽（推理評論人）

雖然阿嘉莎．克莉絲蒂的作品並非我的推理閱讀啟蒙，卻是養成閱讀不輟的重要推手。首先，她無庸置疑是個說故事能手，打開我名為好奇的開關；其次是設計犯罪事件的巧妙多元，既日常又異常，凶手更是叫人意想不到。沒錯，我相信每個當讀者的都忍不住想破案，想早偵探一步識破詭計，或者像考試結束鈴響前一秒，瞎猜都要指著某個角色大喊「你就是犯人」！然後會忍不住作弊——不是翻到最後幾頁窺探真凶身分，而是往前翻查讓人起疑的段落、偵探顯然掌握重要線索的時刻，直到忍不住豎白旗投降，看神探（我知道啦，真正把我耍得團團轉的聰明人是作者）頭頭是道地分析我遺漏錯置的片片拼圖，終於看清真相全貌。這，就是偵探推理，我因此熟悉遊戲規則、沉醉在每一場迷人故事裡，成為這個類型書寫的俘虜，享受至今不疲的美好滋味。

石芳瑜（作家、永樂座書店店主）

布局細膩、處處留下線索，破案解說詳細，說明了這位安靜、害羞的推理小說女王心思縝密，且充滿想像力。密室殺人，完美犯罪，《東方快車謀殺案》不愧為古典推理小說的經典。再加上神祕的東方色彩，隨著火車抵達的迫切時間感，連非推理小說迷都會神經拉緊，讀完大呼過癮。

家庭主婦缺少人生經驗？處女座的阿嘉莎．克莉絲蒂充分展現她過人的寫作天分，靠得是從小開始的閱讀，以及對偵探小說的著迷。三十歲寫下第一本偵探小說《史岱爾莊謀殺案》的克莉絲蒂，在那個時代並不能說是「早慧」，但寫作生涯五十五年中，共創作了八十部偵探小說，卻令人難以企及。這位害羞靦腆的小說女神，大概是相信只要有足夠的理由，每個人都有殺人的可能！

余小芳（暨南大學推理研究社指導老師、台灣推理作家協會常務理事）

學生時代加入推理社團，社課指定讀物便是經典作品《一個都不留》，成為我對克莉絲蒂的初步印象，自此沉浸於推理小說的世界。隔年寒假陪同學參與轉學考，在斜風細雨的走廊中，滿足讀完《東方快車謀殺案》。隨著歲月遠走，已昇華成趣味回憶。

踏入推理文學領域需要認識的作家，阿嘉莎．克莉絲蒂絕對名列其中，她的作品常有英國小鎮風光、莊園式的謀殺、設備豪華的交通工具等，還有特色鮮明的偵探活躍其中。書中少有血腥、暴力的橋段，布局巧妙且結構嚴密，手法純粹、知性，故事內容與人物性格融為一體，以高超的想像力結合說好故事的能耐，為推理小說開創新局面。克莉絲蒂推理全集重編改版，值得新舊讀者一起探索。

林怡辰（國小教師、教育部閱讀推手）

多年後，還是難忘第一次閱讀阿嘉莎·克莉絲蒂作品的感動和激動。

這套將近一世紀的作品，文筆流暢，邏輯縝密，過程中不斷與作者較量、猜出凶手，直到最後解答不禁佩服，蛛絲馬跡處處展現作者的精妙手法，於是又拿起另一部作品，再次沉溺在謀殺天后所編織的日常世界中的奇幻，無可自拔。犯罪動機和手法穿越時空限制，如今讀來合理且依舊令人感動，閱讀中趣味橫生，難怪成為後來諸多偵探小說的原型。

克莉絲蒂創作生涯中產出的八十部推理作品，至今多部躍上大銀幕，無怪乎被稱之為「經典」，喜愛推理偵探作品的人不可不讀，你會驚異於她在文字中施展的魔法！

張東君（推理評論家、科普作家）

我愛克莉絲蒂！這位在台灣有時會被稱為克奶奶的超級暢銷推理小說家，即使是自認沒讀過她的書的人，也都會在各種書籍或影視作品中看到對她致敬的片段。由於她喜歡旅行和冒險，那些經驗與體驗都成為書中的場景，因此閱讀她的作品時，不只是雀躍地跟著偵探推理，也有了虛擬的旅行體驗。或者當成旅遊導覽書，在出發去尼羅河、去英國鄉間、去搭船搭火車時，就塞一本克奶奶的作品到隨身背包中。

我還是大學新生時，就聽學姐說她哥哥經常看克奶奶的小說，而且邊看邊狂笑。於是我跟著效仿，在某次搭飛機之前買了第一本小說當旅伴，不只看得超開心，看完後還到處找尋書中出現的那種有兜帽的斗篷，當成出門時的必備用品。克奶奶的作品是跨越文字、國界的。只要看過一本，就會不停地追下去。還好，真的是還好只有八十本。何況這次是全新校訂的紀念珍藏版，當然不能錯過！

發光小魚（呂湘瑜）（文史作家、助理教授）

一部好的偵探小說，除了情節設計巧妙之外，還需要洞悉人性，如此方能合理地交代人物的言行舉止與動機。阿嘉莎．克莉絲蒂便是其中翹楚，她的作品不管是偵探、愛情小說或戲劇，必要元素都是謎題與人性。在寧靜無波的場景下暗潮洶湧，永遠都有意料之外，讀者的情緒也會隨著劇情的進行起伏糾結。克莉絲蒂觀察到時代的變化，將犯罪心理融入作品中，於是，看她的小說不只能得到解謎的快樂，同時對人性也能夠有所省思。

此外，克莉絲蒂豐富的人生歷練及旅行經歷，例如一九二二年的環球之旅、居住過也旅行過的巴黎和埃及，甚至是追隨考古學家丈夫前往的中東，都讓她的小說讀來更加充滿異國情調。如果你也愛旅行，不如就讓我們一同搭上那一班南法的藍色列車，或由伊斯坦堡出發的東方快車，跟著白羅鑽進一樁奇案，一嘗旅程中破解謎題的快感吧。

盧郁佳（作家）

國小時，家裡買了一套阿嘉莎．克莉絲蒂全集，從此成了我的毒品，在白癡課本將我的腦袋啃噬成海綿般空洞時，撫慰受創的心靈，那時我仍對人心險惡一無所知。

數學課教你列算式，樂趣遠不如克莉絲蒂教你住宅平面圖、偷換時序的密室魔術，你從庭園長窗進房間，我從房門直通鄰房，他從走廊進房……從而學會故事是建構邏輯。她文風多變，時而《四大天王》中讓神探白羅向助手海斯汀大賣關子，眉頭緊皺，山雨欲來，預示天翻地覆，只能靠他拯救世界；時而用維吉尼亞．吳爾芙《自己的房間》中俏皮的語言，讓貧苦村姑安妮在《褐衣男子》中回憶南非出生入死的冒險，竟源於她耽讀村裡圖書館爛舊的冒險愛情小說，還有戲院每週末放映〈帕米拉歷險記〉，帕米拉每集從飛機跳落高空、搭潛艇、爬上摩天大樓，每次被黑幫老大抓到總不一刀斃命，卻老要用瓦斯毒死她，暗示續集又會逃出生天。

長大才發現，克莉絲蒂小說就是我的〈帕米拉歷險記〉：它以歌劇般輝煌龐大的天真陰謀、精細的人際觀察（一句話重音放在哪個字、從膝蓋鑑定女人的年齡等），召喚年輕讀者抱持浪漫精神投入未知的壯遊，瘋魔、衝撞、冒犯，傷痕累累毫無懼色。正如瓦斯在冒險片中太多、現實中卻太少；陰謀在現實中沒有克莉絲蒂寫得那麼複雜，但她刻畫的心理卻是現實中解謎的試金石。

賴以威（臺灣師範大學電機系副教授）

或許可以為經典下幾個定義：該領域的愛好者更都讀過；不是這個領域的愛好者，許多人也都聽過；影響後續的作品，在很多著作中都可以看到它的影子；值得反覆再三閱讀，每隔一陣子再讀都可以獲得閱讀的樂趣，有更多的體悟。我永遠記得第一次讀克莉絲蒂的作品時，被那宛如嚴謹設計數學謎題的鋪陳、推進給深深吸引、震撼。從這幾個角度來說，克莉絲蒂的推理小說被稱之為「經典」，可說是當之無愧。

謝哲青（作家、旅行家、知名節目主持人）

克莉絲蒂小說的魅力在於透過每個角色的對白，藉由不斷的說話來表現人物的個性，以彰顯其人格特質中一些無法被忽略的事實。我們從他們的言語、講話的過程和字裡行間，竟然就能知道誰是凶手。

我從克莉絲蒂的小說學到很多，除了推理小說有趣的事實之外，最重要的是，我在工作的職場跟人應對的時候，如何從語言和對話裡去捕捉某些隱而不顯的事實。許多人們欲蓋彌彰的東西，無論心事也好、祕密也好，克莉絲蒂都會用文學的手法，讓你理解語言的奧妙和魅力。

克莉絲蒂的書寫會讓你覺得彷彿自己也在現場，你可以從聽到的對話當中，學會如何理解人心的一些小技巧，這是小說家最出色、最偉大的地方。我們必須學習傾聽別人說話——這些人講話是真誠的嗎？他想要跟你分享什麼資訊？這些資訊可靠嗎？——這是我在閱讀推理小說時，最大的收穫和理解。

阿嘉莎．克莉絲蒂大事記

1890		• 九月十五日出生於英格蘭德文郡托基鎮。
1894	4 歲	• 開始在家自學，父母親、姊姊教導閱讀、寫作、算術和彈鋼琴。
1895	5 歲	• 家中經濟走下坡，舉家搬至法國，學會流利的法語。
1905	15 歲	• 在巴黎寄宿學校學鋼琴和聲樂，但生性極度害羞，未成為職業鋼琴家，最終回到英國。
1907	17 歲	• 陪同母親前往埃及調養身體，對社交活動充滿興趣，但尚未對日後感興趣的埃及古物點燃熱情。 • 回英國後繼續寫作、參與業餘戲劇表演。
1908	18 歲	• 寫出第一篇短篇小說〈麗人之屋〉，同時也寫出第一部愛情小說《白雪黃漠》，以筆名向出版社投稿，但屢遭退稿。
1912	22 歲	• 與英國皇家軍官亞契．克莉絲蒂（Archibald Christie）熱戀。 • 八月爆發第一次世界大戰，亞契奉派到法國作戰。
1914	24 歲	• 耶誕夜結婚，亞契隨即返回戰場。克莉絲蒂參與紅十字會工作，在醫院擔任護士和藥劑師，因此對藥理和毒物非常熟悉，造就後來多部推理小說情節都以毒藥殺人。
1916	26 歲	• 開始嘗試寫推理小說，寫出第一部小說《史岱爾莊謀殺案》，主角偵探赫丘勒．白羅的靈感，來自於大戰期間英國鄉間的比利時難民營。本書歷經數家出版社退稿後，終獲柏德雷．海德（The Bodley Head）圖書公司的出版機會，之後並簽下另五本小說的合約。
1919	29 歲	• 前一年亞契返回英國，八月生下女兒露莎琳。

1920	30 歲	•出版《史岱爾莊謀殺案》。
1922	32 歲	•出版第二部小說《隱身魔鬼》，主角是夫妻檔偵探湯米和陶品絲。 •與亞契至南非、澳洲、紐西蘭、夏威夷和加拿大等國旅行十個月，在南非得到《褐衣男子》的靈感。
1923	33 歲	•三月出版第三部小說《高爾夫球場命案》，白羅再度登場。
1926	36 歲	•四月母親過世，克莉絲蒂陷入憂鬱。 •六月在「威廉．柯林斯父子出版社」出版《羅傑艾克洛命案》。 •八月亞契因外遇提出離婚，十二月初一次爭吵後，克莉絲蒂離家棄車失蹤，消息登上全國新聞。
1927	37 歲	•一月在悲痛心情中寫出《藍色列車之謎》，第一次創造出聖．瑪莉米德村，即後來瑪波小姐居住的村子。 •分居期間在雜誌刊登以白羅為主角的短篇小說，後來集結出版《四大天王》。 •十二月在雜誌刊登短篇小說〈週二夜間俱樂部〉，瑪波小姐初登場，後來收錄在一九三二年出版的短篇小說集《十三個難題》。
1928	38 歲	•十月正式離婚，仍保留「克莉絲蒂」姓氏。 •秋天搭乘「東方快車」前往土耳其的伊斯坦堡，再轉往伊拉克首都巴格達，參觀考古現場烏爾，認識考古學家伍利夫婦（Leonard and Katharine Woolley）。
1930	40 歲	•二月應伍利夫婦之邀再訪烏爾，認識考古學家麥克斯．馬龍（Max Mallowan），九月於英國愛丁堡結婚。這段婚姻開啟克莉絲蒂旺盛的創作生涯，兩人到中東考古現場的旅行為許多作品帶來靈感。

- 婚後克莉絲蒂開始維持固定的寫作行程。十月出版《牧師公館謀殺案》，是第一部以瑪波小姐為主角的小說。
- 出版第一部以「瑪麗·魏斯麥珂特」（Mary Westmacott）為筆名的《撒旦的情歌》，並陸續發表了五部非犯罪小說。

1932　42 歲
- 出版《危機四伏》。

1934　44 歲
- 出版《東方快車謀殺案》，是白羅海外辦案三部曲之一，故事靈感來自中東的旅行經歷。一九七四年第一次改編成電影大獲好評。

1936　46 歲
- 出版《美索不達米亞驚魂》，白羅海外辦案三部曲之二。

1937　47 歲
- 出版《尼羅河謀殺案》，白羅海外辦案三部曲之三，故事背景是年輕時與母親同遊的埃及。一九七八年第一次改編成電影大受歡迎。

1939　49 歲
- 二次大戰期間，克莉絲蒂在大學學院醫院擔任義務藥師，學習到最新的毒藥知識，對於推理小說寫作大有助益。
- 出版《一個都不留》，是克莉絲蒂最著名作品之一。

1941　51 歲
- 出版《密碼》，呈現出克莉絲蒂對戰爭的看法。
- 出版《豔陽下的謀殺案》。

1942　52 歲
- 出版《藏書室的陌生人》、《五隻小豬之歌》等名作。

1944　54 歲
- 以「瑪麗·魏斯麥珂特」為筆名出版第三部作品《幸福假面》，被美國書評人發現是克莉絲蒂的作品，讓她從此失去匿名創作的自在樂趣。

1950　60歲　•獲選為皇家文學學會的會員。

1953　63歲　•出版《葬禮變奏曲》。

1956　66歲　•一月獲頒大英帝國爵級大十字勳章（GBE）。
•十一月以「瑪麗．魏斯麥珂特」為筆名出版《愛的重量》，是這個筆名的最後一部作品。

1958　68歲　•成為「偵探作家俱樂部」主席。

1960　70歲　•馬龍獲頒大英帝國爵級大十字勳章。

1961　71歲　•獲得艾克塞特大學頒發榮譽文學博士學位。

1968　78歲　•馬龍獲封為爵士，克莉絲蒂亦被稱為馬龍爵士夫人。

1971　81歲　•獲頒大英帝國爵級司令勳章（DBE），獲封為女爵士。

1973　83歲　•出版最後一部創作《死亡暗道》，亦為湯米和陶品絲最後一次辦案。

1974　84歲　•最後一次公開露面，出席電影《東方快車謀殺案》首映會。

1975　85歲　•八月六日，白羅成為有史以來第一次在《紐約時報》頭版刊出訃聞的小說主角，宣傳九月即將出版的《謝幕》，這也是白羅最後一次辦案。

1976　86歲　•一月十二日去世。
•十月出版《死亡不長眠》，瑪波小姐的最後一次辦案。

克莉絲蒂推理原著出版年表

1920 史岱爾莊謀殺案 The Mysterious Affair at Styles（神探白羅系列）
1922 隱身魔鬼 The Secret Adversary（神探湯米＆陶品絲系列）
1923 高爾夫球場命案 The Murder on the Links（神探白羅系列）
1924 白羅出擊 Poirot Investigates（神探白羅系列）
1924 褐衣男子 The Man in the Brown Suit（神探雷斯上校系列）
1925 煙囪的祕密 The Secret of Chimneys（神探巴鬥主任系列）
1926 羅傑艾克洛命案 The Murder of Roger Ackroyd（神探白羅系列）
1927 四大天王 The Big Four（神探白羅系列）
1928 藍色列車之謎 The Mystery of the Blue Train（神探白羅系列）
1929 七鐘面 The Seven Dials Mystery（神探巴鬥主任系列）
1929 鴛鴦神探 Partners in Crime（神探湯米＆陶品絲系列）
1930 牧師公館謀殺案 The Murder at the Vicarage（神探瑪波系列）
1930 謎樣的鬼豔先生 The Mysterious Mr. Quin（神探鬼豔先生系列）
1931 西塔佛祕案 The Sittaford Mystery
1932 十三個難題 The Thirteen Problems（神探瑪波系列）
1932 危機四伏 Peril at End House（神探白羅系列）
1933 十三人的晚宴 Thirteen at Dinner（神探白羅系列）
1933 死亡之犬 The Hound of Death
1934 三幕悲劇 Three Act Tragedy（神探白羅系列）
1934 李斯特岱奇案 The Listerdale Mystery
1934 帕克潘調查簿 Parker Pyne Investigates（神探帕克潘系列）
1934 東方快車謀殺案 Murder on the Orient Express（神探白羅系列）
1934 為什麼不找伊文斯？ Why Didn't They Ask Evans?
1935 謀殺在雲端 Death in the Clouds（神探白羅系列）
1936 ABC 謀殺案 The A.B.C. Murders（神探白羅系列）
1936 底牌 Cards on the Table（神探白羅系列）
1936 美索不達米亞驚魂 Murder in Mesopotamia（神探白羅系列）

1937　巴石立花園街謀殺案 Murder in the Mews（神探白羅系列）
1937　尼羅河謀殺案 Death on the Nile（神探白羅系列）
1937　死無對證 Dumb Witness（神探白羅系列）
1938　白羅的聖誕假期 Hercule Poirot's Christmas（神探白羅系列）
1938　死亡約會 Appointment with Death（神探白羅系列）
1939　一個都不留 And Then There Were None
1939　殺人不難 Murder Is Easy/Easy to Kill（神探巴鬥主任系列）
1940　一，二，縫好鞋釦 One, Two, Buckle My Shoe（神探白羅系列）
1940　絲柏的哀歌 Sad Cypress（神探白羅系列）
1941　密碼 N Or M?（神探湯米＆陶品絲系列）
1941　豔陽下的謀殺案 Evil Under the Sun（神探白羅系列）
1942　五隻小豬之歌 Five Little Pigs（神探白羅系列）
1942　藏書室的陌生人 The Body in the Library（神探瑪波系列）
1943　幕後黑手 The Moving Finger（神探瑪波系列）
1944　本末倒置 Towards Zero（神探巴鬥主任系列）
1945　死亡終有時 Death Comes As the End
1945　魂縈舊恨 Remembered Death（神探雷斯上校系列）
1946　池邊的幻影 The Hollow（神探白羅系列）
1947　赫丘勒的十二道任務 The Labours of Hercules（神探白羅系列）
1948　順水推舟 Taken at the Flood（神探白羅系列）
1949　畸屋 Crooked House
1950　謀殺啟事 A Murder Is Announced（神探瑪波系列）
1951　巴格達風雲 They Came to Baghdad
1952　殺手魔術 They Do It with Mirrors（神探瑪波系列）
1952　麥金堤太太之死 Mrs. McGinty's Dead（神探白羅系列）
1953　黑麥滿口袋 A Pocket Full of Rye（神探瑪波系列）
1953　葬禮變奏曲 After the Funeral（神探白羅系列）

1954 未知的旅途 Destination Unknown
1955 國際學舍謀殺案 Hickory, Dickory, Dock（神探白羅系列）
1956 弄假成真 Dead Man's Folly（神探白羅系列）
1957 殺人一瞬間 4:50 from Paddington（神探瑪波系列）
1958 無辜者的試煉 Ordeal by Innocence
1959 鴿群裡的貓 Cat Among the Pigeons（神探白羅系列）
1960 哪個聖誕布丁？ The Adventure of the Christmas Pudding（神探白羅系列）
1961 白馬酒館 The Pale Horse
1962 破鏡謀殺案 The Mirror Crack'd from Side to Side（神探瑪波系列）
1963 怪鐘 The Clocks（神探白羅系列）
1964 加勒比海疑雲 A Caribbean Mystery（神探瑪波系列）
1965 柏翠門旅館 At Bertram's Hotel（神探瑪波系列）
1966 第三個單身女郎 Third Girl（神探白羅系列）
1967 無盡的夜 Endless Night
1968 顫刺的預兆 By the Pricking of My Thumbs（神探湯米＆陶品絲系列）
1969 萬聖節派對 Hallowe'en Party（神探白羅系列）
1970 法蘭克福機場怪客 Passengers to Frankfurt
1971 復仇女神 Nemesis（神探瑪波系列）
1972 問大象去吧！ Elephants Can Remember（神探白羅系列）
1973 死亡暗道 Postern of Fate（神探湯米＆陶品絲系列）
1974 白羅的初期探案 Poirot's Early Cases（神探白羅系列）
1975 謝幕 Curtain: Hercule Poirot's Last Case（神探白羅系列）
1976 死亡不長眠 Sleeping Murder（神探瑪波系列）
1979 瑪波小姐的完結篇 Miss Marple's Final Cases（神探瑪波系列）
1991 情牽波倫沙 Problem at Pollensa Bay
1997 殘光夜影 While the Light Lasts

國家圖書館出版品預行編目（CIP）資料

三幕悲劇 / 阿嘉莎．克莉絲蒂（Agatha Christie）著；丁廷尉譯. -- 二版. -- 臺北市：遠流出版事業股份有限公司, 2022.06
面；　公分.
譯自：Three Act Tragedy
ISBN 978-957-32-9539-6(平裝)

873.57　　111005119

克莉絲蒂繁體中文版 20 週年紀念珍藏 07

三幕悲劇

作者 / 阿嘉莎．克莉絲蒂
譯者 / 丁廷尉

主編 / 陳懿文、余式恕　校對 / 呂佳眞
封面、內頁設計 / 謝佳穎　排版 / 連紫吟、曹任華
行銷企劃 / 舒意雯　出版一部總編輯暨總監 / 王明雪

發行人 / 王榮文
出版發行 / 遠流出版事業股份有限公司
地址 / 104005臺北市中山北路一段11號13樓
電話 / (02)2571-0297　傳眞 / (02)2571-0197　郵撥 / 0189456-1
著作權顧問 / 蕭雄淋律師

2002年4月1日 初版一刷
2022年6月1日 二版一刷
定價 / 新臺幣380元 (缺頁或破損的書，請寄回更換)

ISBN 978-957-32-9539-6

遠流博識網 http://www.ylib.com　E-mail: ylib@ylib.com
遠流粉絲團 https://www.facebook.com/ylibfans